Ian W. Sainsbury
Schlafe jetzt für immer

Das Buch

Was tust du, wenn deine Tochter plötzlich Schauplätze von Verbrechen malt, die sie unmöglich kennen kann? Wem vertraust du?

Als ihre elfjährige Tochter Tam unerwartet künstlerisches Talent entwickelt, denkt sich Mags zunächst nichts dabei. Aber Tam kann sich nicht erinnern, diese unheimlich detaillierten Bilder gezeichnet zu haben. Sie zeigen Orte, an denen Tam nie zuvor war. Mags' Recherche wirft neue Fragen auf. Denn es sind Schauplätze grausamer Verbrechen … Verbrechen, die jeweils kurz nach Tams Zeichnungen begangen wurden.

Der Autor

Seit dem Erscheinen von »The World Walker« im Jahr 2016 gehört Ian W. Sainsbury zu jenen Menschen, die mit dem, was sie gern tun, ihren Lebensunterhalt verdienen können. Mit »The Picture on the Fridge« gewann er 2019 den Kindle Storyteller Award 2019. Er lebt mit Mrs Sainsbury und zwei Kindern in East Anglia.

IAN W. SAINSBURY

SCHLAFE JETZT FÜR IMMER

THRILLER

Aus dem Englischen von
Tanja Lampa

Die englische Ausgabe erschien 2019 unter dem Titel »The Picture on the
Fridge« im Eigenverlag.

Deutsche Erstveröffentlichung bei
Edition M, Amazon Media EU S.à r.l.
38, avenue John F. Kennedy, L-1855 Luxembourg
August 2020
Copyright © der Originalausgabe 2019
By Ian W. Sainsbury
All rights reserved.
Copyright © der deutschsprachigen Ausgabe 2020
By Tanja Lampa

Die Übersetzung dieses Buches wurde durch Amazon Crossing ermöglicht.

Umschlaggestaltung: bürosüd⁰ München, www.buerosued.de
Umschlagmotiv: © Sofia Sitnikiene / ArcAngel; © CS Stock / Shutterstock;
© Ensuper / Shutterstock; © Binimin / Shutterstock; © Stas Knop /
Shutterstock; © Diana Taliun / Shutterstock; © Nadia Cruzova /
Shutterstock; © Mikhail H / Shutterstock
Lektorat: Media-Agentur Gaby Hoffmann, www.profi-lektorat.com
Gedruckt durch:
Amazon Distribution GmbH, Amazonstraße 1, 04347 Leipzig /
Canon Deutschland Business Services GmbH, Ferdinand-Jühlke-Str. 7,
99095 Erfurt /
CPI books GmbH, Birkstraße 10, 25917 Leck

ISBN: 978-2-49670-521-8

www.edition-m-verlag.de

Für Ruth

KAPITEL 1

Mags kauerte hinter dem Holzstapel und wartete auf einen Mörder.

Sie würde nicht lange warten müssen. Bevor sie die Hütte verlassen hatte, hatten Tam und sie beobachtet, wie eine finstere Gestalt den vereisten Hügel zu ihnen hinaufstolperte.

Sie schaute zu ihrer Tochter. Tams dunkles Haar klebte an ihrer Stirn, ihr Atem ging kurz und schnell. Beim Ausatmen stieß sie Wolken in die eisige Morgenluft aus. Mags dachte an die »Thomas, die kleine Lokomotive«-Geschichten aus Tams Kindergartenzeit. Das war vor sieben Jahren gewesen, fühlte sich aber wie Jahrzehnte an.

Thomas, die Lokomotive, erreichte schnaufend den Bahnhof. Der dicke Kontrolleur wartete bereits auf sie und sah wütend aus. Sehr wütend.

Ob der Mörder dick war, wusste Mags nicht, dass er wütend war, schon. Sie wusste auch nicht, ob er dünn, groß, klein, alt oder jung, ob er Büroangestellter, Taxifahrer, Landstreicher, Zimmermann oder Lehrer war. Tam konnte ihrer Mutter nicht sagen, ob er dunkel, hellhäutig oder Asiate war. Sie wusste nur, was er getan hatte, um sie zu finden, und was er haben wollte – Tam. Und das bedeutete, dass er Mags töten musste. Denn ob der Mörder wie ein Schrank gebaut war oder nicht, sie

7

würde sich ihm in den Weg stellen. Mags schüttelte den Kopf in stummer Wut und Verzweiflung. Die Chancen, dass sie diese Begegnung überlebte, standen mehr als schlecht.

»Er wird uns finden, Mum.«

Tams Miene war versteinert, ihr Blick starr. Mags drehte sich zu ihr um, nahm ihre Hände und drückte sie. Dann zog sie ihrer Tochter die Wollmütze über die Ohren und streichelte ihre kalten Wangen.

Das ist das letzte Mal, dass ich sie berühren werde.

»Erinnerst du dich an den Weg durch den Wald?«

Tam nickte.

»Er führt in die nächste Stadt. Wenn ich es dir sage, rennst du los. Okay, Tam-Tam? Lauf, so schnell du kannst.«

Tam schüttelte den Kopf. Sie sprach kein Wort, nicht einmal, um sich über ihren Spitznamen, Tam-Tam, zu beschweren, und presste die Lippen fest zusammen. Zwei weiße Linien auf einem blassen Gesicht.

Mags sah ihrer Tochter in die Augen, als sie log.

»Ich werde direkt hinter dir sein. Wir haben keine Zeit zum Streiten.«

Sie hörten es beide. Das Knirschen des Schnees vor der Hütte, das mühsame Atmen. Dann herrschte für ein paar Sekunden Stille, der seine Schritte folgten, als er die Stufen zur Veranda hinaufstieg.

Mags ließ ihre Tochter los und stieß ihr mit der rechten Hand gegen die Brust.

»Lauf, Tam! Sofort!«

Tam zögerte einen Moment voll qualvoller Unentschlossenheit. Endlich drehte sie sich um und rannte in Richtung Wald.

Mags starrte der Haarsträhne und dem Flecken nackter Haut nach, die unter der Mütze hervorlugten, bis sie außer Sichtweite war.

Tam schaute nicht zurück.

Braves Mädchen.

An der Vorderseite der Hütte rüttelte der Mörder an der Tür. Als er innehielt, sog Mags die Luft ein. Erst als sie hörte, wie das Glas zersprang und das Fenster hochgezogen wurde, atmete sie aus.

Es würde nicht mehr lange dauern.

Mit dem Holzstapel zwischen ihr und der Rückseite der Hütte huschte sie zu der Stelle, an der sie die Axt versteckt hatte. Mags fand den Hohlraum zwischen den Holzscheiten und schob die Hand in den Haufen schneebedeckter Blätter. Suchend tastete sie den gefrorenen Boden ab.

Sie war nicht da.

Ihr Atem ging immer schneller. Ihr wurde schwindelig.

Nein. Nein. Sie musste da sein.

Sie blickte sich suchend um und entdeckte wenige Meter entfernt einen weiteren Spalt. Mags lehnte sich vor, presste den Körper gegen den kalten, harten Boden und streckte sich, so weit sie konnte. Die Finger wurden taub.

»Verdammt, jetzt komm schon. Bitte.«

Die Hintertür flog auf. Sie verharrte regungslos und hielt die Luft an.

Schritte. Eine Stimme. Langweilig, unauffällig. Was hatte sie erwartet?

»Du solltest jetzt gehen. Ich bin ihretwegen hier, nicht deinetwegen.«

Ihre Finger berührten den Gummigriff; sie bohrte die Nägel hinein, während sie danach griff. Als sie die Axt in der Hand hatte, fielen alle Gedanken von ihr ab, selbst die an Tam.

Mags stand auf, stellte sich ihm in den Weg und hob die Axt. Ihre Stimme klang heiser, zittrig. Die nächsten Worte schrie sie.

»Komm doch her, du Arschloch! Komm her!«

Kapitel 2

VOR SIEBEN MONATEN

Mrs Matlock rief Mags zurück, als sie gerade das Schultor erreichten. Neben ihr zuckte Tam erschrocken zusammen und wurde vor Verlegenheit knallrot. Mags hatte versprochen, dass sie nach Weihnachten allein zur Schule gehen könne. Tam wäre damit eine der Letzten in ihrem Schuljahr, die das durften. Mags wusste, dass ihre Tochter sie für übervorsichtig hielt. Und sie hatte natürlich recht.

»Mrs Barkworth! Mrs Barkworth!«

Mags drehte sich um und winkte der Lehrerin zu, bevor sie gegen den Strom von Eltern und Kindern über den Schulhof ging.

Tam griff nach ihrer Hand, damit sie stehen blieb, und zog sie zu sich heran. »Ich habe meine Periode bekommen«, flüsterte sie. »Ich wollte es dir zu Hause sagen.«

Mags hatte eine kleine Tasche mit Damenbinden und Ersatzschlüpfer zusammengepackt, damit Tam sie zur Schule mitnehmen konnte, aber sie lag immer noch in einer Schlafzimmerschublade. Bei ihr hatte die Periode erst mit dreizehn Jahren eingesetzt. Sie schüttelte den Kopf angesichts ihrer Dummheit.

»Es tut mir leid, Tam. Ich —«

»Alles ist gut, Mum. Jas hat mir eine Binde geliehen.«

»Gott sei Dank. Und dir geht es gut?«

»Ja, alles in Ordnung.«

Mags strich über Tams Wange. Sie schien blasser als sonst, wodurch ihre Augen noch dunkler wirkten. Ohne die Sommersprossen sähe sie fast erwachsen aus. Mags erhaschte einen Blick auf eine Tochter, die sie noch nicht kannte, die Tochter, die eines Tages in die Welt hinausgehen und sie verlassen würde. Stolz und Panik überkamen sie plötzlich wie eine Vorahnung.

Mrs Matlock wartete vor dem Klassenzimmer. Ein Haarband versuchte vergeblich, die dicken grauen Locken zu bändigen.

Tam hielt den Kopf gesenkt, als sie ihr hinein folgten. Die Lehrerin blieb am anderen Ende des Raumes stehen und drehte ihnen den Rücken zu. Mags und Tam wussten nicht, was sie tun sollten. Also schwiegen sie. Schließlich schaute die ältere Frau über die Schulter zurück und winkte sie zu sich.

»Nun, was meinen Sie?«

Sie traten zu Mrs Matlock vor eine Wand mit Bleistiftskizzen. Tam war zwar nicht wirklich talentiert, hatte aber Spaß an Kunst. Mags suchte die Bilder nach der Zeichnung ihrer Tochter ab, ohne sich allzu große Hoffnungen zu machen. Alle Bilder zeigten Gebäude: Häuser, Wolkenkratzer, Fabriken, Bauernhöfe, Garagen, Bahnhöfe.

»Heute Nachmittag sollten die Kinder ein Gebäude zeichnen«, erklärte Mrs Matlock mit hochgezogener Augenbraue, als erwarte sie einen anderen Kommentar als den offensichtlichen, »und keinen Unsinn.«

Mags nickte und hielt nach den Namen in den Ecken Ausschau. Tam hatte keinen unverwechselbaren Stil. Als Kleinkind hatte sie Strichmännchen mit Ballonhänden und drei

Fingern gemalt, bevor sie zu den quadratischen Standardhäusern mit vier Fenstern und dicker Rauchwolke aus dem Kamin übergegangen war.

Da entdeckte sie es.

In der Mitte der oberen Reihe ragte ein Bild heraus. Es war so detailgenau, als wäre es von einem Foto abgemalt worden. Seine einfache, aber naturgetreue Darstellung von allem, was zu sehen war, erinnerte Mags an einen Dokumentarfilm, in dem es um einen autistischen Jungen ging, der komplizierte Stadtansichten zeichnete.

Sie trat einen Schritt näher und spähte dann zu ihrer Tochter.

Tams Miene war starr, ihr Blick leer.

»Du hast das gezeichnet, Tam?«

Ein schwaches Nicken als Antwort.

»Sei nicht schüchtern, Tamara«, munterte Mrs Matlock sie auf. »Tamara« hasste Tam noch mehr als »Tam-Tam«. »Was für ein unglaubliches Kunstwerk!«

Mags wandte sich wieder dem Bild zu. Das dargestellte Gebäude war ein großes, frei stehendes Haus und sah ganz anders aus als die in ihrem Viertel im Norden Londons. Die Straße der Barkworths bestand aus viktorianischen Doppelhaushälften, edwardianischen Terrassen und einigen wenigen modernen verglasten und verzinkten Bauten.

Aber nicht so etwas. Die Außenwände und das Dach waren mit Schindeln verkleidet, und es gab nur einen Schornstein. Eine Holzveranda führte zu einer Fliegengittertür. Tam hatte offensichtlich aus der Perspektive eines Insekts gezeichnet, da Gras, Blätter und Äste einen Teil des Gebäudes verdeckten.

Die künstlerische Detailgenauigkeit war bemerkenswert. Ein Brett in der Nähe eines Giebels war durchgebogen, und in dem Hohlraum, der dadurch entstanden war, hatte sich ein cleverer Vogel eingenistet. An einer Ecke rankte Efeu empor.

Auf der Veranda stand an der Stelle, an der Mags vielleicht eine Schaukel angebracht hätte, ein altes Fahrrad. In dem Korb am Lenkrad waren noch fest verschlossene Blumen zu erkennen. *Das könnten Tulpen sein*, dachte Mags.

»Ich habe sie noch nie so konzentriert erlebt«, meinte Mrs Matlock. Sie legte eine Hand auf Tams Schulter. »Sie war völlig versunken. Du hättest es nicht einmal bemerkt, wenn der Feueralarm losgegangen wäre, nicht wahr, Tamara?«

Tam schwieg. Sie war blass und wirkte müde. Mags dachte an ihre Periode.

»Tatsächlich erstaunlich«, sagte sie und lächelte Mrs Matlock an, die weitersprach.

»Ich habe in den fünfzehn Jahren, die ich unterrichte, nichts von diesem Niveau gesehen. Ein solches Talent …«

Tam drückte Mags' Hand und zog sie fort.

»Ja, wirklich«, bestätigte Mags, während sie zur Tür gingen. »Nochmals vielen Dank.«

Nachdem sie zu Hause Tee aufgesetzt und Tam ihr Glas Orangensaft halb leer getrunken hatte, legte Mags den Arm um sie und drückte sie sanft an sich.

»Was ist los, meine kleine Künstlerin? Ist es wegen deiner Periode? Bist du müde? Hast du Bauchschmerzen?«

Tam hob das blasse Gesicht und sah sie an. »Es ist die Zeichnung, Mum.«

»Was ist damit, mein Schatz?«

Tam wirkte bedrückt. »Ich kann mich nicht daran erinnern, das gemalt zu haben. Ich kann mich an gar nichts erinnern.«

***

»Wann kommt Dad nach Hause?«, wollte Tam wissen, als sie am Küchentisch saßen.

Die Küche war immer noch Mags' Lieblingszimmer. Als sie während der Schwangerschaft auf der Suche nach einem Haus gewesen waren und sie zum ersten Mal den großzügigen Raum und die saubere, moderne Küche gesehen hatte, hatte sie ihren Mann am Arm gepackt. Sie hatte sich gleich in die hohen, viktorianischen Decken, das angrenzende Badezimmer, das riesige Arbeitszimmer für Bradley im Keller und den gläsernen Erker verliebt, der von der Küche in den Garten ragte. Der Architekt, der das Haus verkaufte, hatte dieses Highlight hinzugefügt – ein sonniges Plätzchen im Sommer und der einzige Ort, an dem man an einem Wintermorgen ohne Lampe lesen konnte.

Es war acht Uhr abends, die Fensterläden standen noch offen. Die untergehende Sonne fiel auf den Holzboden und tauchte die Bretter in ein orangefarbenes und grünes Licht. Vogelgesang setzte einen überschwänglichen Kontrast zu der klassischen Musik, die aus dem Bluetooth-Lautsprecher drang.

Tam nippte an ihrer Milch und aß einen Keks. Einige Monate, nachdem Tam zu sprechen begonnen hatte, hatte Mags darauf bestanden, den Snack als »Plätzchen« zu bezeichnen, konnte sich aber nicht gegen einen amerikanischen Ehemann und eine tägliche Portion Sesamstraße durchsetzen.

Das Ritual mit Milch und Keks vor dem Schlafengehen war eine amerikanische Angewohnheit, die sie bereitwillig übernommen hatte. Milch und Keks, Zähneputzen, Bett, Geschichte, Lesezeit, Licht aus. Ein Muster, das beibehalten wurde, seitdem Tam ein Kleinkind war. Dass sie mit elfeinhalb Jahren manchmal noch nach einer Gutenachtgeschichte fragte, gefiel Mags. Sie versuchte aber, es nicht zu zeigen. Vielleicht lag es daran, dass sie ein Einzelkind war. Oder daran, dass ihr Vater so viel arbeitete. Was auch immer es war, Mags war es egal.

»Er landet sehr früh am Samstagmorgen und wird zum Frühstück hier sein, Honey.«

»Honey« war ein weiterer Amerikanismus, der sich eingeschlichen hatte. Und inzwischen klang es nicht mehr seltsam, wenn sie es sagte. Sich daran zu gewöhnen, hatte nur vierzehn Jahre Beziehung mit einem Mann aus Massachusetts gebraucht. Die Sprache anzunehmen, mochte Jahre gedauert haben, aber Bradley war wie ein Wirbelwind in ihr Leben gefegt. Sie kannten sich erst drei Monate, als sie heirateten. Ihre Freunde und Familie hatten angesichts dieses impulsiven Verhaltens überrascht reagiert. Oder besser gesagt, diejenigen, die Bradley nicht persönlich erlebt hatten, hatten überrascht reagiert.

»Nur noch zwei Nächte«, überlegte Tam, während sie ihre Milch austrank, die einen strahlend weißen Schnurrbart hinterließ.

»Richtig.« Mags fuhr mit einem Tuch über Tams Oberlippe, bevor sie Glas und Teller abräumen wollte.

»Mum.« Tam nahm ihr das Tuch weg, und Mags reichte ihr den Teller. Sie stellte ihn in die Spülmaschine und streckte eine Hand nach dem Glas aus. »Ich bin kein Kind mehr.«

So feierlich, wie sie das aussprach, hätte Mags am liebsten gegrinst, verzog aber keine Miene. Und Tam hatte recht. In einigen Kulturen wäre sie am heutigen Tag zu einer Frau geworden.

»Tut er weh? Der Bauch, meine ich. Ist dir übel?«

Tam lehnte sich gegen die Spülmaschine. Ihre neue Frisur – kurz und trotzdem irgendwie unordentlich – glänzte in den letzten Sonnenstrahlen, und die feinen goldenen Spitzen erinnerten an die blonden Locken, die sie als Baby gehabt hatte. Inzwischen war ihr Haar braun, aber heller als die dunklen, intensiven Augen. Die momentane Hitzewelle brachte ihre Sommersprossen zum Vorschein. Tam hasste ihre Sommersprossen. Mags liebte sie.

»Ja, alles in Ordnung, Mum. Schließlich hast du mir all diese Bücher zum Lesen gegeben. Ich weiß mehr als die meisten Ärzte und bin ein echter Experte für den weiblichen Unterleib.«

»Zwei Bücher! Ich habe dir zwei Bücher mitgebracht.« Mags lächelte. »Ich will nur sichergehen, dass mit dir alles in Ordnung ist. Du weißt nicht, wie sich deine Periode auf dich auswirkt, bis du sie bekommst.«

»Nun, ich habe sie bekommen und es geht mir gut. Also hör auf, dir Sorgen zu machen.«

»Und was ist mit diesem Bild?«

»Was soll damit sein?«

Tam wollte nicht mehr über ihren Anflug künstlerischer Genialität reden. Sie war mehr oder weniger überzeugt, dass sie im Unterricht eingeschlafen war, obwohl ein Teil von ihr den Bleistift in der Hand und den Druck der Feder auf das strukturierte Papier noch wahrgenommen hatte. Doch Tam kannte das Haus nicht, das sie gezeichnet hatte. Sie wusste nicht einmal, ob es wirklich existierte. Sie war von dem, was sie gemalt hatte, genauso überrascht wie Mrs Matlock.

»Okay …« Mags wollte sie nicht drängen, wenn sie nicht darüber sprechen wollte. Eine seltsame Geschichte, die es aber nicht wert war, sich aufzuregen. Sie würde warten, bis sie mit Bradley geredet hatte. Er wollte immer ganz genau wissen, was Tam gemacht hatte.

Nachdem ein weiteres Kapitel von Oliver Twist zu Ende – und Mags so entsetzt über die furchtbaren Leiden Olivers wie Tam fasziniert – war, gab sie ihrer Tochter einen Gutenachtkuss. Tam griff nach »Auf geht's, Jeeves!«.

»Du liest schon wieder dieses Buch von P. G. Wodehouse?«

»Das ist ein Klassiker, Mum.«

Mags war bereits im Flur angekommen, als Tam ihr nachrief. »Mum?«

Sie steckte den Kopf ins Zimmer. Tam sah sie mit ernster Miene an.

»Das Bild ...« Sie schaute zur Seite, wie sie es oft tat, wenn sie nachdachte. »Als ich es zu Ende gezeichnet hatte, war es ...« Wieder wanderte ihr Blick zur Seite. »... als würde ich aus einem Traum aufwachen. Aber ... nicht aus einem schönen Traum, sondern aus einem Albtraum.«

»Oh, Honey.«

Tam schüttelte den Kopf. »Ich bin okay. Aber ich fand es nicht schön. Ich will nicht, dass es noch einmal passiert.«

Mags lächelte sie an, wie Eltern ihre Kinder anlächeln, wenn sie sie wegen etwas beruhigen wollen, über das sie wenig oder gar nichts wissen. »Das wird es bestimmt nicht. Gute Nacht.«

KAPITEL 3

Am Flughafen Heathrow herrschte bereits am Samstagmorgen um zwanzig Minuten nach sieben geschäftiges Treiben. Dabei unterhielten sich die Reisenden gedämpft, da die meisten von ihnen in den frühen Morgenstunden aufgestanden waren. Große Koffer und kleine Kinder hinter sich herziehend, schleppten sie sich wie Schlafwandler zu den Check-in-Schaltern.

Mags und Tam gingen in die Ankunftshalle. Ein halbes Dutzend Transatlantikflüge war pünktlich zum Frühstück gelandet. Der Strom von Menschen, der aus der Zollabfertigung kam, hatte Stunden mit Hunderten von Fremden in einer Blechkiste über dem Himmel verbracht, von denen die meisten Erdnüsse gegessen und zu viel getrunken hatten. Sie sahen ziemlich fertig aus, ihre Bewegungen waren langsam, die Mienen ausdruckslos.

Bradley stach aus der Masse heraus. Nicht allein, weil er wach und ausgeruht aussah, sondern weil Bradley immer auffiel.

Kit, Mags' Bruder, hatte sie zur Seite genommen, als sie Bradley vorgestellt und mit ihm angegeben hatte. »Mein Schwulenradar explodiert ja regelrecht bei diesem Typen. Niemand sieht so gut aus, zieht sich so gut an und ist hetero. Niemand.« Er fügte nicht hinzu, dass Bradley vom Aussehen her in einer anderen Liga spielte als Mags. Das musste er auch nicht, schließlich war sie seine Zwillingsschwester. Aber er hatte

18

ihr eine Hand auf die Schulter gelegt, ihr in die Augen geschaut und gesagt: »Ich dachte immer, ich sei der beste Liebhaber in Großbritannien, aber ich muss den Titel wohl an dich weitergeben. Ernsthaft, was könnte es sonst sein? Mit deinem Aussehen ist ja nun mal kein Staat zu machen.« Sie hatte ihm gegen den Arm geboxt. Und zwar kräftig.

Als sie ihn in diesen wenigen Sekunden betrachtete, bevor Bradley Tam und sie entdeckte, überkam sie das vertraute Gefühl, die falsche Person am falschen Ort zu sein und auf den falschen Mann zu warten. Sie hatte heute Morgen eine halbe Stunde auf ihr Make-up verwendet, um nach zehn Tagen Getrenntsein so gut wie möglich auszusehen. Doch als sie in den Standspiegel im Schlafzimmer geschaut hatte, hatte sie nur das Gewicht auf den Hüften, die müden Augen und den grauen Ansatz in ihrem blonden Haar wahrgenommen. Sie war vierzig Jahre alt und sah auch so aus. Bradley dagegen war achtunddreißig und sah wie ein Filmstar aus. Nicht auf eine hübsche, jungenhafte Weise. Sein Gesicht war zu interessant, um hübsch zu sein. Seine Augen waren so blau wie Paul Newmans, aber die Nase war zu groß, wodurch er nur noch attraktiver wirkte. Das dunkle Haar war kurz geschnitten, aber ungepflegt. Dieses Detail bei einem Mann, der sonst so stolz auf sein Aussehen war, war für Mags das i-Tüpfelchen bei ihrer ersten Begegnung gewesen.

»Dad!« Tam rannte zu ihrem Vater, der sie auffing und umarmte.

Mags hielt sich zurück und ließ sie ihr Wiedersehen feiern. Zehn Tage waren eine lange Zeit für eine Elfjährige.

»Mum, Mum, sieh mal, Dad hat mir ein Buch gekauft.« Sie wedelte mit einem alten, dunkelbraun gebundenen Buch herum. »Die Abenteuer von Huckleberry Finn« von Mark Twain.

Bradley beugte sich hinunter, küsste Mags auf den Scheitel und nahm ihr Gesicht in die Hände, bis sie ihn anschaute. Er lächelte.

»P. G. Wodehouse ist vermutlich okay«, meinte er. »Aber es wird Zeit, dass sie einen echten Klassiker liest.« Wie jedes Mal, wenn er in Boston gewesen war, kam sein Akzent wieder durch, aber es gelang ihr nie, ihn nachzuahmen, die Rs zu verschlucken und die Vokale in die Länge zu ziehen. Als sie es nun wieder probierte, grinste er bloß und spottete: »Nicht annähernd.«

Tam verfügte über weitaus mehr Talent als sie und versuchte es mit der berühmten Redewendung »Park your car in Harvard Yard«: »Hey, Dad, pahk the cah in Hahvahd Yahd.«

Er drehte sich zu ihr um und zog in gespielter Überraschung die Augenbrauen hoch. »Hey, nicht schlecht für eine Halbbritin.«

Tam kicherte, als Bradley sich auf sie stürzte und sie kitzelte. Sie bekam vor Lachen kaum Luft. »Aufhören! Das ist unfair!«

***

»Okay, Tam-Tam, spuck es schon aus. Was ist hier los?«

Tam verschränkte die Arme und starrte aus dem Autofenster.

Bradley drehte sich auf dem Vordersitz um und musterte sie. »Ups. Entschuldige, mein Schatz. Es fällt mir schwer, dich nicht mehr Tam-Tam zu nennen, also könnte es mir ab und an noch rausrutschen. Würden Sie meine bescheidene Entschuldigung annehmen, Miss Barkworth?«

Tam schnaubte. Im Rückspiegel registrierte Mags, wie sie sich wieder zu ihrem Vater umdrehte und lächelte.

»Eigentlich hast du recht, Dad. Ich bin kein Kind mehr. Ich habe zum ersten Mal meine Tage bekommen.«

Tam sprach mit ihrem Vater so offen über alles wie mit Mags. Seit sie reden konnte, hatte Bradley gefragt, wie Tam sich fühlte, was sie dachte, und sich für alles, was sie sagte und tat, interessiert. Selbst der Familie und ihren Freunden fiel die Nähe zwischen Vater und Tochter auf.

»Wow! Das ist großartig, Honey. Ist es dir unangenehm? Hast du Kopfschmerzen oder ist dir übel? Irgendwelche anderen Veränderungen, über die du sprechen möchtest?«

Mags stieß ihrem Mann gegen das Bein. »Was gibt denn das? Ein Frage-Antwort-Spiel?«

»Es tut mir leid. Es interessiert mich halt. Unsere Tochter wird zu einer Frau. Welcher Vater würde nicht alles darüber wissen wollen?«

»Genau, du bist ihr Vater, nicht ihr Arzt.«

Bradley nickte und streckte die Hand nach hinten zu Tam aus. »Danke, dass du es mir gesagt hast. Wir unterhalten uns später darüber.«

Der dichte Verkehr auf der Londoner Ringstraße nahm während des Berufsverkehrs weiter zu. Für die letzten anderthalb Meilen brauchten sie fünfundzwanzig Minuten, bis sie endlich am Küchentisch saßen. Im Backofen backten Croissants und auf dem Herd köchelte eine Kanne Kaffee. Tam erzählte ihrem Vater von den Proben für die Schulaufführung, ihrem Aufsatz über die Luftschlacht um England und dass die meisten in der Klasse Morag Wilkinson ignorierten, weil sie eine Eiferin war. Mags bemerkte, wie Bradley angesichts des Wortschatzes seiner Tochter zufrieden nickte.

Bradley beantwortete ihre Fragen zu seiner Reise, verriet aber wenige Details. Er sprach immer nur allgemein über seine Arbeit und scherzte, dass sie für alle langweilig sei, die nicht Genetik studiert hätten. Seit seinem Abschluss arbeitete er für seinen Vater. EdgeGen Technology betrieb Genforschung und hatte sich auf neue Behandlungsmethoden für neurologische, zu Lähmungserscheinungen führende Erkrankungen spezialisiert. Viel mehr als das wusste Mags nicht. Der Großteil von Bradleys Arbeit unterlag Geheimhaltungsvereinbarungen.

»Ich habe viel zu viel Zeit im Labor verbracht, Tests durchgeführt und die Ergebnisse ständig überprüft.« Er füllte seinen Kaffee nach und hielt Mags die Kanne hin. Sie lehnte ab. Anderthalb Tassen pro Tag waren ihr Limit. Trank sie mehr, begann ihr Puls zu rasen und die Haut zu kribbeln, was sie an die Panikattacken erinnerte, die sie nach Tams Geburt geplagt hatten. Die Geburt ihrer Tochter war der glücklichste und zugleich traurigste Moment ihres Lebens gewesen. Allein der Gedanke daran verursachte diesen vertrauten Schwindel, das Gefühl, am Rande eines Abgrunds zu stehen.

Mags' Blick fiel auf den Kalender an der Küchenwand, und automatisch suchte sie nach dem nächsten roten Aufkleber. Montagnachmittag. Sie fragte sich, ob sie irgendwann keine Therapie mehr brauchen würde. Hastig kehrte sie wieder in die Gegenwart zurück. Bradley redete weiter.

»Ich wollte zum See hinausfahren, aber ich war zu beschäftigt. Jedenfalls bleibe ich diesmal eine ganze Weile hier. Ich muss die Ergebnisse von drei Versuchsreihen durchgehen, was mindestens sechs bis acht Wochen dauert.«

»Versprochen?«, fragte Tam.

»Versprochen.« Sie klatschten sich ab. »Okay, gibt es sonst noch etwas Neues?«

»Nein, das war's«, antwortete Tam lächelnd. »Können wir uns heute Nachmittag einen Film ansehen?«

»Klar. Wie wäre es mit einem Dokumentarfilm über Ökonomie?«

»Da-ad!«

Mags räumte die Teller ab und die Spülmaschine ein. Tam hatte kein Wort über das Bild verloren.

***

Später, als Bradley sich die Zähne putzte, beschloss Mags, ihm nichts von dem Bild zu erzählen. Sie dachte an den Gesichtsausdruck ihrer Tochter, als sie geschildert hatte, wie sie das Haus gezeichnet hatte. Tam hatte es seitdem nicht mehr erwähnt und wollte es unbedingt vergessen.

Aber Bradley nichts zu sagen, fühlte sich falsch an. Ria, ihre Therapeutin, beharrte darauf, dass sie offen kommunizieren müssten.

»Beziehungen zerbrechen erst dann, wenn man nicht mehr miteinander redet«, hatte sie argumentiert. »Kommunikation ist alles. Auch wenn Sie Bradley immer noch nicht sagen können, wie Ihre Angst Ihre Sicht auf ihn beeinflusst, müssen Sie ihm alles andere erzählen. Behalten Sie die Gewohnheit bei, miteinander zu reden. Irgendwann werden Sie bereit sein, sich Ihrem Vertrauensproblem zu stellen.«

Mags schloss ihr Buch, als Bradley aus dem Badezimmer kam. Sie hatte fünf Minuten lang auf dieselbe Seite gestarrt, ohne ein Wort zu lesen. Sie legte es auf den Nachttisch und beobachtete, wie er durch das Zimmer lief. Er trug eine Pyjamahose mit Tunnelzug. Er joggte fast täglich und ging dreimal pro Woche ins Fitnessstudio, war also ziemlich durchtrainiert. Ihre gelegentlichen Versuche, es ihm gleichzutun, endeten stets nach ein oder zwei Wochen, aber er beharrte darauf, dass die paar Pfunde, die sie zugenommen hatte, für ihn keinen Unterschied machten.

»Tam hat eine erstaunliche Skizze gezeichnet«, setzte sie an.

Bradley wollte gerade neben ihr ins Bett steigen, blieb nun aber abrupt mit der Ecke der Bettdecke in der Hand stehen.

»Tatsächlich? Sie hat sich noch nie für Kunst interessiert.«

Mags nickte. »Ich weiß. Ich konnte kaum glauben, dass es von Tam stammte.«

»Was war denn so erstaunlich daran?«

Mags zuckte die Achseln. »Es war so realistisch. Wie ein Foto.«

»Kann ich es sehen?«

»Es hängt in der Schule. Mrs Matlock meinte, sie würden es in der Halle ausstellen. Aber –«

Sie brach ab. Bradleys Augen wurden schmal. Er konzentrierte sich ganz auf das Gesicht seiner Frau. »Aber was?«

Und da geschah es: Er sah sie an, als ob sie ihm nichts bedeutete. Der Moment verging, und sein Gesichtsausdruck wurde wieder weicher. »Projektion« hätte Ria es genannt. Nicht real. Mags zuckte ein zweites Mal mit den Schultern. »Ist nicht so wichtig.«

Bradley setzte sich auf das Bett, lächelte und griff nach der Hand seiner Frau. »Erzähl mir, was du sagen wolltest. Ich werde beurteilen, ob es wichtig ist oder nicht.«

Jetzt kam der Wissenschaftler in ihm durch, der sie gönnerhaft behandelte. Sie fühlte sich wie eine Versuchsperson, die Fragen beantwortete, die später untersucht werden sollten, um dann ihr Ergebnis zu bewerten.

Bradley spürte, dass sie sich zurückzog. »Entschuldige, aber das interessiert mich einfach. Sie ist unsere Tochter, und wenn sie auf irgendeinem Gebiet Talent zeigt, dann möchte ich mehr darüber erfahren.« Er fuhr mit dem Daumen an ihrem Handgelenk entlang und küsste ihre Hand. »Bitte, erzähl es mir.«

Mags drückte seine Hand und ermahnte sich, Bradley nicht mit der Paranoia zu beurteilen, die ihre Angst hervorrief. Wie immer dachte sie an die ersten Monate ihrer Beziehung zurück, vor ihrer Heirat, vor ihrer Schwangerschaft. Die Aufregung, das Verlangen, das berauschende Gefühl, Liebe zu geben und zu empfangen. »Tam sagt, sie erinnere sich nicht daran, es gezeichnet zu haben, und wollte danach nicht mehr darüber sprechen.«

Mags berichtete Bradley von dem Haus auf dem Bild, von Tams

seltsamem Gefühl, losgelöst zu sein, als wäre sie aus einem Albtraum aufgewacht. »Seitdem hat sie es nicht mehr erwähnt. Du musst ihr vielleicht etwas Zeit geben.«

Bradley ließ ihre Hand los. »Wann hat sie es gezeichnet?«

»Mittwoch oder Donnerstag.«

»An welchem Tag genau?«

»Wieso ist das so wichtig? Aber gut, es war am Donnerstag.«

»Bist du dir sicher?«

»Ja, natürlich bin ich mir sicher. Es war derselbe Tag, an dem sie ihre Periode bekam.« Mags griff wieder nach dem Buch. »Übrigens sollte dich das viel mehr interessieren. Sie kommt hervorragend damit zurecht, danke der Nachfrage.«

Bradley setzte sich seufzend hin. »Es tut mir leid, Schatz. Das liegt wohl am Jetlag, was aber keine Entschuldigung dafür ist, so barsch zu sein. Es tut mir wirklich leid. Verzeihst du mir?«

Diese arglosen blauen Augen brachten sie immer noch zum Dahinschmelzen. Mags erinnerte sich an Rias Rat. Obwohl sie ihre Angst inzwischen besser unter Kontrolle hatte, hatte sie nach wie vor einen großen Einfluss darauf, wie sie ihren Mann wahrnahm. Er war ein guter Ehemann, ein aufmerksamer Vater, ein einfühlsamer Liebhaber. Das musste sie anerkennen. Sie zog ihn zu sich heran und sie küssten sich. Als seine Hände über ihren Körper glitten, lenkte Mags ihre Aufmerksamkeit auf das Hier und Jetzt, indem sie Rias Achtsamkeitstechnik nutzte. Mit der Einatmung zählte sie bis sechs und mit der Ausatmung lenkte sie ihre Aufmerksamkeit auf die Körperteile, die er berührte. Beim dritten Mal vergaß sie das Zählen und gab sich dem Vergnügen hin.

Um drei Uhr morgens öffnete sie die Augen und griff nach einem Glas Wasser. Bradleys Betthälfte war leer, das angrenzende Badezimmer dunkel und still. Er wachte oft in der Nacht auf und verbrachte ein oder zwei Stunden in seinem Büro im Keller. Sie wusste, dass Bradleys Arbeit ein schönes Haus, Ferien in der Südsee und einen ansehnlichen Betrag auf dem Konto ermöglichte. Sie sollte es ihm nicht übel nehmen.

Mags strich mit einer Hand über die Delle in seinem Kopfkissen.

Er machte alles richtig. Das tat er immer. Warum vertraute sie ihm dann nicht?

KAPITEL 4

Für ein paar Sekunden vergesse ich, wer ich bin. Mein Schädel brummt und vibriert. Die Zähne schmerzen. Ich öffne halb die Augen. Glas, Regen, Dunkelheit. In dem Moment fällt von oben ein Lichtstrahl auf mein Gesicht. Ich setze mich auf, nehme den Kopf von der Scheibe und schaue zurück ins Licht. Es kommt von einem Schild über der Autobahn. Ich drehe mich auf meinem Platz um. Ich sitze in einem Bus. Ich weiß einfach nicht mehr, wo ich hinwill. Oder wo ich losgefahren bin.

Der Bus ist halb leer. Die meisten Leute schlafen. Das gefällt mir. Es fühlt sich gut an, hier zu sein. Wir befinden uns außerhalb einer Stadt, irgendwo im Mittleren Westen. Vor der Behandlung habe ich Florida nie verlassen. Als ich von dem Programm erfuhr, reiste ich zum ersten Mal in den Norden. In Bussen wie diesem. Es machte mir keinen Spaß. Es machte mir keinen Spaß, von zu Hause weg zu sein. Damals hatte mein Leben keinen Sinn.

Sie dachten, sie könnten mich heilen. Sie sagten, eine Operation könne mir helfen. Niemand mag den Gedanken, dass einem der Kopf aufgeschnitten wird. Aber wenn es bedeute, dass ich danach schlafen könne, sagte ich, könnten die mir den ganzen Kopf abnehmen. Sie haben gelacht, als ich das sagte. Dabei war es kein Witz.

Sie haben mich nicht geheilt. Das letzte Mal richtig geschlafen habe ich, als ich unter dem Messer lag. Jetzt ist es schlimmer als vorher. Ich schlafe für eine Minute, vielleicht für zwei, danach bin ich wieder wach.

Die Ärzte, die die Studie durchführten, dachten, sie hätten versagt. Vielleicht haben sie versagt, weil ich weiterhin unter Schlaflosigkeit leide. Aber jetzt ist alles anders.

Ich taste nach der Narbe. Die Haare sind nachgewachsen, aber ich kann sie nach wie vor spüren – die raue, erhabene Haut, die von der Stelle hinter dem Ohr bis zur Stirn verläuft. Ihr zackiges Muster erinnert an eine Treppe. Das ist eines der beiden Dinge, die ich den Ärzten zu verdanken habe. Die Narbe. Und sie gaben mir einen Grund zum Leben. Das wissen sie natürlich nicht. Ich wusste es selbst eine Zeit lang nicht. Es dauerte Tage, vielleicht sogar Wochen, bis mir klar wurde, dass die Operation mir etwas Besonderes gebracht hatte. Etwas viel Besseres als Schlaf.

Ich schaue mich wieder im Bus um. Ich zähle elf Personen. Alle schlafen, bis auf eine alte Lateinamerikanerin, die mich ansieht und dann ihre Augen abwendet.

Ich sehe wieder nach vorn und mein Blick fällt in den Spiegel vorn im Bus. Der Fahrer starrt mich an. Ich schaue nach unten, als mir klar wird, dass ich laut geredet habe. Ich muss besser aufpassen. Wenn ich die Aufmerksamkeit auf mich lenke, kann ich meine Arbeit nicht mehr tun. Und ich muss arbeiten können. Es gibt so wenige von uns, die mit einer Mission gesegnet sind.

Es dauert noch ein paar Stunden, bis wir die nächste Haltestelle erreichen. Ich vermisse das Schild, auf dem steht, wo ich bin, aber ich steige trotzdem aus. Der Bus fährt weg. Es gibt eine Tankstelle und einen Rastplatz für Fernfahrer. Gut. Ich glaube, ich bin seit ein oder zwei Tagen unterwegs.

Ich gehe zur Tankstelle und frage nach den Duschen. Ich zahle dem Typen fünf Dollar für eine Wertmarke und laufe außen um das Gebäude herum. Das Wasser ist warm, also drehe ich es kälter, bis sich mir die Haare aufstellen und die Hände zittern. Ich wasche mich und ziehe die neue Kleidung an, die in der Tasche ist. Die alten Kleider lasse ich am Haken vor der Dusche hängen. Irgendjemand wird sie mitnehmen. Das tun sie immer.

Das letzte Mal ist erst eine Woche her. Aber man hat mir ein Zeichen gegeben. Ein Zeichen, dass jemand über mich wacht. Vom Rand der Tankstelle aus erkenne ich die Lichter einer Stadt, die weniger als eine Meile entfernt liegt. Wenn ich über die Felder gehe, wird mich niemand sehen. Es wird erst in ein oder zwei Stunden hell.

Ich werfe einen letzten Blick zurück. Niemand schaut sich um, niemand sieht etwas, alle schlafen halb. Der Typ in der Tankstelle hängt über seinem Handy und spielt ein Spiel.

Wenn er wüsste, wer ich bin und was ich tun kann, würde er mich um Hilfe bitten. Er würde darum betteln. Wenn die Leute verstehen würden, was ich zu bieten habe, würden alle es wollen.

Sie müssen nicht mehr halb schlafen oder halb wach sein. Wenn ich euch helfe, könnt ihr schlafen. Ihr könnt schlafen.

KAPITEL 5

Ria war Mags' fünfte Therapeutin in zehn Jahren und die einzige, bei der sie länger als drei Sitzungen geblieben war. Hätte man sie dazu gedrängt, wäre es ihr schwergefallen zu erklären, was sie an Ria mochte. Auf den ersten Blick schien sie womöglich selbst eine Therapie nötig zu haben. In ihrer Souterrainwohnung in einer der Straßen, die wie Spinnenbeine vom Hyde Park abgingen, herrschte unentwegt Chaos. Mehr als einmal war Mags am Eingang einem benommen wirkenden Mann begegnet. Da Ria lediglich weibliche Klientinnen annahm, waren diese Männer allesamt Eroberungen, wie sie schamlos betonte.

Diesmal kam ihr kein Mann entgegen, und Mags folgte Ria durch den üblichen Hindernisparcours aus abgelegten Kleidern, Weinflaschen und Büchern.

Rias Büro unterschied sich so stark vom Rest ihrer Wohnung, dass es glatt einer anderen Person hätte gehören können. Es gab einen schlichten Schreibtisch mit Tastatur und Monitor sowie einen Notizblock und einen Stift. Auf einem Regal neben dem hohen, breiten Fenster standen ein Wasserkrug, Gläser und eine Schachtel mit Taschentüchern. Ria goss beiden ein Glas ein, nahm in ihrem Drehstuhl Platz, tippte auf die Leertaste, um die Aufzeichnung ihrer Sitzungen aufzurufen, und angelte nach Stift und Papier.

»Was haben Sie auf dem Herzen?«

Ria eröffnete die Sitzung jedes Mal auf die gleiche Weise. Zuerst hatte Mags das für oberflächlich gehalten. Doch am Ende ihrer ersten Stunde wusste sie, dass sie eine Gleichgesinnte gefunden hatte, jemanden, der kein Interesse vortäuschte, der niemals Standardlösungen vorschlug, die auf jeden passten.

»Bradley ist für ein oder zwei Monate zurück.«

Ria nickte. Mags schätzte sie auf Anfang fünfzig. Sie wog mindestens sechs Kilo mehr und war ein paar Zentimeter kleiner als sie – Mags war knapp ein Meter siebzig groß –, schien sich aber nicht viel aus ihrem Gewicht zu machen. Nach dem mehr oder weniger regelmäßigen Strom glücklich aussehender Männer zu urteilen, die aus der Wohnung kamen, war es auch für andere kein Problem. Ria meinte, Mags' Sorge um ihr eigenes schwankendes Gewicht sei ein Ablenkungsmanöver, eine Möglichkeit, wichtigere Probleme zu verdrängen. Wahrscheinlich hatte sie recht. Doch Rias selbstbewusstes Auftreten ließ vermuten, dass sie nie diesen Ausbruch von Glücksgefühlen erlebt hatte, wenn man nach einer Crashdiät in ein neues Outfit passte, und noch nie einen ganzen Vormittag geweint hatte, nachdem man bemerkt hatte, wie der Bauch über den Bund der Jeans hing.

»Haben Sie mit ihm gesprochen?«

Mags musste nicht nachfragen, was sie damit meinte. Diese Frage stellte sie in jeder Sitzung, und Mags gab stets die gleiche Antwort.

»Nein.« Mags hob abwehrend die Hand. »Wie soll ich das denn machen? Wo soll ich anfangen? Bei Ihnen klingt es immer so einfach, aber das ist es nicht.«

Mags sprach in ihren Sitzungen erst über ihre Ehe, nachdem sie von Tam erzählt hatte. Ihre Bedenken, ihre Ängste, die irrationalen Gedanken, die ihr manchmal kamen, wenn Tam in der Schule war. Die Gesprächstherapie half. Mags wusste, dass ihre Beziehung zu ihrer Tochter inzwischen viel stärker geworden war, weil Ria ihr die Fallstricke ihres übertriebenen Schutzverhaltens aufzeigte. Es würde Mags nie leichtfallen, Tam ihren Freiraum zu gewähren, sie auf Schulausflüge gehen zu lassen, sie bei einer Freundin abzusetzen und wegzufahren. Aber nun kannte sie Strategien, um mit ihrer Abneigung all diesen Dingen gegenüber umzugehen. Und die Beziehung zu ihrer Tochter war dadurch stärker geworden, genau wie Ria es versprochen hatte. Eines Tages, dachte Mags, würde sie Tam sagen können, warum es ihr schwerer fiel als den meisten Müttern, ihrer Tochter ein Stück weit Unabhängigkeit zu gönnen.

Was sich nicht verbessert hatte, war Mags' Beziehung zu Bradley. Mags konnte sich nicht erklären, warum sie mit ihren Gefühlen für ihren Ehemann nicht weiterkam.

»Auf rationaler Ebene akzeptieren Sie, dass Bradley das ist, was er zu sein scheint: ein guter Vater und Ehemann.« Ria machte sich einige Notizen, während sie sprach. »Er ist intelligent, attraktiv und arbeitet hart als Akademiker, was ihm große berufliche Befriedigung verschafft.« Das stand außer Frage. Sowohl Ria als auch Mags kannten die Antwort. Sie verzog trotzdem das Gesicht.

»Jetzt stellen Sie ihn nicht als perfekt dar. Das machen schon meine Familie und meine Freunde zur Genüge.«

»Ich sagte nicht, dass er perfekt ist.«

»Okay, okay, aber das macht auch keinen Unterschied. Es ist nur …« Mags lehnte sich vor, stützte die Ellbogen auf die Knie und fuhr sich durch die Haare, während sie sich gleichzeitig die Schläfen massierte. »Aus welchem Grund auch immer, ich fühle nach wie vor das Gleiche. Ich weiß, es ist verrückt.«

Das war noch etwas, was Mags an Ria mochte. Sie riet nie davon ab, das Wort »verrückt« zu benutzen. Sie verwendete es sogar selbst.

»Ja«, stimmte Ria zu, »es ist verrückt, Mags.«

»Ich verstehe nicht, warum ich nicht vorankomme.«

»Das ist eine große Hürde für Sie. Sie haben Fortschritte in anderen Bereichen gemacht und werden auch hier Fortschritte machen. Es wird so lange dauern, wie es eben dauert, das ist alles. Manche Probleme brauchen Zeit, um gelöst zu werden.«

»Aber wie lange? Das geht schon so seit …« Sie verstummte. Ria wartete schweigend, bis sie den Satz beenden konnte. »… seit Claras Tod.«

Ria nickte. »Gut. Sie wissen, seit wann Sie dieses Misstrauen gegenüber Bradley verspüren, aber Sie können die Gründe dafür nicht erkennen. Claras Tod und Ihr Problem mit Bradley sind untrennbar miteinander verbunden. Sie haben immer noch das Gefühl, dass Sie mit dem, was mit Clara geschehen ist, noch nicht abgeschlossen haben. Aufgrund der Art und Weise, wie es passiert ist, waren Sie nie in der Lage …« Sie ließ den Satz unbeendet. »Nun, ich werde es nicht für Sie aussprechen. Das kostet extra.«

Mags schenkte ihr ein schwaches Lächeln. »Ich habe nie Auf Wiedersehen gesagt. Ich habe sie nie gesehen. Ich habe sie nie im Arm gehalten. Aber das werde ich auch nie. Ich kann diese Dinge nicht ändern. Wie kann ich da abschließen?«

Ria trank ihr Glas leer. »Sie beide haben an diesem Tag eine Tochter verloren, Mags. Sie können das Problem lösen, indem Sie mit Bradley darüber reden.« Sie zeigte mit dem Stift auf die Uhr.

Mags stand auf. Die Zeit verflog jedes Mal so schnell. »Ich wusste, dass Sie das sagen würden. Bis nächste Woche.«

Kapitel 6

Mags nutzte die Therapiesitzung im Stadtzentrum als Ausrede, um sich endlich einmal wieder neue Kleider zu kaufen. Ein Sandwich und ein Eiskaffee auf den Stufen zur Royal Festival Hall boten ihr die Gelegenheit, hinter einer neu erworbenen Sonnenbrille Menschen zu beobachten.

Sie stieg eine Haltestelle früher aus der U-Bahn aus und spazierte die letzte halbe Meile zu Fuß nach Hause. Der Frühling machte dem Sommer Platz, was bedeutete, dass sich auf jedem Flecken Rasen in London halb nackte Menschen tummelten, mochte er auch noch so klein und nahe einer viel befahrenen Straße liegen. Die Sonne hob ihre Stimmung. Bradley würde sagen, dass es an der Aufnahme von Vitamin D lag. Mags war die Wissenschaft egal, sie genoss einfach das optimistische Treiben der Stadt, das bereitwillige Lächeln und Nicken, das zu Shorts und Röcken nach dem langen Winterschlaf gehörte.

Ihre Stimmung war immer noch gut, als sie um das Haus ging. Bradley und Tam saßen am Tisch und lachten. Sie kam an der Hintertür vorbei und wollte gerade an die Fensterscheibe klopfen, als sie es sah.

Tams Bild aus der Schule hing am Kühlschrank.

Tam bemerkte ihre Anwesenheit und stürmte zur Tür, um sie zu öffnen und ihre Mutter zu umarmen. Ihr ganz besonderer Geruch, den sie als Baby verströmt hatte, war mit den Jahren vielleicht schwächer geworden, aber er war noch da. Als Mags über den Nacken ihrer Tochter strich, löste sich Tam aus der Umarmung und hüpfte davon. Mags folgte ihr zu dem Tisch, an dem Tam und Bradley etwas gelesen hatten – einen Brief von den Pfadfindern, denen Tam sich vor etwas mehr als einem Jahr angeschlossen hatte. Ihm lag ein Anmeldeformular für ein Ferienwochenende in Norfolk bei, das Bradley bereits unterschrieben hatte. Für einen kurzen Moment fühlte Mags sich verraten und wurde wütend. Tam war nie länger als eine Nacht weggeblieben – und das auch nur mit ihrer Familie. Norfolk lag mehr als drei Stunden mit dem Auto entfernt; der Gedanke an ein ganzes Wochenende, an dem sie nicht wusste, was Tam tat und ob sie in Sicherheit war, löste Panik in ihr aus. Sie hielt sich am Tischrand fest. Das vertraute Kribbeln in ihren Armen kündigte eine mögliche Panikattacke an. Sie atmete bewusst tief ein und aus und bemerkte, dass Bradley aufgestanden war. Ihre Schultern zitterten, als er seine Hände auf sie legte. Sie wollte ihm nicht in die Augen sehen.

Tam schaute besorgt auf. »Ist alles in Ordnung, Mum?«

»Es geht ihr gut, Tam«, antwortete Bradley. »Holst du bitte ein Glas Wasser?«

Als Tam mit einem großen Becher zurückkehrte, brachte Mags ein Lächeln zustande. Es schien noch nicht lange her zu sein, als die Anfänge einer Panikattacke ein oder zwei Stunden Qualen bedeutet hatten. Aber dank Rias Strategien und ihrem eigenen Bewusstsein für die Auslöser erkannte sie inzwischen die Anzeichen sehr früh. »Das tut gut«, seufzte sie und trank einen Schluck. »Zu dicke Kleider für dieses Wetter. Bin überhitzt.«

Sie ließ zu, dass Bradley ihr die Jacke auszog und über die Stuhllehne hängte. »Was hat es mit Norfolk auf sich?«

Tam schob das Formular über den Tisch. »Mrs Greaves hat mir das in der Schule gegeben. Amelia fährt mit. Holly auch. Und Connie. Ich kann es kaum erwarten. Beth meint, es wird der Wahnsinn. Dad sagt, ich kann mitfahren.«

Bradley zerzauste die Haare seiner Tochter. »Das ist nicht ganz das, was ich gesagt habe, Honey. Ich sagte, wir sollten zuerst mit Mum reden.«

»Ja, aber es ist doch okay, oder, Mum? Alle fahren mit. Es werden Pfadfinder aus ganz London da sein. Dort können wir Bogen schießen und es gibt eine Kletterwand und Kanus. Beth war letztes Jahr schon dort. Sie meinte, dass jeden Abend Kaninchen auf die Wiese kommen. Ich kann doch mitfahren, Mum, oder?«

Mags warf Bradley einen »Wir reden später darüber«-Blick zu. »Ja, du kannst mitfahren. Das klingt toll.«

Tam umarmte sie so fest, dass sie kaum Luft bekam. »Danke, Mum, danke, danke, danke.«

Bradley hob Tams Schultasche vom Boden auf. »Gab es neben dem Brief vielleicht auch noch ein paar Hausaufgaben?«

Tam rollte ausnahmsweise nicht mit den Augen, weil sie angesichts des anstehenden Ausflugs zu aufgeregt war.

»Ja, Mathe und Deutsch.« Sie linste von ihrer Mutter zu ihrem Vater und zog ihre eigenen Schlüsse. »Ich gehe jetzt nach oben und erledige sie, okay?«

Bradley nickte. »Gute Idee, mein Schatz. Wie wäre es, wenn wir heute Abend Pizza essen gehen?«

»Welch ausgezeichnete Idee, Vater. Erstklassig und tipptopp.« Tams Begeisterung für P. G. Wodehouse schien sich kein bisschen zu verflüchtigen.

Bradley grinste.

Tam zog ihre Mutter zu sich heran und drückte ihr einen Kuss auf die Wange. »Danke, Mum«, flüsterte sie. Im nächsten Moment schnappte sie sich ihre Tasche und verschwand.

»Ich mache Tee«, meinte Bradley, füllte Wasser in den Kessel und öffnete eine Dose mit losem Assam.

»So leicht bin ich nicht zu überzeugen.«

Er erwärmte die Kanne, gab den Tee hinein, goss das Wasser dazu und setzte den Deckel auf. Es hatte Jahre gedauert, Bradley die Kunst der Teezubereitung beizubringen, aber irgendwann hatte er es doch geschafft. »Es tut mir leid«, entschuldigte er sich. »Sie hat mich irgendwie überrumpelt, und sie war so aufgeregt. Ich konnte einfach nicht Nein sagen. Außerdem …«

Er schüttete den Tee durch ein Metallsieb in eine Porzellantasse und fügte als Letztes die Milch hinzu. Mags hatte ihm einmal erzählt, dass so die Königin ihren Tee zubereitete, und er hatte das nie infrage gestellt. Schließlich kam er mit der Tasse an den Tisch, schob sie vor seine Frau und setzte sich neben sie.

»Außerdem?« Mags hob die Augenbrauen. Bradley nahm ihre Hand.

»Außerdem«, fuhr er fort, »scheint dir die Therapie sehr gutzutun. Ich hatte gehofft, du wärst bereit, Tam diesen Schritt zu erlauben. Wir wollen doch nicht, dass sie den Anschluss an ihre Freundinnen verliert.«

Mags war immer noch wütend auf ihn, weil er das ohne sie entschieden hatte, und zeigte auf den Kühlschrank. »Erklär mir das.«

»Du hattest recht«, meinte er. »Als ich heute Morgen mit Tam über das Bild sprechen wollte, wurde sie plötzlich ganz still. Dann erklärte sie, es sei ihr peinlich, weil sie sich nicht daran erinnere, es gezeichnet zu haben. Und sie gab zu, dass sie Angst bekam, als sie sah, was sie gezeichnet hatte.«

Mags kommentierte das nicht.

»Ich weiß, ich weiß, das hast du mir bereits erzählt. Aber ich wollte es von ihr hören. Ich bin mir nicht sicher, ob es der Vorgang selbst ist, der ihr Angst macht. Ich glaube eher, dass sie sich sorgt, weil sie so etwas Erstaunliches erschaffen kann, ohne zu wissen, wie ihr das gelungen ist. Ich habe im Internet recherchiert. Was sie erlebt hat, kommt zwar selten vor, ist aber nicht gänzlich unbekannt.«

Mags konnte sich ein Schnauben nicht verkneifen. Bei Bradley kam immer der Wissenschaftler durch. Als Tam noch ein Baby gewesen war, hatte er ein Notizbuch mit Beobachtungen geführt, die er alle paar Stunden aktualisierte. Als sie ihn darauf angesprochen und gemeint hatte, er solle sie lieber unterstützen, anstatt ihr Baby wie ein Forschungsprojekt zu behandeln, hatte er kapituliert. Das war das letzte Mal, dass sie das Notizbuch gesehen hatte, was aber nicht bedeutete, dass er damit aufgehört hatte. Bradley betrachtete die Welt auf eine sehr eigene Weise. Er stellte sich Problemen, indem er sie kategorisierte, maß und verglich. Er behauptete zwar, sein Bedürfnis, alles zu verstehen, mache ihn nicht gefühllos, doch das hatte Mags ihm nie ganz abgekauft. Zu sehen, wie er vor der Wiege stand und in das Notizbuch schrieb, nachdem Clara erst seit wenigen Wochen ...

»Hör zu, Mags, ich möchte einfach verstehen, wie sich ein solches Talent ganz ohne Vorwarnung herauskristallisieren konnte. Und ich finde es beruhigend, dass so etwas auch anderen Menschen passiert.«

Mags deutete wieder auf den Kühlschrank. »Wie ist das hierhergekommen?«

»Ich rief in der Schule an und traf mich mit Mrs Matlock, als die Kinder beim Mittagessen waren. Ich wollte einen Blick auf das Bild werfen, und nachdem ich es gesehen hatte, hielt ich es für wichtig, Tam zu zeigen, dass wir stolz auf das sind, was sie erreicht hat.«

»Und du bist nicht auf die Idee gekommen, das mit mir zu besprechen?« Ihr entglitt die Diskussion. Die subtile Art, wie Bradleys rationale Herangehensweise ihre Einwände zunichtemachte, bevor sie sie überhaupt vorbringen konnte, kannte sie nur zu gut. Er versteckte sich hinter der Logik und sie fühlte sich zu emotional, schwach und intellektuell unterlegen. Die über viele Jahre eingeführten Muster waren nicht leicht zu durchbrechen.

»Als Tam nach Hause kam, sprach ich mit ihr über Künstler, Komponisten und Wissenschaftler, die ihre besten Werke in einem Geisteszustand geschaffen haben, in dem sie die bewusste Kontrolle aufgegeben haben. Wenn man etwas einmal verstanden hat, braucht man keine Angst mehr davor zu haben. Ich sagte ihr, sie solle sich ihr Talent offen eingestehen.«

»Verdammter Amerikaner!«, grummelte Mags.

»Ich bin ein verdammter Amerikaner, ja. Aber es ist etwas spät, um sich darüber zu beschweren, meinst du nicht? Jedenfalls«, er goss ihren kalten Tee in die Spüle und schenkte ihr frischen ein, »hat es ihr geholfen. Wenn es wieder passiert –«

»Falls es wieder passiert –«

»Wenn es wieder passiert. Das ist keine einmalige Sache, Mags. Wenn dieses künstlerische Talent in ihrem Unterbewusstsein geschlummert und endlich ein Ventil gefunden hat, wird es weitere Bilder geben. Wir können ihr helfen, die Fremdartigkeit des Prozesses zu akzeptieren, und ihre Kreativität fördern.«

Mags schaute sich das Bild noch einmal an. Es war wirklich bemerkenswert. Nicht nur die Details, sondern auch die ungewöhnliche Perspektive. Wie sich das Gebäude teilweise im Dunkeln befand, als hätte der Künstler im Gras gelegen und nach oben geschaut. Der Effekt war erstaunlich. Mags war allerdings weiterhin skeptisch. Tam hatte von jeher Bücher geliebt, den Klang der Worte, die Eigendynamik einer gut erzählten

Geschichte. Sie hatte nie auch nur das geringste Interesse an bildender Kunst gezeigt.

Vielleicht hätten sie ihr Gespräch fortgesetzt, aber in diesem Moment tauchte Tam wieder auf, mit Bradleys altem Smartphone in der Hand. Sie konnte damit zwar nicht telefonieren, sich aber ins WLAN einwählen, und war wie der Rest ihrer Generation sehr geschickt im Umgang mit Google.

»Ein Dokumentarfilm im Kino«, rief sie und hielt das Handy hoch. »Irgendein Typ, der ohne Sicherheitsausrüstung einen Berg besteigt. Ich bin nicht sicher, ob er herunterfällt und stirbt oder nicht. Das steht nicht in den Kritiken. Klingt toll. Können wir hingehen?«

»Und in hoher Auflösung zusehen, wie ein Mann von einem Felsen fällt? Ja, das klingt perfekt.« Bradley hielt die Hand hoch, damit Tam einschlagen konnte, was sie mit einem »Klasse!« auch tat.

Mags trank den letzten Schluck Tee. »Hast du deine Hausaufgaben gemacht?«

Tam murmelte etwas Unverständliches und sah ihre Mutter nicht an.

»Tam?«

»Mit Deutsch bin ich fertig«, nuschelte sie, als ob damit das Thema erledigt wäre.

»Und was ist mit Mathe?«, hakte Bradley nach.

Tam machte sich auf den Rückweg. »Bin in zehn Minuten zurück.«

»Hetz dich nicht«, rief Mags ihr nach.

»Ist zwischen uns alles in Ordnung?« Bradley zog die Augenbrauen hoch und fixierte sie mit seinen entwaffnend blauen Augen.

»Ja. Zwischen uns ist alles in Ordnung.«

Er legte eine Hand auf ihre Schulter und drückte sie kurz. »Ich muss noch mal kurz ins Büro und ein oder zwei E-Mails beantworten. Gib mir eine halbe Stunde. Anschließend gehen wir Pizza essen.«

Nachdem er weg war, saß Mags regungslos da und starrte auf das Bild. Was Bradley gesagt hatte, ergab Sinn. Doch als sie das Haus betrachtete, das wo auch immer stand, zitterte sie. Ihre Tochter war niemals dort gewesen. Dessen war sie sich sicher. Wo hatte sie das Haus gesehen? Und wie konnte sie es so detailliert wiedergeben?

KAPITEL 7

Sie zu finden, dauert lange. Wochen sogar. Und als ich sie gefunden habe, bin ich mir eine Weile nicht sicher, ob sie die Richtigen sind. Ich weiß, warum ich zögere. Es sind die Kinder.

Zum ersten Mal sehe ich sie auf einem Parkplatz. Es gibt zwei Einkaufszentren in der Stadt, und ich achte darauf, mir mein Essen zu verschiedenen Tageszeiten zu holen, damit man sich nicht an mich erinnert. Aber ich habe wohl Glück gehabt. Ich habe eines jener Gesichter, die die Leute nur schwer zuordnen können. Selbst zu Hause, dort, wo ich aufgewachsen bin, begegnete ich manchmal Leuten, mit denen ich auf der Highschool war, und sie starrten einfach durch mich hindurch. Nicht, dass ich mit ihnen hätte reden wollen. Aber es tut weh, wenn die Leute nicht einmal merken, dass man existiert. Zumindest tat es früher weh. Heute weiß ich natürlich, dass es einen Grund gibt, warum man mich so leicht vergessen kann. Es ist eine Stärke, keine Schwäche. Je länger ich mich unter ihnen bewege, ohne dass jemand eine Ahnung hat, wer ich bin, desto bewusster wird mir, dass ich auserwählt bin. Ich bin eine Art Schutzengel. Unsichtbar.

An diesem ersten Tag folge ich ihnen nach Hause und suche mir eine Stelle, von der aus ich sie beobachten kann. Ich gehe ein Risiko ein, indem ich sie eine Woche lang observiere.

Natürlich nicht jeden Tag, und ich bin sehr vorsichtig. Ich will mir sicher sein. Ich sehe, wie sie zu Hause ein- und ausgehen. Die Kinder warten auf den Schulbus. Die Mutter fährt morgens zur Arbeit. Der Vater bleibt zu Hause, stiert den ganzen Tag im Büro über der Garage auf seinen Computerbildschirm. Ich sehe, wie er gähnt und sich die Augen reibt.

Sie haben einen Hund, einen großen Mischling. Er läuft im Garten herum, und wenn der Vater ins Bad geht, rufe ich den Köter herbei und füttere ihn mit Leckereien, die ich gekauft habe. Beim dritten Mal wedelt er mit dem Schwanz, sobald er mich erkennt.

Heute Morgen in aller Frühe durchfährt mich ein Schreck. Ich stehe im Wald hinter ihrem Garten, als ich Finger auf meinem Rücken spüre. Ich erstarre, bekomme Panik. Ich glaube, dass es jetzt vorbei ist. Eine Sekunde lang würde ich am liebsten weinen. Ich weiß, dass niemand es verstehen wird, dass niemand mir glauben wird, wenn ich ihm sage, dass ich ihnen helfe. Ich fühle, wie meine Zukunft verschwindet.

Ich gehe auf dem harten Boden in die Knie. Wenn es ein Polizist ist, hoffe ich, dass er mir einfach den Kopf wegbläst und damit alles zu Ende ist. Aber ich weiß, dass er das nicht tun wird. Ich weiß, dass er mich einsperren wird.

Ich werde fliehen. Dann muss er schießen.

Die Finger bewegen sich nach oben in Richtung Schulter. Ganz langsam drehe ich den Kopf. Dann sehe ich sie. Eine Maus. Sie putzt sich das Gesicht, während sie wie ein Papagei auf meiner Schulter sitzt. Ich war so still gewesen, dass sie nicht einmal wusste, dass ich da bin. Ich lache, und sie rennt los und verschwindet in einem Loch im nächsten Baum.

Ich lächle in mich hinein und erinnere mich daran, wie wichtig es ist, auf Zeichen zu achten und sie zu erkennen, wenn sie auftauchen. Das ist das Universum, das durch eines seiner kleinsten Geschöpfe Kontakt aufnimmt, die Hand ausstreckt und mir mitteilt, dass mit mir alles in Ordnung ist. Es sagt mir, dass ich weitermachen soll.

Ich stehe auf. Es wird gerade erst hell. Es ist Samstag. Ich schätze, es wird eine Weile dauern, bis sich jemand rührt. Im Haus schlafen sie noch. Zumindest, was gemeinhin als Schlaf gilt. Es ist nicht der echte Schlaf. Nicht der Frieden. Nicht der Schlaf, den ich ihnen geben kann.

Ich klopfe mir den Dreck von den Knien und taste meine Taschen ab. Ich habe alles, was ich brauche, und schlendere zu dem stillen Haus.

***

Bevor die meisten Leute aufwachen, sitze ich in einem Bus stadtauswärts. Ich habe mich vor einigen Tagen für diese Strecke entschieden, als mir bewusst wurde, wie viel Verkehr mit den Fabrikarbeitern, Hausmeistern und dergleichen in die Stadt strömt. Am wenigsten fällt man auf, wenn man sich einer Horde müder, mitteloser Leute anschließt.

Ich bin so gekleidet wie sie. Ein Overall und ein altes T-Shirt. Ohrstöpsel. Meine sind aber nicht an ein Handy angeschlossen. Sie sind nur Teil der Tarnung und ein Grund, mit niemandem zu sprechen. Wenn die Polizei die Buslinien stadtauswärts überprüft, wird sich kein Mensch an mich erinnern.

Ich halte die Augen fast geschlossen und tue so, als ob ich schlafe. Es gibt so viele Leute hier, denen ich helfen könnte. Aber ich weiß, dass ich vorsichtig sein muss, dass ich mich verstecken muss, bis meine Mission erfüllt ist und ich mich ausruhen kann.

Zehn Minuten nach der Abfahrt passiert ein Wunder. Ich schlafe. Es geschieht so natürlich. Ich schließe einfach meine Augen und lasse alles von mir abfallen. Als ich aufwache, war ich für zehn Minuten eingenickt. So lange habe ich seit meiner

Kindheit nicht mehr geschlafen. Bei diesem Segen kommen mir die Tränen, und ich lege die Wange gegen die schmutzige Fensterscheibe. Meine Tränen hinterlassen einen sauberen Strich auf dem verstaubten Glas.

Ich weiß, wie man ein Zeichen erkennt, und dieses hier ist ein großes Zeichen. Es ist eine Werbetafel, eine blinkende Leuchtreklame, und sie sagt: DU HAST BISHER GUTE ARBEIT GELEISTET. MACH WEITER. BRING DEN MENSCHEN RUHE.

Ich lächle, als die Vororte um mich herum auftauchen. Ich erfülle den Willen des Universums. Die ruhigen Nachbarschaften, die gepflegten Vororte. Meine Arbeit wartet auf mich.

KAPITEL 8

An dem Wochenende, an dem Tam nach Norfolk fuhr, war Bradley wieder in Boston, sodass Mags die Fahrt übernehmen musste. Sie hatte zwar seit zwanzig Jahren einen Führerschein, setzte sich aber nur selten hinter das Steuer, da sie in London lebte. Wie immer war die erste halbe Stunde eine Tortur, da sie sich jegliche Handlung in Erinnerung rufen musste, die es während der Fahrt auszuführen galt. Linker Fuß auf die Kupplung, den Schleifpunkt finden, den Spiegel prüfen, über die Schulter schauen, Gas geben, blinken, schalten, nach einer Lücke im Verkehr suchen. Sie fuhr aus London heraus in unbekannte Gefilde und war froh über das Navigationsgerät, dessen blaue Linie sie nach Norden führte.

Die Tortur wurde durch die vier elfjährigen Mitreisenden nicht gelindert. Während der ersten zwanzig Minuten war das anhaltende alberne Geschnatter ebenso vorhersehbar wie ablenkend, aber selbst nach zwei Stunden Fahrt waren die Mädchen noch nicht müde geworden.

Zum Mittagessen kehrten sie in ein Schnellrestaurant ein. Mags beobachtete ihre Tochter mit ihren Freundinnen und bemerkte, dass Tam ihren Wortschatz herunterschraubte, sobald sie mit Gleichaltrigen zusammen war. Als Tam ihren

Blick auffing, zwinkerte sie ihr zu. Tam lachte sie an, den Mund voller Pommes frites.

Mags hatte sich freiwillig bereit erklärt, die Mädchen hinzubringen und auch wieder abzuholen, womit die anderen Eltern schnell einverstanden gewesen waren. Für sich selbst hatte sie für das Wochenende ein Zimmer in einem Hotel in Norwich gebucht.

Nach ihrer Rast wurden die Mädchen etwas ruhiger, aber als sie in Norfolk ankamen, erreichte ihr Geschnatter einen neuen Höhepunkt. Mags freute sich mit den Mädchen, die sich aufgeregt über das bevorstehende Abenteuer unterhielten. Die Aussicht, zu sechst in einem Zimmer zu schlafen, gefiel ihnen. Sie besprachen bereits, wer das Bett am Fenster bekommen sollte.

Bei ihrer Ankunft knirschten die Reifen des Autos auf dem kurvenreichen Kiesweg. Inzwischen war es fast dunkel. Mrs Greaves, die Leiterin der Pfadfindergruppe, nahm sie in Empfang und hakte ihre Namen ab, während sie eintraten und bunte Koffer hinter sich herzogen.

»Amelia, Holly, Beth, Tam. Alle anderen sind bereits da, aber wir haben euch alle im gleichen Schlafraum untergebracht. Zweite Etage, rechts.«

Es gab einen kollektiven Aufschrei, und schon stürmten die Mädchen nach oben. Einen Moment lang dachte Mags, Tam hätte es vergessen. Doch dann blieb sie am Fuß der Treppe abrupt stehen, ließ ihren Koffer fallen und rannte zurück. Ihre Umarmung fiel kurz aus. »Ich liebe dich, Mum. Wir sehen uns am Sonntag nach dem Mittagessen.«

»Ja, bis dahin. Viel Spaß.«

Tam gab ihr einen Kuss auf die Wange. »Den werde ich haben.« Und schon war sie weg.

Etwas an Mags' Miene musste Mrs Greaves alarmiert haben. Die ältere Frau kam zu ihr und legte die Hand auf ihren Arm.

»Wir kommen seit fast zwanzig Jahren hierher. Es ist ein tolles Haus. Sehr sicher. Sie wird hier eine gute Zeit haben.«

Mags spürte, wie eine Träne über ihre Wange rann. »Das weiß ich«, murmelte sie.

Das Wochenende in Norwich zu verbringen, erwies sich als gute Idee. Zu Hause wäre Mags nur im Haus herumgegeistert und hätte sich selbst verrückt gemacht. In einem Hotel zu sein, in einer Stadt, in der sie noch nie gewesen war, in der sie niemand kannte, war dagegen ideal. Sie fühlte sich wie ein Geist, der in absoluter Anonymität in den Straßen umhertrieb. Ihre Gedanken wanderten zwar ständig zu ihrer Tochter, aber sie konnte sich trotzdem entspannen, weil sie wusste, dass sie lediglich zwanzig Minuten Fahrt entfernt war. *Nicht, dass etwas passieren würde*, redete sie sich ein, obwohl sie wusste, dass die Logik niemals über die unerbittliche Kraft der Angst einer Mutter siegen konnte.

Mags kannte das Gefühl, eine Tochter zu verlieren.

Bradley rief einmal an, am ersten Abend. Mags telefonierte nicht gern mit ihm. Sie musste sein Gesicht sehen, wenn sie miteinander sprachen. Die unbegründeten Verdächtigungen, die sie dank jahrelanger Therapie unterdrücken konnte, kamen leichter wieder hoch, wenn sie ihm nicht in die Augen sehen konnte. Er stellte zwar die richtigen Fragen, war um ihre Gesundheit und ihre Gemütsverfassung besorgt, aber sie hatte das Gefühl, als würde er eine Checkliste abarbeiten. Sie war erleichtert, als der Anruf zu Ende war, und fühlte sich schuldig, weil sie erleichtert war.

Sie rief nur einmal bei den Pfadfindern an, obwohl sie seit der Trennung von Tam mindestens ein Dutzend Mal nach dem Telefon gegriffen hatte. Mrs Greaves hatte sie beruhigt. »Den Mädchen geht es gut. Tam hat heute Nachmittag als Erste die Spitze der Kletterwand erreicht. Ihr macht das Ganze wirklich großen Spaß. Ich richte ihr aus, dass Sie angerufen haben.«

»Nein, nein, bitte nicht. Sie denkt dann, ich kontrolliere sie.« *Was ich auch tue*, dachte Mags. »Ich bin froh, dass es ihr gut geht. Bis morgen.«

Wie Mrs Greaves, Bradley und Tam vorausgesagt hatten, verlief das Wochenende ohne Zwischenfälle. Tam war das reinste Energiebündel, als Mags eintraf.

»Es war unglaublich, Mum. Ich habe einen Geheimgang im Haus entdeckt, und ein Mädchen aus Cambridge hat als Mutprobe einen Wurm gegessen, und wir sind erst nach Mitternacht schlafen gegangen. Und ich habe gelernt, wie man sich im Kanu dreht. Das war so cool.«

Mrs Greaves trieb die Mädchen zur Tür, Mags folgte ihnen.

»Hätten Sie einen Moment Zeit, Mrs Barkworth?«

Die Mädchen luden bereits ihre Koffer in den Wagen. »Schnallt euch schon mal an«, rief Mags ihnen zu.

Mrs Greaves führte sie in ein kleines Büro.

Mags wurde blass. »Ist mit Tam alles okay? Ist etwas passiert?«

Die Leiterin schüttelte den Kopf. »Kein Grund zur Sorge. Es ist nur … na ja, ich denke, ich sollte es Ihnen zeigen.«

Mrs Greaves zog ein Handy aus ihrer Tasche und wischte auf der Suche nach einem Foto mit dem Finger über den Bildschirm. »Haben Sie die Tafel draußen bemerkt? Dort notieren wir die Aktivitäten des nächsten Tages. Als ich gestern früh herunterkam, hatte jemand alles weggewischt.«

»Was? Glauben Sie, dass Tam vielleicht … Nein, das würde sie niemals tun. So etwas macht sie einfach nicht.«

»Ich weiß.« Mrs Greaves hatte gefunden, was sie gesucht hatte, und reichte Mags das Handy. »Ich habe das hier auf der Tafel vorgefunden.«

Es war ein weiteres Bild. Mags wusste sofort, dass Tam es gemalt hatte. Die Ähnlichkeiten waren zu offensichtlich, um Zufall zu sein. Das Bild zeigte wieder ein Haus aus niedriger Perspektive. Diesmal befand sich ein Holzzaun zwischen Künstler und Gebäude, durch den die Details zu sehen waren. Das Haus selbst war kleiner als das erste und schien eher aus Ziegelsteinen als aus Schindeln gefertigt zu sein. Mags konnte einen Garten mit einer Schaukel, einem Plastiktraktor und ausrangiertem Spielzeug erkennen. Auf der linken Seite befand sich ein großes Fenster. Im Raum dahinter entdeckte sie Pfannen, die an Haken hingen, und eine Frau mit einem langen, geflochtenen Pferdeschwanz, der ihr bis zum Rücken reichte.

»Ich hatte keine Ahnung, was ich tun sollte«, meinte Mrs Greaves. »Ich war erstaunt und verärgert zugleich. Wer auch immer das getan hatte, war in der Nacht heruntergekommen, und obwohl es ein fantastisches Bild ist, war unsere komplette Tagesplanung verschwunden. Es dauerte eine halbe Stunde, bis wir alles wieder eingetragen hatten. Aber bevor ich die Tafel abwischte, machte ich das Foto. Ich weiß nicht, ob ich das Richtige getan habe. Ich hatte kein gutes Gefühl dabei. So ein Talent! Aber ich war auch wütend. Es tut mir leid.«

»Nein, nein«, winkte Mags rasch ab. »Ich verstehe das. Woher wussten Sie, dass es Tam war? Hat sie irgendeine Bemerkung gemacht?«

»Nein. Aber sie hatte überall blaue Farbe an den Fingern, als sie zum Frühstück erschien. Als ich sie danach fragte, war sie überrascht. Ich weiß sofort, wenn ein Mädchen schwindelt, und Tam hat die Wahrheit gesagt. Ist sie schon früher geschlafwandelt?«

»Nein.« Mags wusste nicht, was sie sagen sollte, und gab das Handy zurück. »Könnten Sie mir das Foto schicken?«

Ihr Handy meldete sich, nachdem Mrs Greaves es versendet hatte.

»Es tut mir leid, dass sie Ihren Terminplan ruiniert hat«, bedauerte Mags.

»Ich glaube, sie wusste nicht einmal, dass sie es getan hatte. Wir haben hier oft Schlafwandler oder ein nasses Bett. Manchmal ist es eine Reaktion darauf, dass man zum ersten Mal von zu Hause weg ist. Wir machen um solche Dinge nicht viel Aufhebens.«

»Danke. Ich weiß das zu schätzen.«

Mags steckte ihr Handy in die Tasche und ging zum Auto.

***

Als Bradley am nächsten Abend anrief, überlegte Mags, ihm nichts von dem Bild zu erzählen. Im nächsten Moment ermahnte sie sich jedoch, dass sie sich irrational verhielt, und änderte ihre Meinung. Bradley hatte ein Recht darauf, es zu erfahren. Ria hatte ihr deutlich zu verstehen gegeben, dass er auch eine Tochter verloren hatte. Natürlich wollte er alles über Tam wissen, vor allem, wenn er so viel unterwegs war.

»Also, es gab da eine Sache«, setzte sie an.

»Was für eine Sache?«

Sie erzählte ihm von der Tafel und schickte ihm gleichzeitig das Foto per E-Mail. Wenige Sekunden später geschah etwas, das ihrer Paranoia Vorschub leistete.

»Honey?«

»Ja?«

Sie hörte ein leises Klicken und plötzlich war die Verbindungsqualität eine andere. »Entschuldigung«, sagte er, »ich schließe kurz die Bürotür. Ich konnte dich nicht gut hören. Erzähl es mir noch einmal. Von Anfang an. Du hast Tam abgeholt, und die Leiterin hat dich zur Seite genommen, richtig?«

Mags zögerte. »Zeichnest du das Gespräch auf?« Noch während sie sprach, wünschte sie sich, sie hätte nicht gefragt. Wie sollte er darauf reagieren? Wenn er den Anruf nicht aufnahm, würde er sich über ihre geistige Verfassung Sorgen machen, und wenn er es tat, dann … darüber wollte sie lieber nicht nachdenken.

»Honey, ist alles in Ordnung? Dir ging es in letzter Zeit zwar so viel besser, aber denk daran, was Ria dir geraten hat. Wenn du zu unruhig wirst, solltest du vielleicht wieder Medikamente nehmen.«

Mags rieb sich die Stirn. Sie hätte den Mund halten sollen. »Nein, nein, es geht mir gut. Ich habe bloß ein Klicken gehört. Das ist alles.« Es klang erbärmlich, als sie es laut aussprach. »Ich glaube, ich gehe früh ins Bett. Ich bin müde.«

»Gute Idee, Honey. Pass auf dich auf. Tam und du, ihr seid die wichtigsten Menschen in meinem Leben. Jetzt erzähl mir mehr von dem Bild und dann geh ins Bett.«

Mags gehorchte. Erst später, als sie die Nachttischlampe ausmachte, fragte sie sich, warum er darauf bestanden hatte, von der neuen Zeichnung zu hören und sie dann erst ins Bett zu schicken, wenn er doch so besorgt um ihr Wohlergehen war.

Kapitel 9

Bradley kam beschwingt nach Hause – offensichtlich stand er im Labor kurz vor einem möglichen Durchbruch – und ging gleich in die Charmeoffensive. Mags hatte den Moment gefürchtet, in dem er ihren paranoiden Anruf erwähnen würde, doch als er es dann tat, überraschte er sie.

»Mags, wir sollten reden«, meinte er und schenkte ihr ein Glas Valpolicella ein.

Tam hatte bereits gegessen und war nach einer Gutenachtgeschichte schnell eingeschlafen. Bradley hatte sein Roastbeef-Sandwich zubereitet, ein Gericht, das Mags für langweilig gehalten hatte, bis sie Bradleys Version probierte. Die Vorbereitung dauerte den ganzen Nachmittag. Zuerst wurde das Rindfleisch angebraten, bevor es ruhen musste. Dann kamen die Brötchen vom Holzkohlegrill aus der jüdischen Bäckerei in der Straße nebenan, hausgemachte Mayonnaise und Barbecuesoße dazu. »Es gibt Roastbeef-Sandwiches – und es gibt Bostoner Roastbeef-Sandwiches.«

Und nun wollte Bradley reden.

»Okay.« Sie setzte sich auf und runzelte die Stirn. Er glättete die Falten auf ihrer Stirn. Sie lächelte. Das hatte er auch bei ihrer ersten Verabredung getan, und in diesem Moment hatte sie sich in ihn verliebt.

»Dieser Telefonanruf«, sagte er.

»Bradley«, setzte sie in Erinnerung an ihre Paranoia an, doch er hob abwehrend die Hand.

»Nein, nein, du hattest recht.«

Sie zog überrascht die Augenbrauen hoch.

»Es geht nicht um die Frage, ob ich den Anruf aufgezeichnet habe.« Er nahm ihre Hand. »Wir müssen etwas anderes besprechen. Ich meine, ich möchte dir etwas sagen. Ich habe auf dieser Reise viel darüber nachgedacht, und ich habe dich im Unklaren gelassen. Jahrelang. Ich habe nie mit dir darüber gesprochen …«

Mags drückte seine Hand. Sie wagte nicht, etwas zu äußern. Weinte er?

»Aber ich muss es dir sagen, Mags.«

Mags nickte. Bradley schwieg einige Sekunden, während er seine Gedanken sortierte. Er schluckte. Sie hatte selten erlebt, dass ihm etwas so unangenehm war. Schließlich hatte er sich immer völlig unter Kontrolle. Wenn das Sprichwort stimmte, dass ein aufgeräumter Schreibtisch einen aufgeräumten Geist bedeutete, dann arrangierte Bradleys Verstand alles genau so, dass sich jede Information dort befand, wo sie zu sein hatte. Sie merkte, wie er nach den richtigen Worten suchte, und war von ihrer eigenen Reaktion überrascht. Ein Teil von ihr wollte ihm die Hand reichen, ihn trösten. Ein Teil schaute nahezu emotionslos zu und blieb von seinen glänzenden Augen und seinem abgehackten Atem unbeeindruckt.

»Clara wurde als Erste geboren«, presste er hervor. Mags sah ihren Mann an, doch sein Blick ruhte auf dem Tisch zwischen ihnen. In den elf Jahren seit der Geburt hatten sie nie über das gesprochen, was passiert war. Kein einziges Mal. Zuerst war sie zu krank gewesen, danach hatten sie sich angewöhnt, das Thema zu meiden, weil beide Angst vor den Folgen in Bezug auf ihre psychische Gesundheit hatten. Bei den wenigen Gelegenheiten, bei denen sie fast darüber gesprochen hätten, hatten sie letztlich doch davor zurückgeschreckt. Sie grub die Fingernägel in die Handflächen und ließ ihn reden.

»Man hatte ihre Herzfrequenzen überwacht, weshalb sie wussten, dass sie in Lebensgefahr schwebte. Die Ärzte versuchten alles, Mags, taten, was sie konnten, um sie am Leben zu erhalten, aber ihr Herz versagte. Sie war …«

Er schluckte wieder, dann hob er den Blick. Er weinte. Sogar bei der Beerdigung waren seine Augen trocken geblieben.

»Sie war wunderschön, Mags. Sie sah aus wie Tam und war gleichzeitig doch ganz anders. Man konnte erkennen, dass sie eine eigene Persönlichkeit war. Sie wäre zu einem anderen kleinen Mädchen herangewachsen, zu einer Freundin und Schwester für Tam. Aber ich hatte keine Zeit zum Trauern. Nicht damals. Da waren Tam und du, an die ich denken musste. Tam war stark, als sie geboren wurde. Sie war gesund, atmete und schrie. Sie war perfekt. Ich hielt sie für ein paar Sekunden im Arm, aber plötzlich eilten alle zu dir, und ich wusste, dass noch etwas anderes nicht in Ordnung war.«

An die folgenden achtzehn Stunden ihres Lebens hatte Mags keine Erinnerung. Später erfuhr sie, dass sie während des Kaiserschnitts stark geblutet hatte. Sobald sie die Babys aus ihrem Bauch geholt hatten, stellten die Ärzte eine Erschlaffung der Gebärmutter fest, was bedeutete, dass sie nach der Geburt nicht auf normale Größe zusammenschrumpfte und Mags zu verbluten drohte. Bradley erzählte ihr, dass die Chirurgen ihre Gebärmutter aus ihrem Körper geholt und in sterile Verbände gewickelt hatten, damit sie sich wieder auf ihre normale Größe zusammenzog. Das taten sie dreimal, bevor sie sie endgültig entfernten und Mags neun Stunden im OP-Saal verbrachte, wo man sie vor dem Verbluten bewahrte.

Als sie wieder zu sich kam, war sie Mutter. Und hatte ein Kind verloren.

»Mags, ich weiß, dass du dich von ihr verabschieden wolltest.«

Mags brachte kein Wort heraus. Sie hatte Clara niemals gesehen. Sie niemals im Arm gehalten. Sich niemals verabschiedet. Es gab Namen für Kinder, deren Eltern gestorben waren, oder Erwachsene, die ihren Ehepartner verloren hatten, aber es gab keinen Namen für ein Elternteil, dessen Kind gestorben war.

»Wir haben seitdem nicht mehr darüber gesprochen«, flüsterte Bradley mit heiserer Stimme. »Ich dachte die ganze Zeit, wir würden das irgendwann tun, aber es dauerte Wochen, bis du außer Lebensgefahr warst. Und deine psychische Verfassung wurde stetig schlechter. Ich habe versucht, für dich da zu sein, ich war jedoch nicht die Person, nach der du dich sehntest. Monatelang konntest du meine Berührungen kaum ertragen. Ich habe mein Bestes getan, um dich zu unterstützen und dir Raum zu geben, wenn du ihn brauchtest. Du hast dich mit Tam zusammengetan und deinen eigenen Weg gefunden, um wieder gesund zu werden.«

Eine Träne rann über Mags' Gesicht und ihre Oberlippe. Sie griff nach Bradleys Hand. Er blinzelte sie an, während er weitersprach.

»Das war richtig, aber es bedeutete auch, dass wir nie wirklich darüber redeten, was passiert war. Nach dem, was du durchgemacht hast, war eine postnatale Depression nur natürlich. Vielleicht hätte ich mutiger sein sollen, vielleicht hätten wir früher darüber sprechen müssen. Aber ich habe geglaubt, das könnte bei dir zu einem Zusammenbruch führen.«

Bradleys Stimme war kaum mehr als ein Raunen, und er senkte den Blick.

»Ich weiß, du gibst mir die Schuld für das, was nach der Geburt passiert ist, Mags.« Sie wollte etwas erwidern, doch er schüttelte den Kopf. »Das ist nicht mehr als fair, denn schließlich war ich derjenige, der die Entscheidung getroffen hat. Und es war eine Entscheidung, die hauptsächlich auf meinen eigenen Überzeugungen basierte. Wir hatten nur einmal darüber gesprochen. Ich bezweifle, dass du dich noch daran erinnerst.«

Mags lehnte sich vor. »Ich erinnere mich daran.« Natürlich erinnerte sie sich. Es war eines jener ernsthaften Gespräche, die junge Paare führen, wenn ihre Beziehung fester wird. Kinder, Heirat, Finanzen, Berufswünsche, in welchem Land sie leben wollen. Sie hatten sich über all das unterhalten, bis tief in die Nacht hinein, meist im Bett. Und eines Abends hatten sie über die Organspende gesprochen, wobei beide sie für ein moralisches Gebot hielten. Wenn ihr Tod dazu führte, dass jemand anderes noch ein paar Jahre leben konnte, warum sollten sie das dann nicht wollen? Mags erinnerte sich, wie unbekümmert und einfach dieses Gespräch gewesen war. Sie dachte daran, wie zufrieden sie mit diesem selbstlosen Gedanken in dieser Nacht eingeschlafen war. Weit weniger unbekümmert war der Gedanke, wenn sie nicht über ihren eigenen Tod sprachen, sondern über den ihrer Tochter. Dann war er alles andere als unbekümmert.

»Du warst noch im OP«, fuhr Bradley fort. »Ich wartete auf Neuigkeiten. Als eine Ärztin auftauchte, sprang ich auf und dachte, sie würde mir etwas Neues über deinen Zustand mitteilen. Aber sie wollte über Clara sprechen. Mags, wir hatten keine Formulare ausgefüllt und sie fragte nach der Möglichkeit einer Organspende. Es gab ein Baby in Cambridge mit Nierenversagen. Clara war von uns gegangen, aber sie konnte dem kleinen Jungen helfen zu leben. Ich habe das Formular unterschrieben, Mags. Ich unterschrieb das Formular, um das Leben des kleinen Jungen zu retten, und ich sagte, sie könnten ihre anderen Organe ebenfalls entnehmen, um sie für Transplantationen oder Forschungszwecke zu verwenden. Sie flogen sie nach Cambridge. Die Ärztin erklärte mir, dass sie alle lebensfähigen Organe entnehmen würden. Ich wusste, dass das, was übrig blieb, nicht mehr unsere Tochter sein würde. Ich wollte nicht, dass du das siehst. Aber als ich dir das erklären wollte, habe ich alles falsch gemacht.«

Dieses Gespräch würde sie niemals vergessen. Bradley hatte ihr erzählt, was mit Clara passiert war, als sie Tam zum ersten Mal im Arm hielt. Er hatte wohl gehofft, dass sie mit dem neuen Leben im Arm den Verlust besser verkraften würde. Irgendwie sollte sie froh darüber sein, dass Claras Tod nicht umsonst gewesen war. Doch Mags erinnerte sich, wie Sekunden, nachdem er das gesagt hatte, das Krankenhauszimmer um sie herum immer dunkler wurde. Dann schrumpfte ihr Blickfeld und ihr Körper begann, unkontrolliert zu zittern. Bevor sie das Bewusstsein verlor, bemerkte sie nur noch, wie ein Alarm losging und Bradley Tam aus ihrem Arm nahm.

Endlich sah Bradley sie an. Seine blauen Augen suchten in ihrem Gesicht nach Hinweisen darauf, wie sie reagieren könnte.

»Verzeih mir«, flüsterte er.

Sie erinnerte sich an etwas, das Ria in einer ihrer Sitzungen gesagt hatte. Mags hatte sich darüber beschwert, dass sie Bradley nie wirklich trauern gesehen hatte. Ria, die gern das Offensichtliche aussprach, hatte ihr daraufhin erklärt, dass jeder anders traure. Bradley hatte diese schreckliche Schuld all die Jahre mit sich herumgetragen. Kein Wunder, dass es zu dieser Distanz zwischen ihnen gekommen war, die ständig größer wurde, weil ihr Schweigen diese alte Wunde nicht heilen ließ.

Sie stand auf und stieß ihr Weinglas um, als sie sich über den Tisch zu ihm hinüberbeugte. Er legte die Arme um sie und sie presste ihr Gesicht gegen seins, als könnte ihre Haut miteinander verschmelzen. »Es gibt nichts zu verzeihen«, schluchzte sie. »Nichts. Du hast das Richtige getan. Es tut mir leid, dass wir nie darüber gesprochen haben. Und ich bin so froh, dass du es jetzt getan hast. Danke. Ich liebe dich.«

Sie schafften es nicht nach oben. Sie schafften es nicht einmal aus der Küche heraus. Sie rissen sich wie Teenager die Kleider vom Leib, und sie dachte nicht daran, wie unbequem die harten Küchenfliesen waren. Sie wusste lediglich, dass sie ihn nie wieder loslassen wollte.

Danach lagen sie zitternd nebeneinander. Das einzige Geräusch kam vom Rotwein, der neben ihnen wie Blut auf den Boden plätscherte.

Kapitel 10

Ich mag das Blut nicht. Es ist zu viel davon da. Ich kann den Druck, den ich brauche, inzwischen besser einschätzen, aber völlig unblutig verläuft es nur bei denen, die schwächer sind als ich. Bei den Stärkeren fließt immer Blut.

Und der Vater ist stark. Davon ging ich aus, weshalb ich zuerst ihn aufsuche. Er kämpft lange Zeit. Hätte er nicht im Keller geschlafen, hätten die anderen ihn gehört. Es ist seltsam. Er kämpft um sein Leben, als wäre es etwas, das er will und wofür es sich zu kämpfen lohnt. Ich kenne die Wahrheit. Ich weiß, dass er in einem anderen Bett schläft als seine Frau, weil ich sie beobachtet habe. Sie weint in der Küche, wenn er nicht da ist, und ich habe gesehen, wie er mit einem Glas Bourbon in der Hand mit leerem Blick auf den Fernseher stiert.

Auf einmal verlässt ihn der Kampfgeist. Als würde er verstehen, dass ich hier bin, um zu helfen, und nicht, um jemandem wehzutun. In diesem Moment werde ich jedes Mal neidisch. Ein bisschen zumindest. Er steht zwischen Leben und Tod, zwischen Wachsein und Schlaf. Er steht auf der Schwelle und sieht etwas, das ich nicht sehen kann. Noch nicht. Nicht, bevor meine Arbeit getan ist und ich mich ausruhen darf.

Ich gehe nach oben und mache mir keine großen Sorgen wegen der wenigen Geräusche, die ich mache. Die Kinder schlafen tief, und sollte die Frau aufwachen, wird sie denken, es wäre ihr Mann. Sie sitzt im Bett, als ich hereinkomme, ist aber noch nicht wirklich wach. Mit drei schnellen Schritten durchquere ich den Raum und stehe vor dem Bett. Im gedämpften Licht der Nachttischlampe erkennt sie mein Gesicht. Nach einem kurzen Moment der Verwirrung und Angst, als ich ihr das Instrument um den Hals wickle, entspannt sie sich. Bei ihr ist alles einfacher, und es gibt kein Blut. Das Letzte, was sie tut, bevor das Leben aus ihr weicht, ist, sich zur Tür zu drehen, zu den Zimmern am anderen Ende des Flurs, in denen ihre Kinder schlafen. Ich wünschte, ich könnte es ihr verständlich machen. Ich wünschte, ich hätte Zeit für eine Erklärung.

Ich habe immer Schwierigkeiten, Gespräche zu führen. Als Kind behaupteten die Ärzte, mir fiele es durch die Schlafprobleme schwer, Realität und Fantasie zu unterscheiden. Wenn ich mit Menschen redete, sahen sie mich manchmal an, als wäre ich verrückt. Als die Medikamente mir auch nicht weiterhalfen, lernte ich, mich vorsichtiger auszudrücken, indem ich Worte und Sätze benutzte, die meine Ärzte gern hörten. Doch ich sagte nie, was ich dachte. Heute rede ich nur so viel, dass man mich für zurückhaltend, aber nicht für seltsam hält. Zusammen mit meinem durchschnittlichen Aussehen sorgt das dafür, dass man mich schnell vergisst. Und da man mich schnell wieder vergisst, kann ich meine Arbeit fortsetzen. Manchmal möchte ich die Leute anschreien, damit sie mich ansehen, damit sie merken, dass ein Engel, ein Erlöser, unter ihnen ist. Doch sie würden es nicht verstehen. Sie würden mich einsperren. Ich kann nicht zulassen, dass mich jemand daran hindert, meine Mission zu erfüllen.

Ich lege den Kopf der Frau auf ihr Kissen. Wo auch immer sie jetzt ist, ich hoffe, sie kann sehen, dass das, was ich ihrer Familie bringe, ein seltenes Geschenk ist. Wenn sie das versteht, wird sie sich freuen, dass ich jetzt zu ihren Kindern gehe. Sie wird mehr als glücklich sein. Sie wird überglücklich sein.

Kapitel 11

Am nächsten Morgen war Mags schon auf halbem Weg zum Bahnhof, als sie bemerkte, dass sie ihr Handy vergessen hatte. Sie sah dreimal in ihrer Tasche nach, fluchte mehrmals und kehrte schließlich nach Hause zurück.

Dort fand sie ihr Handy auf dem Küchentisch. Eigentlich war Mags nicht vergesslich. In den Monaten nach der Geburt war sie ein wenig geistesabwesend gewesen, aber seitdem Tam in den Kindergarten gegangen war, funktionierte sie wieder. Sie konnte sich selbst als aufmerksam und gut organisiert bezeichnen. Zwei Schubladen für Schreibwaren, eine Ablage am Aktenschrank für das Druckerpapier, ein Schränkchen neben der Tür mit beschrifteten Schlüsseln und ein Familienkalender mit bunten Aufklebern, die anzeigten, wer was wann und mit wem unternahm.

Und nun verließ sie ohne ihr Handy das Haus. Sie ahnte, was Ria sagen würde. Es gab etwas in ihrem Unterbewusstsein, das noch aufgelöst werden musste, etwas, mit dem sie sich auseinandersetzen musste. Also überflog sie ihre mentale Checkliste: geringes Selbstwertgefühl, übertriebene Fürsorge der Tochter gegenüber, unbegründetes mangelndes Vertrauen in den Ehemann. Das war nichts Neues. Obwohl sie zugeben musste, dass sie in Sachen Vertrauensproblem womöglich schon Fortschritte gemacht hatte. Sie erinnerte sich an Bradleys Hände, die ihr Kleid auf dem Küchenboden über die Hüften schoben, und lächelte.

Mags ließ den Schlüssel in der Tür stecken, durchquerte die Küche und griff nach ihrem Handy. Eine kurze SMS an Kit, dass sie sich verspäten würde, und schon wäre sie wieder weg. Plötzlich hörte sie Bradleys Stimme.

Sie blieb stehen und lauschte. Er telefonierte in seinem Büro. Ohne nachzudenken, schlüpfte sie aus den Schuhen und schlich in den Flur. Die Tür zur Kellertreppe war angelehnt, die Tür am unteren Ende der Treppe jedoch geschlossen. Näher traute sie sich nicht heran, weil die Stufen knarrten.

»… und das ist nichts im Vergleich zu früheren Beispielen. Ja, ich habe es überprüft. Natürlich habe ich sie aufbewahrt. Alle. Ich nehme an, du hast sie ebenfalls überprüft? Ja. Ja. Völlig anders. Ich schaue es mir gerade an. Hast du das andere auch gesehen? Bemerkenswert, nicht wahr? Was ist mit den anderen Probanden? Gibt es ähnliche Ergebnisse? Nein. Richtig. Aber du hast doch gewisse Erwartungen, oder nicht? Insgesamt sechsundfünfzig Probanden. Ja, sie macht routinemäßig Blutuntersuchungen. Eine steht noch aus. Vielleicht ist es hormonell bedingt. Konntest du inzwischen schon näher bestimmen, welche der Testpersonen … Ich weiß, ich weiß. Okay, halte mich auf dem Laufenden …«

Ohne es zu merken, hatte sich Mags zu weit vorgebeugt, um jedes Wort zu verstehen. Als sie nun das Gleichgewicht verlor, blieb ihr nichts anderes übrig, als den Fuß auf die oberste Stufe zu setzen. Genau in diesem Moment schwieg Bradley, und das Knarren des alten Holzes kam ihr in der Stille doppelt so laut vor. Sie hielt den Atem an.

»Einen Moment, bitte.« Das Leder seines Stuhls knirschte, als Bradley aufstand.

Mags wich zurück, verschwand hinter der Ecke und glitt wie eine Schlittschuhläuferin über den gefliesten Flur, wobei sie kaum die in Strümpfen steckenden Füße hochhob.

Sie huschte in die Küche und schnappte sich Schuhe und Tasche. Für den Bruchteil einer Sekunde überlegte sie, die Tür zu verriegeln, sprang dann aber hinter den Kühlschrank. Als Bradleys Schritte das obere Ende der Treppe erreichten, duckte sie sich.

Einen Moment lang dachte sie, wie lächerlich ihr Verhalten war. Sie versteckte sich hinter dem Kühlschrank in ihrem eigenen Haus, damit ihr Mann sie nicht fand. Was machte sie da? Mags wollte schon vortreten und das Ganze als Witz hinstellen. Doch noch während sie darüber nachdachte, tat sie genau das Gegenteil. Sie rührte sich nicht und versuchte, möglichst flach zu atmen.

»Mags?« Schritte am anderen Ende des Flurs, dann Stille. Sie sah ihn vor sich, wie er auf der Schwelle zum offenen Wohnzimmer stand und anschließend in Richtung Küche ging.

Er verharrte in der Tür, und einige Sekunden lang blieb alles ruhig. Mags rührte sich nicht. Sie sah zu den Knien, zog sie bis zur Brust hoch und bemerkte, dass der Saum ihres sonnenblumengelben Kleides über den Kühlschrankrand hinausragte.

Hatte er ihn bemerkt? Sie krallte die Finger in den Stoff und zog ihn zurück. Bradleys Schritte kamen auf ihr Versteck zu. Sie überlegte, was sie sagen würde, wenn sein Gesicht neben dem Kühlschrank auftauchte. »Hast du eine Maus gesehen? Ich dachte, hier wäre eine.« Nein. »Mensch, ganz schön heiß heute, was? Aber hier unten, mit dem Rücken gegen den Kühlschrank, ist es angenehm kühl. Das solltest du auch mal ausprobieren.« Verdammt, sie würde wie eine Verrückte klingen.

Keine Schritte mehr. Sie schloss die Augen und wartete. Da öffnete sich die Kühlschranktür, und Bradley nahm eine Milchtüte heraus.

Er hatte sie nicht bemerkt. Sie war in Sicherheit. Was für eine seltsame Wortwahl.

Mags hörte, wie Bradley Milch direkt aus der Tüte trank, und widerstand dem Drang, ihn zurechtzuweisen. Sie hasste es, wenn er das tat. Er rülpste, stellte die Tüte zurück, schloss den Kühlschrank und verließ den Raum. Ein paar Sekunden später schlug eine Tür zu. Die Treppe knarrte, als er nach unten verschwand.

Sie zog die Schuhe erst wieder an, als sie draußen war. Unterwegs beschäftigte sie etwas, das sie gesehen hatte. Oder besser gesagt, etwas, das sie nicht gesehen hatte. Sie drehte sich noch einmal um und schaute durch das Fenster in die Küche hinein.

Das Bild am Kühlschrank war verschwunden.

KAPITEL 12

Kit lebte mit seinem Ehemann David in einem Reihenhaus zwei Minuten zu Fuß von Camden Lock entfernt. David arbeitete als Buchhalter in der Finanzabteilung eines angesehenen Unternehmens und war von jeher umsichtig mit Geld umgegangen. Vor zwanzig Jahren – also fünfzehn Jahre, bevor er Kit kennenlernte – hatte er eine Kapitalanlagemöglichkeit entdeckt, das Reihenhaus auf einer Auktion gekauft und zugesehen, wie sein Wert in der Zwischenzeit durch die Decke ging. David war achtzehn Jahre älter als Kit und wollte sich in fünf Jahren vorzeitig zur Ruhe setzen, das Haus verkaufen und aus der Stadt wegziehen. Mags konnte sich nicht vorstellen, dass Kit sich leicht an das Landleben gewöhnen würde. Ihm gefiel es, im Umkreis von zweihundert Metern mehrere Bars zu finden, in denen guter Champagner offen ausgeschenkt wurde.

»Was gibt's Neues?«, fragte Mags, während Kit die Kaffeebohnen mahlte.

Kit arbeitete als Stilberater für eine Fernsehproduktionsfirma. Als Kind hatte er viel Zeit damit verbracht, für Mags' ausrangierte Puppen eine Unmenge von Kleidern zu entwerfen. Heute tat er dasselbe für reale Menschen. Einige von ihnen waren berühmt, was den Klatsch unwiderstehlich machte.

Kit stellte eine Tasse heißen Kaffee vor ihr ab. Eine Dampfwolke zischte aus der Maschine, er wirbelte mit einer weißen Kanne unter dem Metallauslauf herum und stellte sie schließlich neben den Kaffee.

»Soja?«, tippte Mags. »Weizen?« Als sie das letzte Mal einen Blick in Kits Kühlschrank geworfen hatte, hatte sie drei Flaschen Champagner, zwei Flaschen Wodka, drei Tüten Salat und einen gedünsteten Lachs vorgefunden. Weder Kit noch David verwendeten Milchprodukte.

»Hanf«, antwortete Kit und goss ihn in ihre Tasse, wobei sich die dunkle und die helle Flüssigkeit zu einer hypnotisch wirkenden Spirale vermischten. Er bemerkte ihre skeptische Miene. »Probier mal. Du könntest überrascht sein.«

Mags nahm einen Schluck. Sie war nicht überrascht. Es schmeckte ziemlich scheußlich. »Lecker.«

Kit lachte. »Wählerische Zicke.« Er öffnete eine Packung ungesalzene Nüsse, gab sie in eine Schüssel, wobei er sie vor ihrer Nase schüttelte, und nahm schließlich Platz. »Da gibt es nicht viel zu berichten. Justin hat seine Lektion nicht gelernt, nachdem ihn die Paparazzi im Stripteaseklub erwischt haben. Er scheint Geschmack daran gefunden zu haben – das arme Schaf.«

»Wie bitte?« Justin war einer der bekanntesten Talkshow-Moderatoren im britischen Fernsehen. »Wieso das denn? Er könnte jede Frau haben, die er wollte. Warum sollte er in einen solchen Klub gehen?«

»Großer Gott, Schwesterchen, du hast ja scheinbar keine Ahnung von Männern. Es grenzt an ein Wunder, dass du den großen bösen Bradley so lange halten kannst. Justin liebt den unerlaubten Nervenkitzel. Er tut etwas Unanständiges und könnte dabei erwischt werden.«

Mags schüttelte den Kopf. »Männer sind schon seltsam«, befand sie. Im selben Moment fiel ihr ein, dass sie sich hinter dem Kühlschrank in ihrer Küche versteckt hatte. Sie hatte kein Recht, jemanden als seltsam zu bezeichnen. Bei diesem Gedanken kam ihr auch das Bild wieder in den Sinn. Was hatte Bradley damit gemacht? Hatte er am Telefon darüber gesprochen? Mit wem hatte er telefoniert? Oder zog sie voreilige Schlüsse? Ria würde sagen, sie sabotiere sich selbst und suche nach Verhaltensweisen, die ihr mangelndes Vertrauen in ihren Mann verstärken könnten.

»Mags?« Kit hatte sie etwas gefragt.

»Tut mir leid, ich war mit meinen Gedanken gerade woanders. Was hast du gesagt?«

Kit fuhr sich über seine Tolle und brachte sie liebevoll in Form. »Dich bedrückt etwas, Schwesterherz. Du brauchst es gar nicht abzustreiten. Raus damit.«

Also erzählte Mags ihm alles, sogar die Dinge, die sie paranoid erscheinen ließen. Sie hatte Kit immer vertraut. Zwillinge taten das einfach. Als er sich mit fünfzehn Jahren ihren Eltern gegenüber geoutet hatte, hatte Mags monatelang zwischen Kit und ihrem Vater vermittelt, weil dieser die Neuigkeit kaum ertragen konnte. Frank Thompson war ein altmodischer Mann gewesen. Zu akzeptieren, dass sein Sohn schwul war, war ihm schwergefallen. Für ihre Mutter war es zwar okay gewesen, aber sie hatte sich von jeher auf die Seite ihres Mannes geschlagen, wenn es Streit gab, und mit dieser Gewohnheit konnte sie nicht so leicht brechen. Nach dem unangenehmsten Weihnachten ihres Lebens entschuldigte sich ihr Vater, und alles war wieder fast wie vorher. Doch Kit hatte nie vergessen, wie sich Mags für ihn eingesetzt hatte.

Als ihre Mutter an Krebs starb und der Vater ihr nach mehreren Schlaganfällen sechs Monate später folgte, hatte Kit die Verantwortung für sie übernommen. Kit war immer der Stärkere von ihnen gewesen.

Während sie redete, kochte ihr Bruder für sich noch einen Kaffee und für Mags eine Kanne Tee. Er wusste, dass sie nicht mehr als einen Kaffee trinken konnte. Jeder weitere könnte ihr Angstgefühl verstärken. Ihre letzte schwere Panikattacke war schon Jahre her, aber sie wollte keine weitere riskieren.

»Also, ich bin ja ungern derjenige, der dir sagt, dass du unter Wahnvorstellungen leidest, aber du leidest unter Wahnvorstellungen.«

»Komm schon, Kit. Erzähl mir, was du wirklich denkst. Ich halte das aus, du musst mich nicht schonen.«

»Nun, ich weiß, dass du nach wie vor Probleme hast, ihm zu vertrauen, aber er hat dir nie einen Grund geliefert, es nicht zu tun. Ich weiß, dass du ihn liebst, und ich weiß, wie du mit diesen seltsamen Gefühlen kämpfst, aber ich kann dir nicht bestätigen, dass sie gerechtfertigt sind, wenn ich davon nicht überzeugt bin. Sollte er jemals etwas Fragliches tun, bin ich der Erste, der dich darauf hinweist. Aber was du mir gerade erzählt hast, hat nichts zu bedeuten. Ich weiß nicht, warum du glaubst, er hätte am Telefon über Tam gesprochen. Er arbeitet in einem genetischen Forschungslabor in Amerika, Mags. Dort gibt es Studien, sie machen Experimente, schneiden Schweine auf und quälen Hühner.«

Mags zuckte kurz zusammen, musste letztendlich aber lachen, und Kit stimmte in ihr Lachen ein. »Na ja …«, winkte er ab. »Ich weiß nicht, was sie da machen. Ich suche die richtigen Hemden für überbezahlte Promis aus, die in ihrer Garderobe Prostituierte flachlegen. Was weiß ich denn schon?«

Mags liebte die Direktheit ihres Bruders, selbst wenn es um ihre Wahnvorstellungen ging.

»Okay, okay«, sagte sie, »aber warum hat er das Bild abgehängt?«

»Ja, das ist ein verdammt schwerwiegendes Beweisstück, Schwesterherz. Was könnte ein Vater mit einem unglaublichen

Bild wollen, das seine Tochter gezeichnet hat? Du nimmst nicht an – so unwahrscheinlich das auch klingt –, dass er es sich genauer ansehen wollte? Nein. Ich bin sicher, du hast recht. Während wir uns darüber unterhalten, zerschneidet er es, um Proben an ein Labor zu schicken.«

»Ich hörte ihn ›Ich sehe es mir gerade an‹ sagen. Er hat über das Bild gesprochen, ich weiß es.«

»Ja, gut, das ist möglich. Oder …« Wenn Kit sarkastisch wurde, ließ er sich durch nichts aufhalten, »vielleicht, also nur vielleicht, und – versuche bitte, deinen Unglauben im Zaum zu halten, denn jetzt kommt ein verrückter Vorschlag – vielleicht sprach er über eine Auswertung, eine E-Mail oder auch eine Rechnung, was ebenso unwahrscheinlich ist. Es kann doch auch sein, dass das Bild vom Kühlschrank heruntergefallen ist und er es auf den Küchentisch gelegt hat. Hast du nachgesehen?«

Mags dachte an die Küche zurück. »Nein«, gab sie zu, »das habe ich nicht.«

»Richtig. Gut. Versteh mich bitte nicht falsch, aber halt die Klappe, du verrückte Frau. Können wir nun zu einem weniger brisanten Thema übergehen? Du sagtest, meine Lieblingsnichte …«

»… deine einzige Nichte …«

»Meine Lieblingsnichte hat noch ein Bild gezeichnet. Kann ich es sehen?«

Kit hatte bereits Tams erstes Bild bewundert, als er es an ihrem Kühlschrank betrachtet hatte.

Mags suchte das Foto mit dem Bild aus Norfolk heraus und schob Kit ihr Handy hinüber. Er zog es mit den Fingern größer.

»Das ist wirklich eine ausgezeichnete Arbeit«, urteilte er. »Sie ist genauso gut wie die erste Zeichnung. Tam sollte an Wettbewerben teilnehmen. Sie ist wirklich großartig. Das könnte ihr Ding sein. Eine Künstlerin in der Familie. Das gefällt mir.«

»Ich habe dir doch erklärt, dass es ihr keinen Spaß macht. Sie weiß nicht, dass ich dieses Bild gesehen habe, und laut der Leiterin ihrer Pfadfindergruppe kann sie sich nicht daran erinnern, es gezeichnet zu haben, genau wie bei dem ersten Bild. Ich mache mir Sorgen um sie, Kit.«

»Du machst dir um jeden Sorgen.«

»Stimmt, aber das hier ist etwas anderes. Das hier ist seltsam.«

»Elfjährige Mädchen *sind* seltsam. Wie wäre es, wenn wir den Tee auslassen und stattdessen ein Glas Champagner trinken? Es ist Zeit für ein Mittagessen. Ich könnte dir einen Salat zubereiten.«

»Was feiern wir? Nicht, dass du eine Ausrede bräuchtest, um einen Champagnerkorken knallen zu lassen.«

»Justin hat einen Auftritt in der Tonight Show. Was bedeutet, dass ich eine Woche in New York verbringen werde.« Er schenkte zwei Gläser ein. »Ich nehme David mit.«

»Wie beneidenswert. Wann?«

»Wir fliegen am Dienstag und kommen den darauffolgenden Montag zurück.«

»Versprichst du mir, mich anzurufen, wenn es Neuigkeiten gibt?«

Kit stieß mit seinem Glas gegen das seiner Zwillingsschwester. »Ich tue alles, um zu verhindern, dass du wieder paranoid wirst, Mags. Du hast eine wunderschöne, talentierte Tochter, und der hinreißende amerikanische Adonis ist verrückt nach dir. Du bist ein Glückspilz.«

Mags lächelte. »Okay, okay, ich hab's kapiert.«

Das Glas Champagner vor dem Mittagessen machte sie ein wenig benommen und optimistisch. Sie sollte aufhören, Bradley bei irgendetwas erwischen zu wollen. Sein schlimmstes Verbrechen war es gewesen, Milch direkt aus der Flasche getrunken zu haben. Was auch immer mit Tam geschah, mochte seltsam sein, aber sie würde niemandem helfen, wenn sie sich Sorgen machte. Kit hatte recht. Sie sollte sich über das Talent ihrer Tochter freuen.

Sie akzeptierte ein zweites Glas.

Kurz bevor sie ging, küsste Mags ihren Bruder auf die Wange und umarmte ihn.

»Womit habe ich das denn verdient?«

»Wenn ich mit dir rede, scheint jedes Mal alles besser zu werden, Kit. Danke.«

Er verbeugte sich und Mags lachte. Sie ahnte nicht, dass sie sich bei ihrem nächsten Gespräch so schlecht fühlen würde wie seit Jahren nicht mehr.

KAPITEL 13

Zum ersten Mal beobachte ich die Auserwählten nicht tagelang. So habe ich bisher immer gearbeitet. Ich habe mich an irgendeinen Ort treiben lassen, die Menschen ein oder zwei Tage lang observiert und mich vergewissert, dass ich recht habe. Dass sie mich brauchen.

Diesmal ist es anders. Diesmal weiß ich es sofort. Eine Art Energie durchströmt mich, eine Art Zuversicht. So etwas habe ich noch nie zuvor gespürt. Ich bin unantastbar.

Wir sind in der Nähe des Flughafens, als ich den Ort entdecke und aus dem Bus steige. Ich vermute, dass einige der Arbeiter, die mit mir aussteigen, dorthin gehen. Ich laufe eine Weile mit ihnen mit und bleibe an einem Zeitungsstand stehen. Während sie um die Ecke biegen, drehe ich um und kehre zu dem Ort zurück, den ich entdeckt habe.

Als ich dort eintreffe, weiß ich, um wessentwillen ich hier bin. Die beiden schreien sich an, schlagen sich. Ihnen ist egal, wer sie streiten hört. Als ich mit gesenktem Kopf und tief gezogener Baseballmütze an ihnen vorbeilaufe, brüllt der Mann eine letzte Beleidigung und läuft in meine Richtung. Ich halte mir die Hand ans Ohr, als würde ich telefonieren. Doch ich muss mir keine Sorgen machen, er sieht nicht zu mir. Er trägt eine Uniform. Ein Sicherheitsbeamter des Flughafens. Sie steht in der Tür und sieht ihm nach. Kein Abschied. Kein »Bis später«. Lediglich ein leerer Blick. Sie zündet sich eine Zigarette an und geht wieder hinein. Ich laufe weiter.

Eine halbe Meile entfernt stoße ich auf ein beliebtes Frühstückscafé. Dann fahre ich mit dem Bus in die Stadt und suche belebte Orte auf. In der Menge wird man leichter vergessen. Zum Mittagessen esse ich einen Hotdog. Am späten Nachmittag schließe ich mich dem Strom von Arbeitern an, die in die Vororte zurückkehren, steige in der Nähe des Flughafens aus und kehre dorthin zurück. Diesmal nehme ich den Weg durch die Bäume.

Als es dunkel wird, lege ich mich hin. Ich warte.

Ich verstehe jetzt, dass es keinen Grund gibt, sich zu fürchten. Meine Mission wird von Mal zu Mal klarer, das ist alles. Ich bin berufen. Die Wege des Universums sind unergründlich. Das hat Mutter stets über Gott gesagt. Vielleicht hatte sie recht. Bloß weil sie mit allem anderen unrecht hatte, heißt das nicht, dass sie damit falschlag. Ein blindes Huhn findet auch einmal ein Korn, nicht wahr? Obwohl ich nicht an den Gott glaube, zu dem sie gebetet hat.

Aber falls mir das Universum den Weg weist, dann in Form einer Art Blitzlicht, das gerade so lange leuchtet, damit ich weitergehe. Ich kann genau weit genug vorausschauen, um zu wissen, dass ich auf dem richtigen Weg bin. Doch diesmal scheint mich das Licht regelrecht anzustrahlen und zu blenden. Ich friere, und mein Geist schaltet alles um mich herum aus. Ich bin gleichzeitig hier und doch nicht da. Würde mich jemand ansprechen, könnte ich nicht antworten. Als wäre ich gelähmt.

Niemand schaut dorthin, wo ich im hohen Gras liege. Niemand sieht mich. Aber für ein paar Minuten träume ich mit offenen Augen. Ich kämpfe nicht dagegen an. Ich lasse es geschehen. Und dieses Mal sehe ich Dinge, ich höre Dinge. Das Zeichen ist sehr stark. Es ist, als ob ich nach Hause gerufen werde, es ist allerdings kein Zuhause, das ich je kennengelernt habe.

Ich muss diesem Ruf folgen. Aber zuerst muss ich tun, weshalb ich hergekommen bin.

Als es dunkel ist, stehe ich auf. Ich muss ganz ruhig und vorsichtig sein, denn es wird nicht einfach sein. Dieses Haus steht nicht frei. Nur wenige Meter entfernt leben weitere Menschen. Ich muss schnell sein und leise. Aber ich werde die Auserwählten nicht im Stich lassen. Sie brauchen mich.

Ich weiß immer noch nicht, wie sich alles abspielen wird. Zwei Menschen auf so engem Raum. Wenn ich dem einen mein Geschenk bringe, wird der andere sicher aufwachen. Was soll ich in dem Fall tun?

Ich denke noch darüber nach, als sich die Tür öffnet und der Mann, der die Uniform des Sicherheitspersonals trug, herauskommt. Ich stehe höchstens fünfzehn Meter von ihm entfernt, aber es ist dunkel und hinter mir sind die Bäume. Er taumelt ein wenig, hält die Hand vor das Gesicht und zündet sich einen Joint an. Ich gehe davon aus, dass er mich nicht wahrnehmen kann. Er ist ziemlich betrunken. Perfekt. Jetzt weiß ich, was ich zu tun habe.

Er läuft in seinem winzigen Garten auf und ab. Die Grenze seines Grundstücks wird durch einen Mülleimer an dem einen und einen Basketballkorb an dem anderen Ende markiert. Als er mit dem Rücken zu mir am Korb steht, trete ich aus dem Schatten. Ich habe es nicht eilig. Das muss ich auch nicht. Er sieht und hört mich nicht, und ich hole das Instrument aus meiner Tasche, während ich näher komme.

Er ist größer als ich, also muss ich mich ein wenig strecken, um die Schnur um seinen Hals zu legen. Ich warte, bis er einatmet, wobei die Spitze seines Joints in der Dunkelheit rot glüht. Alles geschieht in einer Bewegung. Übung macht den Meister. Ich ziehe die Schnur so stramm wie möglich und gleichzeitig nach hinten und zur Seite. Er stolpert über mein ausgestrecktes Bein und fällt hin. Ich drücke ihn mit dem Rücken auf den Boden, während ich die Schnur fester spanne. Ich übe genau den richtigen Druck aus. Er kann nicht atmen, und meine Knie drücken seine Arme zu Boden. Dieses Mal fließt überhaupt kein Blut. Er windet sich kurz, zuckt ein wenig, dann nichts mehr.

In den nächsten Minuten läuft alles wie am Schnürchen. Ich löse die Schnur, gehe zur Tür und öffne sie. Ich bleibe eine, vielleicht zwei Sekunden lang stehen. Außer einem Schnarchen ist nichts zu hören. Ich folge dem Geräusch zu seinem Ursprung, schlinge die Schnur um ihren Hals und ziehe zu. Das Schnarchen hört auf.

Sie öffnet die Augen und sieht mich. Ich bemerke wieder diesen erkennenden Blick. Einige Leute wissen, dass ich hier bin, um ihnen zu helfen. Sie ist eine der Glücklichen. Sie geht schnell und leise, und ich schließe ihre Augenlider, damit sie schlafen kann.

Draußen hat sich nichts verändert, nichts hat sich bewegt. Ich schleife ihn zurück zur Tür, die drei Stufen hinauf und ins Haus. Ich schwitze, aber ich bin stärker, als ich aussehe. Ein paar Minuten später schlafen sie nebeneinander. Ich lege seine Hand in ihre. Die Liebe, die sie im Leben nie füreinander gefunden haben, gehört nun ihnen.

Ich empfinde Demut bei diesem Gedanken.

Ich erinnere mich an den Ruf, und ich weiß, dass ich weitermachen muss. Ich werde geführt. Ich muss weiter gehen, als ich je gedacht hätte, aber das ist in Ordnung. Alles ist in Ordnung. Ich werde hingehen, wo auch immer ich hingehen muss, und ich werde jenen Frieden bringen, die ihn brauchen.

Kapitel 14

Mags wachte weinend aus dem Traum auf. So wie immer. Sie glitt aus dem Bett. Bradley war wieder in Boston. Normalerweise saß er nach dem Traum neben ihr, hielt sie fest und strich ihr über das Haar. Er tat alles, was man von einem liebevollen, besorgten Ehemann erwarten konnte. Doch Mags konnte sich nicht dazu durchringen, ihm in die Augen zu schauen, wenn sie am verletzlichsten war. Wenn die Trauer wieder hochkam. Weil sie nie glaubte, dass er genauso fühlte. Und sie hasste sich für diesen Gedanken.

Sie schlich in die Küche und machte sich eine Tasse Kamillentee. Sie mochte den Geschmack nicht, aber es war halb fünf Uhr morgens, und wenn sie noch etwas schlafen wollte, würde er vielleicht helfen.

Mags ließ den Tränen freien Lauf. Als sie den Tee getrunken hatte, war es vorbei. Die Schultern zitterten nicht mehr, die Augen waren trocken und brannten. Sie starrte auf den Tisch.

Rias professioneller Ratschlag war, die Gedanken nach dem Traum zuzulassen. Sie sollte sie kommen lassen, Geist und Körper darauf reagieren lassen und herausfinden, was sie aus dieser Erfahrung lernen konnte.

Ria hatte gut reden. Nur wer das nie erlebt hatte, wer nicht wusste, wie hart der Traum war, konnte so blasierte Ratschläge geben.

Mags hielt die Hände vor das Gesicht. Sie zitterten. Sie wusste, dass sie Ria gegenüber unfair war. Ihre Ängste zu ignorieren war nicht die Lösung. Aber nach mehr als einem Jahrzehnt hatte Mags gehofft, die schlimmsten Erinnerungen würden langsam verblassen. Doch das taten sie nicht. Sie kamen zwar seltener, waren aber genauso belastend wie früher. Wenigstens kannte sie inzwischen Techniken, um mit ihnen umzugehen. Aber mit dem Traum kam sie nicht zurecht. Er brachte sie an den Ort zurück, an dem sie am wenigsten sein wollte, an die Quelle ihres größten Glücks und ihrer schlimmsten Verzweiflung.

Er fing jedes Mal gleich an.

Ein Lichtkreis über ihr, der sich nach unten bewegte. Das geschäftige Treiben der Ärzte und Krankenschwestern, die ihre Arbeit taten. Dann der erste Hinweis darauf, dass etwas nicht stimmte, als leise etwas besprochen wurde.

Sie erkannte eine Stimme. Bradley sprach mit der Ärztin, seine Stimme war leise und klang angespannt. Sie waren etwas mehr als ein Jahr verheiratet und hatten ihren Jahrestag mit einem Salat und einer Flasche Holunderblütenbrause gefeiert, von der sie während ihrer Schwangerschaft nicht genug bekommen konnte. Da sie selbst ein Zwilling war, hätte es sie nicht überraschen sollen, dass bei der ersten Ultraschalluntersuchung zwei Herzschläge aufgezeichnet wurden, aber irgendwie hatte sie sich eingeredet, dass sich nur ein Baby in ihrem wachsenden Bauch eingenistet hatte.

Irgendwann tauchte Bradley neben ihr auf. Dieser Teil des Traums war immer sehr klar. Vielleicht, weil es der letzte Moment ihres Lebens war, der von der anschließenden Freude und Tragödie unberührt war. Und wenn sie ehrlich war, blieb es auch der letzte Moment, in dem sie ihrem Mann vertraut hatte. Das war ihr Problem, nicht seins, aber das machte es nicht weniger real.

Er zog den Mundschutz herunter, damit sie sein Gesicht sehen konnte.

»Was ist los?« Sie geriet nicht in Panik, wusste aber, dass etwas nicht stimmte. »Wie geht es den Mädchen? Geht es beiden gut?«

Tamara und Clara. Bradley meinte, die Namen würden zu ähnlich klingen, aber Mags hatte längst entschieden, Tamara Tam zu nennen.

Bradley antwortete ihr nicht. Schon lustig, wie ihr seine Ausflüchte Wort für Wort im Gedächtnis geblieben waren. »Keine Sorge, Mags«, sagte er. Er fuhr ihr mit seinen kühlen Fingern über die Stirn, schob ihr Haar zur Seite und küsste sie. »Es gibt ein paar Komplikationen. Wir müssen dir eine Vollnarkose geben.«

Er sagte »wir«. Mags fragte sich, was die Geburtshelferin und ihr Team davon hielten. Bradley war Genforscher, kein Mediziner, aber er benahm sich, als hätte er das Sagen.

»Nein«, widersprach sie und griff nach seiner Hand, als er sich abwandte. »Das will ich nicht. Ich will bei Bewusstsein sein. Was geht hier vor? Was ist mit meinen Babys?«

Bradley nickte nicht ihr zu, sondern jemandem hinter ihr. Sie drehte sich um. Eine Krankenschwester tauschte den Tropf aus, zu dem der Schlauch in ihrem Handgelenk führte. Sie wandte sich wieder Bradley zu. »Ich sagte Nein. Ich will das nicht. Bitte …«

Danach erinnerte sie sich an nichts mehr. Nicht an die Operation, nicht an die Geburt ihrer Töchter. Nicht an Claras Schweigen, an die Versuche des Ärzteteams, ihr Herz zum Schlagen oder sie zum Atmen zu bringen. Eines der Kinder, das neun Monate lang im Mutterleib gewachsen war und sich wie ein Puzzleteil an seine Schwester geschmiegt hatte, war verschwunden, bevor sie sich verabschieden konnte. Fort, als wäre es nie da gewesen.

Der Traum endet stets gleich: Sie beobachtet, wie sich das Licht an der Decke des Krankenhauszimmers bewegt. Diesmal ist es keine OP-Lampe, sondern ein verdunkelter Sonnenstrahl, der in den Raum fällt, unterbrochen von den Zweigen einer Ulme vor dem Fenster. Bradley schläft rechts von ihr auf einem Stuhl. Ebenfalls zu ihrer Rechten, nahe an ihrem Gesicht, steht ein Krankenhausbettchen, und sie hört das feine, zarte Atmen ihrer neugeborenen Tochter. Eine Welle der Freude, plötzlich die Erkenntnis. Kein zweites Bettchen. Sie schiebt sich auf einen Ellbogen und zuckt bei den Schmerzen im Bauch zusammen. Kein anderes Kinderbett in diesem Raum. Ein Blick auf die perfekten, winzigen Gesichtszüge von Tam, während sie schläft. Hastig dreht sie sich um und bemerkt, wie Bradley sie mit offenen Augen anschaut und nichts sagt. Noch nicht. Er sucht nach Worten.

In dem Augenblick wachte Mags immer auf. Immer in dem Moment, kurz bevor Bradley ihr mitteilte, dass Clara gestorben war.

Mags gab die Hoffnung auf, wieder einzuschlafen, und schaltete den Fernseher ein. Gerade lief eine Sendung über Londoner, die überbewertete Immobilien verkauften, um aufs Land zu ziehen und dort etwas Prunkvolles zu kaufen, und gleichzeitig noch genug Geld übrig hatten, um eine Wohnung in der Stadt zu unterhalten. Selbst in ihrer müden Benommenheit erkannte Mags, dass sie ihre privilegierte Stellung teilte. Bradley hatte in den Jahren ihrer Ehe einen großen Karrieresprung gemacht. Sein Vater hatte ihn nach Tams Geburt zum vollwertigen Partner seines Forschungsunternehmens gemacht, und dank seines Gehalts musste Mags seitdem keinen Gedanken an Geld verschwenden. Sie ließ sich zwar nicht gern »aushalten«, hatte es aber für vernünftig gehalten, mit Tam zu Hause zu bleiben. Aus einem Jahr Mutterschaftsurlaub waren erst zwei, dann drei, schließlich vier Jahre geworden. Mags hatte sich selbst versprochen, wieder zu arbeiten, wenn Tam in die Vorschule ging, letztendlich allerdings beschlossen, dass sie besser bis zur Ganztagsschule warten sollte. Daraufhin verschob sie es erneut, damit Tam sich gut einlebe. Und als sie aufhörte, über die Arbeit zu reden, hörten Freunde und Familie auf, danach zu fragen. Bradley blieb dabei, dass er sie unterstützen würde, wie auch immer sie sich entschiede. Typisch Bradley. Verhielt sich genau so, wie es ein hilfsbereiter Partner tun sollte. Fürsorglich. Verständnisvoll. Mistkerl.

Mags kicherte über ihren Gedankenfluss. Vielleicht war sie ja auf einem guten Weg, wenn sie ihre Probleme als amüsant empfand.

Als das Paar im Fernsehen darüber diskutierte, ob sie in den Ställen ihres neuen Landguts Pferde halten sollten, drückte Mags auf die Fernbedienung. Es war sechs Uhr zwanzig. Wenn sie Tam jetzt aufweckte, hätten sie Zeit für ein Frühstück im Café an der Ecke, ein mehr oder weniger regelmäßiges Vergnügen, wenn ihr Vater nicht da war.

Sie ging nach oben und klopfte an Tams Tür. Keine Antwort.

»Tam?«

Sie klopfte noch einmal, bevor sie die Tür öffnete. Das Bett war leer. Mags bekam einen Schreck, schob den Kopf ins Zimmer und sah ihre Tochter am Schreibtisch sitzen. Sie hielt einen Stift in der Hand und zeichnete.

»Guten Morgen, Honey. Du bist aber früh auf. Hast du nicht gut geschlafen? Ich dachte, wir könnten …«

Mags brach ab, als Tam nicht auf ihre Stimme reagierte, und trat ins Zimmer.

Tam schaute nicht auf das Blatt vor ihr auf dem Schreibtisch, sondern nach oben zu ihrem Bücherregal. Als Mags näher kam, bemerkte sie Tams Blick, der von links nach rechts und von oben nach unten sprang.

»Was ist los, mein Schatz?«

Mags sah auf das Blatt Papier. Obwohl Tam nicht hinsah, bewegte sich ihre Hand sehr schnell hin und her, und das Bild, das entstand, war sehr detailliert.

Es zeigte einen Wohnwagen. Einen fest stehenden Wohnwagen unter vielen auf einem Campingplatz. Es war Nacht, der Mond schien hell, die dunklen Schatten wirkten geheimnisvoll. Die anderen Wohnwagen waren undeutliche Rechtecke, aber der vorderste Wagen war so klar wie eine Fotografie. Drei Stufen führten zu einer schmalen Tür, die halb offen stand. Links von der Tür befand sich ein langes Fenster. Durch die Lamellenjalousien konnte sie zwei Figuren ausmachen, von denen eine spürbare Energie ausging. Mags konnte erkennen, dass sie sich stritten, wobei die kleinere Person auf der rechten Seite die Arme zur größeren Person streckte, als würde sie sie angreifen. Die größere Person stand mit verschränkten Armen da, doch die Neigung des Kopfes verriet ihren Zorn.

Nichts im Bild gab einen Hinweis auf den Standort. In ihrer Kindheit hatte Mags oft Ferien auf Campingplätzen verbracht, aber falls Tam jemals einen gesehen hatte, musste es im Fernsehen gewesen sein.

Tam nahm ihr Schlafzimmer überhaupt nicht wahr. Mags sah ihrer Tochter mit einer Mischung aus Erstaunen und Besorgnis beim Zeichnen zu. Etwa eine halbe Minute, nachdem sie den Raum betreten hatte, ließ Tam den Bleistift fallen, senkte den Kopf und schloss die Augen. Mags wartete ein paar Sekunden und legte nach einer Weile die Hand auf Tams Schulter.

Tam reagierte sofort. Sie fuhr hoch und sah ihre Mutter an. Einen unerträglichen Moment lang fand Mags darin nichts Vertrautes, sondern den leeren Blick einer Fremden. Schlimmer noch: Tams Blick hatte etwas Kaltes, Totes. Dann war der Moment vorbei und Tam war zurück.

»Mum?« Tam rieb sich die Augen.

»Es ist alles in Ordnung, Honey. Ich bin hier.«

Als Tam das Bild auf ihrem Schreibtisch entdeckte, schob sie schockiert ihren Stuhl zurück. »O nein. Ich habe im Bett geschlafen, Mum. Ich erinnere mich nicht einmal daran, dass ich aufgestanden bin. Was ist passiert? Werde ich verrückt?«

Tam streckte die Arme aus und Mags nahm sie in den Arm. Als Tams Griff fester wurde, merkte sie, dass ihre Tochter weinte. Sie nahm Tams Hinterkopf in ihre Handfläche, wie sie es schon getan hatte, als sie noch ein Baby gewesen war, und murmelte beruhigende Worte.

Nach einer Weile hörte Tams Schluchzen auf. Sie zog ein Taschentuch aus der Schachtel auf ihrem Schreibtisch und putzte sich die Nase.

Mags kniete sich neben sie. »Denk daran, was Dad dir gesagt hat.« Bradleys Geschichte über künstlerische Talente, die den bewussten Verstand umgingen, überzeugte sie zwar nicht, aber ihre Tochter war verzweifelt. »Ich weiß, dass es seltsam ist. Das bedeutet allerdings nicht, dass du verrückt bist. Du hast ein Talent, das sich auf diese Weise offenbart.«

Ablenkung war nach wie vor eine nützliche Option, wenn man mit einer aufgelösten Elfjährigen konfrontiert wurde. Mags gab ihr einen Kuss auf die Wange. »Wie wäre es mit einem French Toast bei Benny's?«

Tam schluckte und brachte ein Grinsen auf dem blassen Gesicht zustande.

»Los, beeil dich!«, forderte Mags sie betont fröhlich auf. »Aber nicht schummeln«, rief sie ihr hinterher, als Tam ins

Badezimmer ging. »Ich rieche an deinen Achselhöhlen, um sicherzugehen, dass du sie gewaschen hast.« Sie faltete das Bild zweimal in der Mitte zusammen und schob es in die Tasche ihres Bademantels. Als sie eine triumphierende Tam in der Küche einholte, hatte sie es fast vergessen. Und als Bradley am Abend anrief, erwähnte sie es nicht. Erst als das Telefon drei Tage später um zwei Uhr in der Nacht klingelte, fiel es ihr wieder ein. Und danach konnte sie an nichts anderes mehr denken.

KAPITEL 15

»Kit, weißt du eigentlich, wie spät es ist? Bist du okay? Ist David okay? Was ist passiert?«

Es gab eine leichte Verzögerung in der Leitung, weshalb sie sich zunächst gegenseitig ins Wort fielen, bevor Kit sie beruhigte.

»Uns geht es gut, uns beiden geht es gut. Ich war so aufgeregt, dass ich die Zeitverschiebung vergessen habe. Bei dir ist es mitten in der Nacht, nicht wahr? Es tut mir leid, Mags. Ich habe gleich nach dem Telefon gegriffen, als ich es gesehen habe.«

»Bleib kurz dran, ja?« Mags schaltete das Licht ein, hob ein Kissen vom Boden auf und lehnte sich gegen das Kopfende des Bettes. »Okay. Jetzt bin ich wach. Was meinst du damit? Was hast du gesehen?«

»Das Bild am Kühlschrank. Ich habe es im Fernsehen gesehen.«

Mags zwickte sich mit Daumen und Zeigefinger in die Nase und seufzte. »Wovon redest du? Ich verstehe nur Bahnhof.«

»Die genialen Bilder, die Tam gezeichnet hat. Du meintest, du wüsstest nicht, wo die Häuser auf den Bildern stehen. Dass weder Tam noch du je dort gewesen seien.«

»Das stimmt.« Mags dachte an das neue Bild, das Tam gezeichnet hatte. Sie stand auf, eilte zur Tür, an der ihr

Morgenmantel hing, und zog den Zettel heraus, während Kit weitersprach.

»Okay, ich habe gerade im Motel ferngesehen, da habe ich es entdeckt. Das Bild am Kühlschrank. Es ist dasselbe Haus, Mags. Ich habe ein Foto vom Fernseher gemacht. Ich schicke es dir.«

»Mein Handy liegt unten. Warte kurz, ich hole es.«

»Nein, schlaf weiter. Das kann bis zum Morgen warten.«

Doch Mags war schon auf halbem Weg die Treppe hinunter. »Ich bin jetzt wach, Kit. Also hör auf, dich zu entschuldigen.«

Mags mochte keine Handys im Schlafzimmer. Bradleys Vater schickte oft fünf Textnachrichten pro Nacht aus Boston, und Bradley würde jedes Mal antworten, wenn sein Handy auf dem Nachttisch läge.

Ihr Telefon, das gerade auf dem Küchentisch am Akku hing, zeigte eine Nachricht an, und sie klickte sie an.

»Und?«, rief Kit. »Spinn ich, oder was?«

Mags musterte das Foto. Die Qualität war nicht besonders gut, der Blickwinkel ein anderer und die Farben lenkten ab, da Tams Bild eine Kohlezeichnung war. Aber es gab keinen Zweifel daran, dass Mags das Haus von Tams erstem Bild betrachtete.

Sie wollte gerade fragen, wo es stand, als sie die Bildunterschrift am Bildschirmrand bemerkte und die Augen zusammenkniff, um sie zu lesen. Ihr Mund wurde trocken. Sie ließ sich auf die unterste Stufe fallen und hatte das Gefühl, den Boden unter den Füßen zu verlieren.

Kit redete immer noch. »Es steht irgendwo in Georgia. Als ich den Fernseher einschaltete, wurde gerade in den Nachrichten darüber berichtet. Was für ein Zufall! Nicht zu fassen, oder? Ich konnte nicht glauben, was ich da vor Augen hatte. Was meinst du, wo Tam es gesehen hat? Im Fernsehen? Zu Hause habe ich nichts davon mitbekommen. Du etwa?«

Mags starrte noch immer auf die Bildunterschrift. *Am Tatort fand man vier Tote.*

»Tote? Wer ist tot? Was ist da passiert?«, krächzte sie.

Doch Kit hörte ihr nicht zu. »Nicht jetzt, David, ich telefoniere gerade mit Mags. Ich sagte Nein. Was ist bloß mit dir los? Du bist ja schlimmer als eine läufige Hündin.«

»Kit, wer wurde tot aufgefunden?« Mags wurde kalt. Sie setzte sich an den Küchentisch mit ihrem Handy in der einen Hand und presste mit der anderen das Haustelefon ans Ohr.

»Oh, ich glaube, das ist ein Serienmörder.« Kit klang so entspannt, als würden sie sich über einen Vorfall in einer Seifenoper unterhalten. »Deshalb hat Tam es wohl auch gesehen. Vielleicht in den Nachrichten oder im Internet? Google einfach mal ›Schlafzimmermorde‹.« Sie hörte ihn kichern und »David« zischen, gefolgt von einer gedämpften Antwort. »Ich muss auflegen«, meinte Kit. »Wir sehen uns, wenn ich zurück bin. Hab dich lieb!« Dann war die Leitung tot.

Mags holte ihren Laptop aus dem Wohnzimmer und nahm ihn mit nach oben. Im Schlafzimmer klappte sie ihn auf und tippte »Schlafzimmermorde« in die Suchmaschine ein.

Sofort erschienen die Ergebnisse. Der erste Artikel stammte von einer lokalen Nachrichtenseite in Statesboro, Georgia.

DER SCHLAFZIMMERMÖRDER SCHLÄGT ZUM FÜNFTEN MAL ZU. PAAR NUR WENIGE METER VON SEINEN NACHBARN ENTFERNT ERMORDET.

Mags klickte sich durch den Artikel und überflog den Inhalt, fand aber keine Fotos. Also kehrte sie zu den Suchergebnissen zurück und klickte auf den »Bilder«-Reiter. Sekunden später hielt sie entsetzt die Hände vor den Mund und starrte auf den Bildschirm.

Sie erkannte zwei der fünf Tatorte auf ihrem Bildschirm. Der eine befand sich auf ihrem Handy, der andere hing am Kühlschrank.

***

Nachdem sie Tam am nächsten Morgen vor der Schule abgesetzt hatte, kehrte Mags direkt nach Hause zurück und ging ins Schlafzimmer ihrer Tochter. Sie dachte daran, wie sie selbst Dinge vor ihren eigenen Eltern versteckt hatte, obwohl sie damals schon älter gewesen war – vierzehn oder fünfzehn Jahre. Und es waren auch nur ein paar Zigaretten, das Foto eines Penis, das Sarah Gordon ihr geschenkt hatte, und eine Packung Kondome gewesen, die sie als Mutprobe gekauft hatte.

Das hier war etwas anderes. Tam war für ihr Alter sehr reif. Und als Mags in ihrem Alter gewesen war, hatte es noch kein Internet gegeben.

Sie fuhr das Notebook hoch, das Tam zum elften Geburtstag geschenkt bekommen hatte. Damals hatten sie ein langes Gespräch geführt und bestimmte Regeln für seine Benutzung festgelegt. Weder sie noch Bradley wollten, dass Tam hinter ihren Klassenkameraden – von denen viele bereits ein Smartphone besaßen – zurückblieb, waren sich aber der Gefahren des Internets bewusst. Bradley behauptete, dass viele der vermeintlichen Probleme von den Journalisten aufgebauscht wurden, weil sie Zeitungen und Magazine mit aufrührerischem Inhalt für die Eltern füllen mussten. Da es im Internet aber keine Zensur gab, oblag es ihrer Verantwortung, ihre Tochter vor gewalttätigem oder sexuellem Material zu schützen. Mags dagegen machte sich mehr Sorgen wegen der sozialen Medien, in denen sich ein Mobber leicht hinter einem anonymen Benutzernamen verstecken konnte. Tam war einverstanden gewesen, das Notebook ausschließlich am Küchentisch zu benutzen. Schon bald erlaubten sie ihr, es in ihrem Zimmer aufzubewahren, behielten sich aber das Recht vor, jederzeit anzuklopfen und ihr Schlafzimmer zu betreten. Sollten sie feststellen, dass sie die Absprachen nicht einhielt, würden sie das Notebook konfiszieren.

Tam hatte ihr Wort gehalten. Sie fragte sie bei jeder neuen Website, die sie aufrief, und zeigte kein Interesse an den sozialen Medien. Sie besaß keine E-Mail-Adresse, weshalb Mags die Newsletter der P.-G.-Wodehouse-Gesellschaft erhielt. Tam benutzte den Computer für ihre Hausaufgaben und nur selten zum Spielen, da sie mit einem Buch in ihrem Sitzsack glücklicher war.

Mags rief sofort den Browserverlauf auf. Er reichte bis zu Tams Geburtstag zurück und war völlig unverfänglich. Nun, nicht ganz. Mags konnte sich ein Grinsen nicht verkneifen, als ihr Blick auf die Google-Suche von vor sechs Wochen fiel: »Wird der Schniedel eines Jungen wirklich ganz steif?« Mags war stolz auf die korrekte Grammatik. Tam hatte offensichtlich keine zufriedenstellende Antwort im Internet gefunden, weil Mags sich daran erinnerte, dass sie ihr die Frage damals ebenfalls gestellt hatte. Als ihre Mutter es bestätigte, hatte Tam ungläubig den Kopf geschüttelt.

»Scheint eine ziemlich unbequeme Art zu sein, die Dinge in Angriff zu nehmen.«

Mags hatte die Achseln gezuckt. Dem konnte sie nur schwer widersprechen.

Mags brauchte eine Stunde, um alle Internetseiten zu überprüfen, die ungewöhnlich aussahen, entdeckte aber nichts Besonderes.

Anschließend durchforstete sie das Schlafzimmer. Jedes Mal, wenn sie sich dabei schlecht fühlte, dachte sie an die Bilder und machte sich mit neuer Entschlossenheit an die Arbeit. Es gab kein verstecktes Handy, kein geheimes Tagebuch. Nicht einmal eine Packung Kondome. Mags schloss Tams Schlafzimmertür und ging erleichtert und gleichzeitig verwirrt nach unten.

Als sie Tam von der Schule abholte, lud Mags sie auf eine heiße Schokolade bei Benny's ein. Das italienische Café war das Lieblingsrestaurant der Familie, und Tams Getränk war immer üppig mit Sahne und Marshmallows verziert. Sie trank einen Schluck und lächelte Mags an, während ein schaumig-weißer Schnurrbart ihre Oberlippe zierte.

Sie unterhielten sich eine Weile über die Schule. Tam lernte gerade, Ukulele zu spielen, was ihr Interesse an Musik geweckt hatte, und erwähnte Sänger und Bands, deren Namen Mags noch nie gehört hatte.

So fängt es an, dachte Mags. *Zuerst Musik, die ich nicht kenne, dann ein neuer Slang, den ich nicht verstehe. Sie wird erwachsen.*

Mags dachte an die Geheimsprache zurück, die Kit und sie als Kinder benutzt hatten. Außenstehende hatten manchmal den Eindruck, als könnten sie sich ohne Worte verstehen. Tatsächlich hatten sie seit ihrer Geburt eine Reihe von Blicken, Zeichen und Tönen entwickelt, mit denen sie viele komplexe Botschaften übermitteln konnten. Und als sie in die Pubertät gekommen waren, hatten sie fast achtzehn Monate lang ihre wortlose Sprache immer weiter ausgebaut. Als sie schließlich erwachsen wurden, hörten sie nach und nach damit auf, aber manchmal hatten sie Dinge gewusst, die sie nicht hätten wissen können. Eines Nachts, um drei Uhr achtunddreißig, war die vierzehnjährige Mags aufgewacht, die Treppe hinuntergeschlichen und zum Telefon gegangen. Ohne zu überlegen, was sie tat und warum sie es tat, hob sie den Hörer genau in dem Moment ans Ohr, als Kit anrief. Er war bei einem Freund eingeschlafen und brauchte jemanden, der ihn wieder ins Haus ließ. Als Mags zehn Minuten später die Hintertür aufschloss, drückte er ihr einen Kuss auf die Wange, und sie gingen wieder ins Bett. Keiner von ihnen erwähnte jemals die Unmöglichkeit dessen, was sich ereignet hatte. Für sie war es etwas völlig Normales gewesen.

Mags bemerkte, dass Tam ihr eine Frage gestellt hatte, und versuchte sich zu erinnern, was sie erzählt hatte. Aber sie hatte keine Ahnung und meinte nur: »Cool.«

Tam lachte. »Du findest ihn cool? Ich auch.«

Ohne zu wissen, wen sie gerade gelobt hatte, wechselte Mags das Thema und versuchte, so locker wie möglich zu klingen.

»Ach, übrigens, ich habe ein Foto von einem Haus gesehen, das genauso aussieht wie das, das du gezeichnet hast – das am Kühlschrank.«

Tam erstarrte und nahm einen weiteren Schluck heiße Schokolade.

Mags redete weiter, als hätte sie die Skepsis ihrer Tochter nicht bemerkt. »Onkel Kit arbeitet gerade in Amerika. Er hat es gesehen und ein Foto gemacht.«

Mags zog ihr Handy aus der Tasche und fand schließlich, was sie suchte. Sie hatte die Schlagzeile aus dem Bild ausgeschnitten und hielt es nun ihrer Tochter hin.

»Furchtbares Foto«, urteilte Tam. Sie schaute einige Sekunden lang auf das Handy, bevor sie es zurückgab. »Ja, es sieht genauso aus. Seltsam, oder?«

Mags redete einfach weiter und war fest entschlossen, sie nicht zu beunruhigen. »Vermutlich«, sagte sie. »Wenigstens wissen wir jetzt, dass es das Haus wirklich gibt.«

»Steht es in Boston?«

Tam hatte im letzten Sommer ihre Großeltern in Boston besucht, das einzige Mal, dass sie in Amerika gewesen war. Und erst das dritte Mal überhaupt, dass sie Bradleys Eltern getroffen hatte.

»Nein, Honey. Viel weiter südlich.«

»Und wo habe ich es dann gesehen?«

Verdammt. Das war die Frage, von der Mags gehofft hatte, dass Tam sie beantworten könnte.

»Ich weiß es nicht. Vielleicht in der Schule? Habt ihr über Amerika gesprochen?«

Tam schüttelte den Kopf.

»Vielleicht im Fernsehen? Was schaust du dir denn im Moment an?«

»Jeeves und Wooster.« Welche Überraschung! Würde ihre Begeisterung für Wodehouse nachlassen, jetzt, wo Tam sich für Musik interessierte und sich YouTube-Videos anschaute? Bei diesem Gedanken verspürte Mags einen Hauch von Traurigkeit.

»Was ist mit den YouTubern? Ist einer von ihnen Amerikaner?«

Tam grinste, als Mags »YouTuber« sagte. »Ja, ein paar. Aber sie nehmen ihre Videos immer drinnen auf, meistens in ihren Schlafzimmern.« Sie griff nach dem langen Löffel und fischte die letzten Marshmallows aus ihrer Tasse. »Bin ich seltsam, Mum? Ich will nicht seltsam sein. Und ich möchte nicht diese blöden Bilder zeichnen.«

»Du bist nicht seltsam, Tam. Ich vermute, dass du irgendwo ein Foto von diesem Haus gesehen hast. Vielleicht stand es im Hintergrund von einem der YouTube-Videos. Oder in einem Buch. Wer weiß? Die Tatsache, dass du dich nicht erinnern kannst, wo du es gesehen hast, passt zu Dads Theorie.«

»Tut sie das?«

»Ja. Dad sagt, dass das menschliche Gehirn nichts vergisst. Wenn man etwas sieht, bleibt es für immer im Gedächtnis. Und wenn es nicht wichtig ist, wird es in irgendeiner staubigen Ecke abgelegt.«

»Aber mein Unterbewusstsein kann es dort finden.« Also hörte Tam zu, wenn Bradley über Naturwissenschaften sprach.

»Genau. Du hast dieses Haus vielleicht nur einmal kurz gesehen. Wenn du zeichnest, geschieht dies nicht durch dein Bewusstsein, sondern durch dein Unterbewusstsein.«

»Hm.« Tam starrte in ihre leere Tasse. »Das hört sich für mich ziemlich seltsam an.«

Mags grinste zustimmend. Selbst als sie Tam ihre Theorie erklärt hatte, klang sie irgendwie dubios. Sie holte tief Luft und versuchte, so locker wie möglich zu fragen: »Tam? Hast du jemals von dem Schlafzimmermörder gehört?«

Sie wartete auf Tams Reaktion. Nichts. Nicht der Hauch einer Erinnerung.

»Ist das ein Film?«

»Nein. Egal. Na komm, wir schauen uns eine Folge ›Jeeves‹ an.«

Stunden später, als Tam schlief, griff Mags in die Tasche ihres Bademantels und zog die neueste Zeichnung heraus. Sie faltete sie auseinander und legte sie auf den Couchtisch.

Die Ausführlichkeit war bemerkenswert. Genau wie die ersten beiden Bilder war dies ein realer Ort. Die Theorie, dass sie von einem Foto abgemalt worden waren, klang überzeugend. Vielleicht stimmte ihre verdammte Theorie. Tam könnte etwas im Internet gesehen haben, vielleicht auf der Seitenleiste von YouTube. Ein Bild, das ihr Unterbewusstsein aufgenommen und später nachgebildet hatte.

In diesem Fall musste das dritte Bild irgendwo online sein. Es war kein Tatort der Morde des Schlafzimmermörders, also musste sie es irgendwo anders gesehen haben.

Mags öffnete das Notebook. Ihr Blick fiel auf eine neue E-Mail. Sie hatte einen Google-Alarm auf die Begriffe »Schlafzimmermörder« und »Schlafzimmermorde« eingestellt. Seit dem Nachmittag gab es siebenunddreißig neue Ergebnisse. Sie klickte auf das oberste.

DIE ZAHL DER OPFER DES SCHLAFZIMMERMÖRDERS STEIGT!

Der Schlafzimmermörder hatte wieder zugeschlagen. Der Artikel beschrieb seine Vorgehensweise mit lüsterner Detailgenauigkeit. Er hatte seine Opfer erdrosselt, bevor er ihre Leichen so im Bett arrangierte, als ob sie schliefen.

Ein Foto gab es ebenfalls. Eine Wohnwagensiedlung in Georgia. Kein Campingplatz in England.

Sie löste den Blick vom Bildschirm, um zu überprüfen, was sie längst wusste. Das Bild, das Tam gezeichnet hatte, zeigte den Wohnwagen, in dem Bill Crawston und Jeanette Franchi ermordet worden waren. Man hatte ihre Leichen zugedeckt im Bett gefunden.

Ihre Tochter zeichnete detaillierte Bilder von Mordschauplätzen.

KAPITEL 16

Mags brühte eine Kanne Tee auf, setzte sich in den Wintergarten und blickte zum Garten hinaus.

Das Notebook stand offen auf dem Tisch neben ihr, aber sie hatte keine Lust, auf den Bildschirm zu sehen. Keine Lust herauszufinden, was vor sich ging. Seit zwei Tagen kroch ihr nun die Angst den Rücken hinauf, machte sich in ihrem Kopf breit und vergiftete ihren Verstand. Wenn sie das zuließ, konnte sie Tam nicht helfen. Sie würde nichts anderes mehr tun können, als sich zum Sofa zu schleppen und warten, bis es vorüber war. Aber das würde nicht passieren.

Sie zog einen Stuhl zum Eckschrank, streckte sich bis zum obersten Regal und griff nach einem Tablettenblister. Neun Antidepressiva waren noch übrig. Das reichte für drei Tage. Ihr Daumennagel bohrte sich durch die Folie. Fünf Jahre lang hatte sie diese Pillen geschluckt und anschließend drei Jahre gebraucht, um wieder von ihnen loszukommen. Rias Gesprächstherapie hatte sich ausgezahlt und Mags zu einem medikamentenfreien Leben und einer Vielzahl von Techniken verholfen, um mit ihrer Angst umzugehen.

Erst als sie einen Krampf in der linken Wade bekam, bemerkte Mags, dass sie nach wie vor noch auf dem Stuhl stand. Sie legte die Tabletten zurück und schloss die Schranktür. Nein.

Sie konnte das ohne sie durchstehen. Tam brauchte sie. Sie würde es schaffen.

Die Straßenkarte der USA lag in einer Küchenschublade. Mags erinnerte sich an die Nächte, in denen Bradley und sie eine Tour an der Westküste von San Diego nach Vancouver Island geplant hatten. Als Mags schwanger geworden war, hatten sie sie aufgeschoben, bis die Zwillinge alt genug wären, um mitzukommen. Dann war Clara gestorben. Die auf der Karte eingetragene Route war alles, was von der geplanten Reise übrig geblieben war. Mags kreiste die Orte ein, an denen der Schlafzimmermörder gemordet haben sollte. Insgesamt waren es fünf. Die letzten drei lagen in einem Umkreis von hundertfünfzig Meilen.

Mags ging nach oben, zog einen Koffer unter dem Bett hervor und wischte den Staub herunter.

Tam hatte überhaupt nicht reagiert, als sie den Schlafzimmermörder erwähnt hatte.

Wenn sie herausfinden wollte, warum ihre Tochter unbewusst von einem Serienmörder besessen war, musste sie als Erstes die Tatorte mit eigenen Augen sehen.

***

»Natürlich kümmern wir uns um sie. Sie ist unsere Lieblingsnichte. Stimmt's, David?«

David sah von der Metallfigur auf, die er gerade bemalte. Als Mags sie beschreiben sollte, hatte sie sie als Troll bezeichnet, woraufhin David in gespielter Empörung darauf beharrte, das kleine Monster sei doch ganz offensichtlich ein Ork. Er hatte seinem Ork eine braune Jacke, eine schwarze Hose, ein weißes Gesicht mit gelben Augen und leuchtend rote Hörner verpasst. Das war Davids Art, sich zu entspannen. Nun legte er den Pinsel weg und grinste.

»Ich will ehrlich zu dir sein, Mags. Ich dachte immer, ich würde Kinder hassen. Es gibt zwei Gründe, warum ich meine Meinung geändert habe. Der erste war dein Zwillingsbruder.«

Kit grinste.

»Er hat beschlossen, sich für den Rest seines Lebens wie ein Fünfzehnjähriger zu verhalten. Was bei manchen vielleicht irritierend wirkt, macht ihn seltsamerweise liebenswert.«

Kit quittierte das Kompliment mit einer Kusshand.

»Und dann ist da noch Tam. Wie um alles in der Welt ein Amerikaner etwas zu einem Kind beigetragen hat, das in der Lage ist, wie Bertie Wooster zu sprechen, kann man nur vermuten. Ich nehme an, sie hat zu achtundneunzig Prozent deine DNA.«

»O nein«, widersprach Kit. »Dafür sieht Tam viel zu gut aus. Sie hat ziemlich viele dieser tollen Ami-Gene abbekommen.«

»Wie auch immer. Es ist uns ein Vergnügen, sie bei uns zu haben, und du kannst sie so lange hierlassen, wie du möchtest.«

Mags zwang sich zu einem Lächeln. »Danke. Es sind nur fünf Tage. Ich weiß das wirklich zu schätzen. Ich bringe sie nach der Schule her.«

An der Tür holte Kit sie ein und beobachtete sie mit verschränkten Armen, wie sie ihre Schuhe anzog.

»Was ist?«, fragte sie.

»Du fliegst also nach Boston, um Bradley zu überraschen?«

»Richtig.«

»Du, Margaret Eileen Thompson.«

»Barkworth.«

»Wechsle nicht das Thema. Du warst noch nie spontan in deinem Leben.«

»Doch, das war ich.«

»Dann nenne mir eine Gelegenheit. Nur eine.«

Sie wusste, dass sie diese Debatte nicht für sich entscheiden konnte.

»Ich komme zu spät, um Tam abzuholen.«

»Ha!«, triumphierte Kit. »Es ist nicht einmal Bradleys Geburtstag. Oder euer Jahrestag. Jetzt hör auf mit dem Mist und sag mir, was los ist.«

Sie wich seinem Blick aus, doch Kit legte eine Hand auf ihren Arm. Die Fassade, die sie seit ihrer Ankunft aufrechterhalten hatte, bekam Risse.

»Zwillingskräfte!«, jubelte Kit, verstummte plötzlich aber. »O verdammt! Was ist los, Mags? Er betrügt dich doch nicht, oder?«

»Nein, das tut er natürlich nicht. Es ist ... es ist nichts.«

»Es ist nicht nichts, Schwesterherz. Komm schon. Keine Geheimnisse.«

Zwischen ihnen hatte es nie Geheimnisse gegeben. Schon der Gedanke schien lächerlich. Aber Mags wusste, dass sie ihm das nicht erzählen konnte. Sie wusste noch nicht einmal, was das war. Sie wusste nur, dass sie da rausgehen musste, um es mit eigenen Augen zu sehen und herauszufinden, was zum Teufel da vor sich ging. Hatte irgendein kranker Mörder Bilder von den Häusern seiner Opfer im Internet gepostet? Hatte Tam irgendeine schreckliche Seite im Darknet gefunden? Das war zwar schwer zu glauben, aber sie konnte sich noch weniger vorstellen, dass Tam ihr ins Gesicht lügen würde. Was blieb ihr also übrig?

Sie schüttelte den Kopf. »Keine Geheimnisse, Kit. Aber du musst mir vertrauen. Ich kann noch nicht darüber sprechen. Gib mir ein paar Tage Zeit. Wir reden, wenn ich zurückkomme.«

Kits Blick zeigte nur für einen kurzen Moment, dass er sich verraten fühlte, doch er war Mags nicht entgangen. Zum ersten Mal in ihrem Leben verheimlichte sie ihrem Zwillingsbruder etwas.

Er umarmte sie. »Sei vorsichtig.«

»Das werde ich.«

»Und, Schwesterherz?«

Sie sah zurück, als sie die Tür öffnete.

»Gib Bradley einen Kuss von mir, okay?«

***

Sie rief Bradley vom Flughafen aus an.

»Atlanta? Was zum Teufel machst du in Atlanta? Und warum wartest du nicht, bis wir zusammen verreisen können?«

Nachdem sie das Ticket gekauft und eingecheckt hatte, saß Mags nun in der Abflughalle und hatte das Gefühl, als spräche Bradley aus einer Million Meilen Entfernung mit ihr. Sie nippte an einem Orangensaft.

Sie würde um siebzehn Uhr Ortszeit in Atlanta landen.

»Bradley, wir verreisen niemals zusammen. Ohne Tam, meine ich. Und ich verreise niemals allein. Ich möchte meinen Mann besuchen, okay? Als ich nach Flügen suchte, entdeckte ich ein gutes Angebot für Atlanta. Als Kind habe ich ›Vom Winde verweht‹ geliebt.«

»Das hast du nie erwähnt.« Er klang verärgert. Der Moment der leidenschaftlichen Versöhnung auf dem Küchenboden schien Jahre her.

»Ich erzähle dir nicht alles, okay?« *Wie zum Beispiel die Tatsache, dass unsere Tochter Bilder von Mordschauplätzen in Amerika malt.*

»Ja, offensichtlich. Hör zu, Mags, es ist nicht so, dass ich nicht möchte, dass du kommst.«

»Bist du dir da sicher? Genau so klingt es nämlich.«

Seine Stimme wurde weicher. Mags beschlich das ungute Gefühl, dass Bradley eine Rolle spielte, dass er das, was er sagte, nicht wirklich meinte. Er wusste, was ein liebevoller Ehemann, der hart arbeitete, sagen würde, und er wusste, welcher Tonfall dafür der richtige war.

»Hey, es tut mir leid, Mags. Du hast mich einfach überrascht. Das ist so untypisch für dich.«

Das konnte Mags nicht bestreiten.

»Das Forschungsprojekt, an dem wir derzeit arbeiten … befindet sich gerade in einer kritischen Phase. Ich arbeite vierzehn Stunden am Tag, Honey. Dein Timing ist einfach schlecht.«

»Ja, das ist wohl das Problem, wenn man aus einem Impuls heraus handelt. Aber ich nehme, was ich von deiner Zeit kriegen kann. Deine Mutter kann mir Boston zeigen, während Todd und du in eurem Labor die Welt verändert.«

»Ja, gut, vielleicht.«

»Ich bin erst für ein paar Tage in Atlanta, bevor ich zu dir komme. Aber wenn es so eine schlechte Idee ist, kann ich auch gleich nach Hause fliegen.«

Er zögerte, wenn auch nur kurz. »Nein, nein, ich freue mich auf dich. Ich kann es kaum erwarten. Ruf mich an, sobald du im Hotel angekommen bist.«

»Das werde ich. Mein Flug wird gerade aufgerufen. Ich muss los.«

Plötzlich war Bradley wieder so gelassen wie eh und je. »Entschuldige, das ist eine gute Idee. Ich bin froh, dass du das machst. Ich dachte, wir würden uns gegenseitig nicht mehr überraschen. Aber es ist gut, dass wir das noch können, oder?«

Mags dachte an all die Lügen, die sie ihm gerade aufgetischt hatte.

»Ich rufe dich an, sobald ich angekommen bin.«

Kapitel 17

Auf der Fahrt vom Flughafen zum Hotel begrüßte Atlanta sie mit einem fast tropischen Gewittersturm. Schon der kurze Fußweg vom Terminal zum Taxistand hatte Mags ins Schwitzen gebracht. Aus dem kühlen Innern des Taxis beobachtete sie die großen Wassermassen, die über die breiten Straßen fegten und ihr die Sicht nahmen. Wo das Wasser auf die heiße Teerdecke traf, stiegen Dampfwolken auf. All das trug seinen Teil zu dem tranceähnlichen Geisteszustand bei, den Langstreckenflüge mit sich brachten – und über den sie froh war, während sie durch die vom Regen besprizte Scheibe starrte. Denn so oft sie die wenigen Fakten auch durchging, die sie über Tams Zeichnungen wusste, sie kam der Wahrheit über das, was wirklich vor sich ging, nicht näher.

Die ersten zehn Minuten der Fahrt hätten sie durch die Vororte jeder amerikanischen Stadt führen können, aber als sie die Innenstadt von Atlanta erreichten, wichen die Cola-light-Plakate den Bäumen. Durch die tropfenden Äste blitzten schimmernde Wolkenkratzer auf. Mags hätte schwören können, dass sie durch den Regen eine mittelalterlich anmutende Kirche gesehen hatte.

Als sie das Hotel erreichten, bezahlte sie den Fahrer. Ein Türsteher eilte die Stufen vor den großen Glas- und Chromtüren hinunter und hielt einen Regenschirm über sie, während ein Portier ihr Gepäck aus dem Taxi nahm. Sie checkte in der Lobby ein und folgte dem Concierge zu ihrem Zimmer.

Als sie schließlich auf der Bettkante saß, widerstand Mags der Versuchung, sich nach hinten fallen zu lassen und auf den sauberen Laken einzuschlafen. Stattdessen griff sie nach dem Telefon. Der Anruf fiel kurz aus. Bradley arbeitete, und sie war müde. Zu gern hätte sie mit Tam gesprochen, aber in London war es schon viel zu spät.

Das Zimmer war recht großzügig und hatte zwei riesige Betten. Sie hatte vergessen, dass amerikanische Hotelzimmer oft über zwei Doppelbetten verfügten, und sie fragte sich, warum. Vielleicht waren die Amerikaner abenteuerlustiger, als sie es ihnen zutraute. Vielleicht war aber auch genau das Gegenteil der Fall. Bestanden amerikanische Paare hinter verschlossenen Türen auf einem riesigen Bett für jeden? Sie wusste es nicht.

Sie starrte durch das Panoramafenster auf die Stadt. Der Regen hatte nachgelassen und hinterließ Silberstreifen auf dem Glas. Die Wohnwagensiedlung, die Tam gezeichnet hatte, lag am Stadtrand. Wie ein Kind, das am Schorf kratzte, kehrten ihre Gedanken ständig zu dem Bild zurück.

Es war zu früh zum Schlafen. Sie musste sich bis mindestens neun oder zehn Uhr Ortszeit wachhalten, sonst würde sie mitten in der Nacht aufwachen. Aber sie konnte es nicht ertragen, hinauszugehen und sich unterhalten zu müssen. Noch nicht.

Mags zappte durch das Programm des riesigen Flachbildfernsehers an der Wand und entschied sich für einen lauten, brutalen Film, den sie sich normalerweise nie ansehen würde. Sie zog einen altmodischen Holzstuhl mit hoher Lehne vom Schreibtisch in der Ecke weg und stellte ihn vor den Bildschirm, anstatt auf dem Bett zu sitzen. Zwei Stunden später war sie kurz davor einzuschlafen. Alles, was sie von dem Film verstand, war, dass riesige Roboter mit so tiefen Stimmen sprachen, dass ihre Ohrringe auf dem Schreibtisch vibrierten. Sie stand auf, lief ein paar Minuten auf und ab und rief schließlich den Zimmerservice an. Zwanzig Minuten später trafen ein Meeresfrüchtesalat und ein großes Glas Bourbon ein. Sie aß den Salat, bestellte einen Weckruf für sieben Uhr morgens, duschte, kroch ins Bett und spülte mit dem Whiskey eine Schlaftablette hinunter.

»Was zum Teufel mache ich hier eigentlich?«, fragte sie sich laut.

**

»Sind Sie Reporterin?«

Am Rückspiegel baumelte ein Rosenkranz. Die meisten Taxifahrer mit religiöser Dekoration in ihren Fahrzeugen missachteten jegliche Verkehrsgesetze und Geschwindigkeitsbeschränkungen, was auf ein Vertrauen auf übernatürliche Hilfe schließen ließ. Ahmed – wie sein Taxiausweis verriet – fuhr jedoch mit der übertriebenen Vorsicht eines Achtzigjährigen, der gerade seine Fahrprüfung wiederholte.

»Ja«, antwortete Mags zu ihrer eigenen Überraschung. Sie wusste keine bessere Erklärung dafür, warum sie zu dem Ort fuhr, an dem vor Kurzem ein Mord begangen worden war. »Richtig, ich bin Journalistin.«

Ahmeds Räuspern verriet Missbilligung. »Seit wann interessiert es die Briten, was in Atlanta passiert?«

»Oh, ich bin keine normale Journalistin. Ich arbeite für keine Tageszeitung. Also manchmal natürlich schon.« Mags dachte daran, wie schnell aus einer kleinen Notlüge ein kompliziertes Durcheinander werden konnte. »Ich schreibe für ein Psychologie-Magazin und recherchiere gerade für einen Artikel über die Psychologie eines Mörders.«

Das schien Ahmed zu beruhigen. »Aha«, meinte er und nickte, »das ist interessant. Wir müssen verstehen, wie diese Leute denken, wenn wir so etwas verhindern wollen.«

»Ja, genau.« Das Stadtzentrum war den Vorstadtvierteln gewichen, die immer dünner besiedelt waren, je näher sie dem Flughafen kamen. Die dampfenden, nassen Straßen waren inzwischen getrocknet. Laut dem Wetterbericht am Morgen würden die Temperaturen am Tag auf über dreißig Grad steigen. Sie hatte sich für ihre leichteste Bluse und eine Leinenhose entschieden.

»Wissen Sie, in den meisten Zeitungsberichten heißt es, er sei ein Monster«, sagte Ahmed. »Aber ich glaube das nicht. Wenn man jemanden als böse bezeichnet oder behauptet, er sei ein Monster, dann erfährt man nicht, was ihn dazu gemacht hat. Von nichts kommt nichts, richtig? Wir müssen wenigstens versuchen zu verstehen, was für eine Hölle jemand durchlebt hat, dass er zu einem Mörder wurde.« Er berührte das Kruzifix seines Rosenkranzes. »Und wir müssen ihm verzeihen.«

Er hielt das Taxi an. »Die Wohnwagensiedlung ist gleich um die Ecke. Ich möchte Sie nicht genau dort rauslassen. Die Leute sind immer noch verstört und haben plötzlich ständig mit Gaffern zu tun. Fremden gegenüber sind sie im Moment nicht sehr freundlich, wenn Sie verstehen, was ich meine. Darf ich Ihnen einen Rat geben?«

»Ja, natürlich.«

»Wenn Sie jemand fragt, sagen Sie nicht, was Sie mir erzählt haben. Sie haben gerade ihre Nachbarn verloren, die direkt neben ihnen ermordet wurden. Diese Leute wollen nicht hören, wie ihn seine schreckliche Kindheit zum Mörder gemacht hat. Sie wollen ihn tot sehen.«

Mags zahlte und stieg aus. »Danke«, rief sie ihm nach, als Ahmed ihr aus dem Fenster zuwinkte und losfuhr.

Sie hielt sich an seinen Ratschlag. Das Viertel war heruntergekommen, einige Geschäfte waren verrammelt, andere verkauften Billigware. Sie bog um die Ecke und blieb stehen. Etwa dreißig Meter links von ihr begann die Wohnwagensiedlung, dort, wo die Geschäfte endeten. Eine Gruppe von Menschen stand in der Nähe des leuchtend gelben Polizeibands. Sie atmete ein paar Mal tief durch, sammelte sich kurz und ging weiter.

Während sie sich dem Absperrband näherte, rann ihr eine Schweißperle zwischen den Schulterblättern den Rücken hinunter. Es lag nicht allein an der Feuchtigkeit. Sie war nie eine gute Lügnerin gewesen und den Anschein aufrechtzuerhalten, Journalistin zu sein, war ihr vielleicht für zwei Minuten auf einer Taxifahrt gelungen. Sich jedoch Leuten gegenüber als Reporterin auszugeben, deren Nachbarn gerade ermordet worden waren, war etwas ganz anders.

Ungefähr zehn Meter entfernt stand ein kräftiger Polizist mit verschränkten Armen und behielt die Umgebung des Tatorts im Auge.

Sie konnte das nicht tun. Was wollte sie sagen? »Hallo, vielleicht zeigt jemand meiner elfjährigen Tochter im Norden Londons Fotos von den Tatorten. Danach fällt sie in eine Art Trance und fertigt eine brillante Zeichnung des Tatorts an, wobei sie ein künstlerisches Talent an den Tag legt, das sie bisher noch nie offenbart hat.«

Man würde sie einsperren. In eine Zelle oder, was noch wahrscheinlicher war, in die Psychiatrie.

Mags kehrte um, blieb dann aber wieder stehen. Das war lächerlich. Sie war Tausende von Meilen gereist, um es mit eigenen Augen zu sehen. Sie konnte jetzt nicht einfach umkehren.

Als sie sich wieder umdrehte, schaute der Polizist – er war mittleren Alters und sein enger Kragen von Schweiß befleckt – zu ihr herüber.

Sie schluckte und steuerte auf ihn zu. Sie bemühte sich um einen Gesichtsausdruck, der Professionalität kombiniert mit einer »So was kenne ich schon, ist nichts Neues für mich«-Haltung suggerieren sollte.

Doch er verfehlte seine Wirkung. Ganz im Gegenteil. Als sie knapp einen Meter von dem Polizisten entfernt war, runzelte er die Stirn, fasste mit der einen Hand an seine Waffe und hob die andere Hand hoch, um sie aufzuhalten.

»Das ist weit genug, Ma'am.«

Mags schluckte wieder. Ihre Kehle war ausgetrocknet. »Entschuldigen Sie, Officer. Darf ich hier nicht entlanggehen?«

Der Polizist musterte sie voller Abscheu. »Sie kommen nicht aus diesem Viertel, Ma'am, bei Ihrem Akzent vermutlich nicht einmal aus diesem Land. Was führt Sie also heute Morgen in unsere reizende Nachbarschaft? Besuchen Sie einen Freund?«

»Nein, nicht direkt. Ich bin, äh, ich bin …«

»Oh, ich weiß, was Sie hier wollen.« Der Polizist spuckte auf den Boden. »Mordsüchtige. In meinem Job habe ich schon viele von euch getroffen. Aber Sie sind meine erste Britin. Verstehen Sie mich nicht falsch. Dadurch wird meine Meinung über Sie auch nicht besser. Sie sind nach wie vor irre. Also drehen Sie sich um und gehen Sie dahin zurück, wo Sie hergekommen sind.«

Das lief überhaupt nicht gut. »Nein, nein, ich bin Journalistin und recherchiere für einen Artikel über Serienmörder. Ich … ich beschäftige mich mit Psychologie, Sie wissen schon, mit den Hintergründen, den Ursachen, warum jemand …«

Vor dem Polizisten klang ihre Geschichte selbst in ihren Ohren lächerlich. Also hielt sie den Mund, damit sie sich nicht ein noch tieferes Loch grub.

»Ja, und ich bin die Königin von England. Und jetzt begeben Sie sich zurück in Ihr hübsches Hotel, bevor ich wütend werde.«

Mags trat nervös ein paar Schritte zurück. »Es ist nicht so, wie Sie denken, Officer. Ich fahre nicht auf Mordfälle ab. Das schwöre ich.« Die Miene des Polizisten blieb unverändert. Mags fischte ihr Handy aus der Handtasche, trat zur Seite und schoss ein Foto, während sie so tat, als telefoniere sie. Als der Auslöser klickte, schaute der Polizist zuerst auf das Handy, dann auf sie. Sie war so blöd. Hatte nicht einmal ihr Handy stumm gestellt.

»Hauen Sie bloß ab«, knurrte der Polizist. Mags gab ein Geräusch von sich, das an ein verzweifeltes kleines Tier erinnerte, und eilte davon.

Als sie die Ecke erreichte, spähte sie zurück zur Wohnwagensiedlung. Der Polizist war ein paar Schritte nach vorne auf den Bürgersteig getreten, hatte die Hände in die Hüften gestemmt und starrte in ihre Richtung. Sie hastete um die Kurve und war außer Sichtweite. Tränen trübten ihre Sicht, aber sie schüttelte den Kopf und blinzelte sie weg. Sie hatte nicht weiter als bis zu diesem Moment geplant und keine Ahnung, was als Nächstes kommen würde.

Mags wollte nur noch zurück ins Hotel, duschen und über ihre nächsten Schritte nachdenken. Doch es gab weit und breit keinen Taxistand, und sie hatte seit ihrer Ankunft kein Taxi vorbeifahren sehen. Und ihr Handy hatte kein Netz. Sie suchte die Straße nach einem Restaurant oder Laden ab, in dem sie nach der Nummer eines Taxiunternehmens fragen konnte. Als ein vorbeifahrendes Auto langsamer fuhr, entschied sie sich für eine Richtung und ging schneller, als ob sie zu spät zu einem Treffen käme.

»Hey, Lady, warten Sie.«

Mags drehte sich um. Der Kombi hatte gewendet und fuhr jetzt neben ihr her. Das Fenster war heruntergekurbelt und ein Mann mit einem hellen, cremefarbenen Hut lehnte sich über den Beifahrersitz. Seine Sonnenbrille saß ganz vorn auf der Nasenspitze.

»Meinen Sie mich?« Sie zeigte auf sich, was ziemlich überflüssig war, da niemand sonst auf dem Gehweg war. Erst jetzt erkannte sie ihn wieder. Sie hatte ihn in der Wohnwagensiedlung gesehen, wo er abseitsgestanden und etwas in ein Notizbuch geschrieben hatte.

»Ich habe mitbekommen, wie dieser Polizist Sie abblitzen ließ. Er hat mich genauso behandelt, aber ich bin zu alt, um mich darüber aufzuregen. Wir sitzen im selben Boot.«

Sie starrte ihn verwirrt an.

»Reporter«, erklärte er. »Wollen wir vielleicht etwas trinken und unsere Notizen vergleichen?«

Als Mutter einer Elfjährigen hatte Mags oft mit Tam darüber gesprochen, wie sie sich Fremden gegenüber verhalten sollte. Sie trat einen Schritt vor, blieb schließlich aber stehen. Welche Idiotin steigt schon zu jemandem ins Auto, den sie am Tatort eines Doppelmords getroffen hatte?

Der Mann im Auto grinste freundlich. Sie schätzte ihn auf Anfang fünfzig. Er war leicht übergewichtig und sein Hut verbarg vermutlich eine beginnende Glatze. Er öffnete das Handschuhfach, zog einen laminierten Ausweis heraus und hielt ihn an das offene Fenster. »Hier. Ihr Misstrauen ist schon in Ordnung.«

Mags trat an den Bordstein und griff nach dem Ausweis. Auf dem Foto trug er keinen Hut. Mags bemerkte, dass sie sich nicht geirrt hatte – sein Haar war dünn und licht. Patrice Martino, Mitglied der NewsGuild-CWA, der Gewerkschaft der amerikanischen Journalisten. Nach allem, was sie wusste, hätte er den Ausweis auch zu Hause drucken können, aber er wirkte ziemlich offiziell, und sie hatte ohnehin keine bessere Idee.

»Ich bin Mags. Mags Barkworth.« Er fragte nicht nach ihren Referenzen und sie bot ihm von sich aus keine an. Er lehnte sich vor und öffnete die Tür.

»Steigen Sie ein. Ich weiß, wo es hier hervorragenden Eistee gibt. Ihr Briten seid doch gut in Sachen Tee, oder? Er wird ihnen schon schmecken.«

Vermutlich war es unangebracht, ihn darauf hinzuweisen, dass Tee ausschließlich heiß getrunken werden sollte. Mags rutschte auf den Sitz, schloss die Tür und genoss die Klimaanlage, nachdem sich das Fenster wieder geschlossen hatte.

Sie fuhren zu keinem Café, sondern zu einer Bar. Das Giovanni's befand sich zwar lediglich ein paar Blocks von der Wohnwagensiedlung entfernt, hätte aber genauso gut in einer anderen Stadt liegen können. Es gehörte zu einer Reihe schicker Restaurants und Bars, und die Tische draußen waren schon zu dieser frühen Stunde besetzt. Martino führte sie zu einem Platz im Inneren, wo es dunkel und kühl war. Sie bestellte den Eistee und musste trotz ihrer Vorurteile zugeben, dass es kein schlechtes Getränk für einen schwülen Vormittag war.

»Solche Orte finde ich in jeder Stadt, in die ich reise«, berichtete Martino. »Wenn man in meiner Familie weit genug zurückgeht, kommt man in Italien an. Und wie die meisten Amerikaner halte ich gern eine Art Verbindung zum alten Land aufrecht, auch wenn es nur die Gewohnheit ist, zu viel Pizza zu essen.« Er fuhr sich grinsend über den Bauch.

Mags spürte, dass das Gespräch auf den Grund ihrer Anwesenheit zusteuerte. Sie sprach zuerst. »Sie sind also auch Journalist. Für wen schreiben Sie? Und woran arbeiten Sie gerade, Mr Martino?«

»Nennen Sie mich Patrice.« Er trank einen Schluck, nahm seinen Hut ab und legte ihn auf die Bank neben sich. Vielleicht trug er den Hut doch nicht aus Eitelkeit, sondern wegen des Schattens, den er spendete. Er unternahm keinen Versuch, die dünnen Haarbüschel, die um seine Schläfen herum verblieben waren, in Ordnung zu bringen. »Habe bei der New York Times gelernt und arbeite seit fünfzehn Jahren als Freierufler.

Manchmal stoße ich von allein auf eine Geschichte, manchmal wirft mir der Redakteur des Feuilletons einer Zeitung einen Knochen zu.«

»Und um welche Art von Geschichte handelt es sich hierbei?«

»Diesmal ist es ein bisschen von beidem, Mrs Barkworth.«

Sie überlegte, ob sie ihm anbieten sollte, sie Mags zu nennen, entschied sich aber dagegen. Es wäre besser, einen formelleren Ton beizubehalten.

Patrice schwieg für einen Moment, als warte er auf die Erlaubnis, sie beim Vornamen zu nennen. Als das Schweigen unangenehm zu werden drohte, sprach er weiter.

»Serienmörder sind immer ein gutes Thema für das Feuilleton«, sagte er. »Und ich bin nicht erst seit gestern dabei. Das ist eine tolle Story, und ich will dabei sein, wenn sie endet, was ziemlich bald sein wird.«

Mags sah ihn überrascht an. »Sie glauben, dass sie bald zu Ende ist? Warum?«

Statt einer Antwort öffnete Patrice seine Tasche, holte Notizbuch und Stift heraus, schlug es auf und schrieb »Mrs Margaret Barkworth« oben auf die leere Seite.

»Was machen Sie da?«, wollte Mags wissen.

Er legte den Stift aus der Hand. »Bisher haben nur Sie Fragen gestellt, Mrs Barkworth. Das ist okay. Sie sind Journalistin. Aber wie du mir, so ich dir. Jetzt müssen Sie mir einige Fragen beantworten. Für wen schreiben Sie? Warum sind Sie für diese Story über den großen Teich geflogen? Was sind Ihre Beweggründe?«

Er griff wieder nach dem Stift. Es war ihr unangenehm, diesen Mann anzulügen. Sie trank noch einen Schluck, um Zeit zu gewinnen.

»Ich arbeite ebenfalls freiberuflich«, meinte sie. »Ich interessiere mich für die Psychologie von Mördern, und dieser Fall hier ist wirklich interessant. Die ganze Sache mit dem Schlafzimmer, die Art und Weise, wie er seine Opfer arrangiert. Das Ganze muss etwas mit seiner Vergangenheit zu tun haben. Irgendeinem Trauma oder so.«

»Klar. Das ergibt Sinn.« Doch er machte sich keine Notizen. Er sah sie fünf oder sechs Sekunden lang an, und sie sah schweigend zu, wie er eine Entscheidung traf.

»Mrs Barkworth«, meinte er schließlich, »wir schreiben verschiedene Geschichten, für verschiedene Zeitungen, in verschiedenen Ländern. Wie lange bleiben Sie hier?«

»Zwei, vielleicht drei Tage.«

»Okay. Ich fahre heute nach Hinesville.«

Mags sah ihn fragend an. Der Name sagte ihr etwas, aber der Jetlag machte ihr zu schaffen, und es dauerte einen Moment, bis sie sich erinnerte. Das Bild am Kühlschrank. »Zu einem weiteren Tatort?«

»Richtig. Seit den Morden in Macon sind drei Wochen vergangen, seit denen in Hinesville zwei Monate. Lange genug, dass der Wirbel dort vorbei ist. Ich glaube, ich kann uns Zutritt in das Haus verschaffen.«

»Wie das?«

»Ich bin schon sehr lange im Geschäft, Mrs Barkworth. Ich habe meine Methoden. Wollen Sie mitkommen?«

Sie zögerte.

»Überprüfen Sie mich«, schlug er vor.

»Wie bitte?«

»Überprüfen Sie mich. Googeln Sie mich. Ich möchte, dass Sie wissen, dass ich der Mann bin, für den ich mich ausgebe. Googeln Sie mich. Ich bestehe darauf.«

»Ich habe kein Netz.«

Er schob sein Handy über den Tisch. »Nehmen Sie meins.« Er schaltete es ein. Auf dem Bildschirm erschien das Foto eines hübschen Teenagers.

»Ihre Tochter?«

»Ja, Hannah. Kommt ganz nach ihrer Mutter, was das Aussehen angeht. Was den Charakter angeht, mehr nach mir. Gott sei Dank.«

Bei diesen Worten schaute Mags auf.

»Geschieden«, erläuterte er.

Sie antwortete darauf nichts, sondern tippte »Patrice Martino« in das Suchfeld. Wenige Sekunden später sah sie die Ergebnisse durch, die seine Identität bestätigten.

»Sie waren in der engeren Auswahl für den Pulitzerpreis?«

Er zuckte mit den Schultern. »Es war eine verdammt lange Auswahlliste.« Mags beschloss, dass er ihr gefiel.

»Sie haben meine Frage nicht beantwortet.« Sie gab das Telefon zurück.

»Welche?«

»Sie meinten, Sie wollten dabei sein, wenn die Story endet. Ich wollte wissen, warum Sie glauben, dass es bald vorbei sein wird.«

»Eine gute Frage, Mrs Barkworth. Ich habe bereits über zwei Serienmörder geschrieben, was bedeutet, dass ich Dutzende von ihnen recherchiert habe. Sie hatten nicht viel gemeinsam, abgesehen von extremer Gewalt und der Tatsache, dass sie ziemlich verrückt waren. Entschuldigung. Ich bin mir sicher, dass Sie dafür eine bessere psychologische Bezeichnung haben.«

Wollte er sie auf den Arm nehmen?

»Jedenfalls arbeitet jeder Serienmörder mit der Zeit immer schneller.«

»Was meinen Sie damit?«

»Schauen Sie sich zum Beispiel diesen Typen an. Der erste Mord? Vor fast eineinhalb Jahren in den Everglades. Seitdem ist er in Richtung Norden unterwegs, und er ist auf den Geschmack gekommen. Der zweite Mord, sechs Monate nach dem ersten, direkt südlich von Lake Placid. Dann fährt er nach Ocala, aber diesmal wartet er bloß drei Monate. Acht Wochen später erdrosselt er das Paar in Hinesville. Danach wartet er nur fünf Wochen, bevor er eine Familie in Macon tötet. Der Abstand zwischen Macon und Atlanta? Achtzehn Tage. Er wird es vermasseln, und er wird es bald vermasseln, denn was auch immer ihn zum Töten treibt, gibt ihm nicht mehr genügend Zeit, gut zu planen.«

»Irgendeine Idee, *was* ihn antreibt, Mr Martino?«

»Patrice, bitte. Und nein. Das ist eher Ihr Ressort. Was meinen Sie?«

Mags holte tief Luft. »Darüber können wir auf der Fahrt sprechen, Patrice. Und Sie sollten mich lieber Mags nennen. Mrs Barkworth klingt, als wäre ich die Direktorin eines Mädcheninternats.«

Er grinste. »Die Fahrt dauert vier Stunden, Mags. Sie sollten vielleicht auf die Toilette gehen, bevor wir losfahren.«

Kapitel 18

Zum Mittagessen hielten sie an einer Tankstelle und kamen gut durch, sodass sie am Nachmittag Hinesville erreichten. Der Schlafzimmermörder hatte dieses ruhige Städtchen erst vor zwei Monaten heimgesucht. Mags fragte sich, wie Patrice sie in das Haus bringen wollte, in dem der Mörder zugeschlagen hatte. Die Adresse, die er in das Navi eingegeben hatte, führte sie in ein kleines Gewerbegebiet, in dem Patrice schließlich vor einem Immobilienbüro anhielt.

»Sie warten besser im Auto«, meinte er. »Ich bin gleich zurück.«

Mags beobachtete ihn durch das große Fenster. Patrice wartete in dem kleinen Empfangsbereich und nahm den Hut ab, als eine junge Frau auf ihn zukam. Zuerst verschränkte die Frau die Arme und schüttelte den Kopf, doch während sie ihm zuhörte, löste sich ihre Abwehrhaltung zunehmend auf. Nach ein paar Minuten legte sie die Hand auf seinen Arm, während er sich die Augen tupfte. Sie nickte freundlich, und er kehrte zum Wagen zurück.

»Und?«, fragte sie, als er wieder einstieg.

»Laura war sehr hilfsbereit.«

Die junge Frau tauchte an der Seite des Gebäudes auf. Sie winkte Patrice zu, stieg in einen offenen Sportwagen und fuhr los. Sie folgten ihr.

Sieben Minuten später hielten sie vor einem vertraut aussehenden Haus.

»Oh.« Mags drehte sich der Magen um. Es war das Haus von dem Bild am Kühlschrank. Weiße Schindeln, Efeu, ein Ziegeldach. Sie schmeckte Galle in ihrer Kehle. »Es steht doch bestimmt noch nicht für potenzielle Käufer offen, oder?«

»Wir haben knapp dreißig Minuten, Mrs Martino«, sagte Patrice, und seine Mundwinkel verzogen sich zu einem leichten Grinsen.

»Mrs wie?«

Martino lief um den Wagen herum und bot ihr seine Hand an. Die Immobilienmaklerin wartete an der Fliegengittertür.

»Ich habe Laura erzählt, ich wäre zum zweiten Mal verheiratet. Sie glaubt, meine erste Frau wäre vor drei Jahren gestorben. Wir beide haben uns auf einer Reise nach London kennengelernt. Sie sind zum ersten Mal in Georgia. Sie wollen, dass wir in Großbritannien leben, ich möchte, dass wir hierbleiben. Als ich dieses Haus in den Nachrichten sah, wusste ich, dass es Ihnen gefallen würde. Das Problem ist, dass wir schon morgen nach London zurückfliegen. Das hier ist also meine letzte Chance, Sie zu überzeugen.«

»Diese Story hat sie Ihnen abgekauft?«

Patrices Grinsen wurde noch ein wenig breiter. »Ich hatte noch ein Ass im Ärmel. Ich meinte, in Wahrheit würde ich hierbleiben wollen, um weiterhin Blumen zum Grab meiner ersten Frau in Atlanta bringen zu können. Auch wenn ihre letzten Worte gewesen wären, dass ich mich wieder verlieben solle, hätte ich nach wie vor das Gefühl, sie zu verraten, wenn ich das Land verließe. Laura kamen glatt die Tränen.«

Mags starrte ihn an. »Also, Sie sind wirklich ziemlich speziell.«

»Danke.«

»Das war kein Kompliment.«

Obwohl es ein schönes Haus war, konnte Mags es nicht als solches sehen. Jedes Zimmer erinnerte sie an das, was passiert war. Die Küche, in der erst wenige Monate zuvor eine Frau eine letzte Mahlzeit gekocht hatte. Das Badezimmer mit den Zahnbürsten in einem Becher. Als sie die Schlafzimmer erreichten, hatte Mags genug gesehen.

»Ist es okay, wenn ich mich draußen ein wenig umschaue?«

»Natürlich, Schatz.« Mags vermutete, dass Patrice das genoss. »Wir sehen uns unten.«

Draußen atmete sie dankbar die frische Luft ein. Am Rand eines gepflegten Blumenbeets lag einsam und verlassen ein Unkrautstecher im Dreck. Ihr Brustkorb zog sich zusammen, ihr Atem wurde flacher. Sie nahm sich kurz Zeit, um sich zu beruhigen, und wartete darauf, dass das Kribbeln in den Fingern aufhörte.

Sie verließ den Garten durch ein Holztor und lief den Hügel hinauf, der zu einem kleinen Wäldchen führte. Dort angekommen drehte sie sich um und sah zum Haus. Die Perspektive stimmte nicht hundertprozentig. Sie zog das Bild aus der Tasche, entfaltete es und verglich es mit dem, was sie vor sich sah. Sie ging zehn Schritte zurück und befand sich nun zwischen den Bäumen. Dort blieb sie stehen, schaute erst auf das Bild und dann zum Haus. Fast richtig. Sie trat einen Schritt nach rechts und ging in die Hocke. Besser, aber noch nicht perfekt. Sie vergewisserte sich kurz, dass niemand sie beobachtete, und legte sich flach auf den Bauch. Das war es. Was sie jetzt sah, passte zu dem Bild. Als sie wieder aufstand, bewegte sich etwas in einem der Fenster. Sie schaute auf und begegnete Patrices und Lauras Blicken. Sie faltete das Blatt zusammen, stopfte es in ihre Tasche, klopfte sich den Schmutz ab und ging zum Auto.

Die Maklerin sah sie fragend an, als sie auf sie zukam, sagte aber nichts.

Patrice sprach erst, nachdem sie zwei Blocks weit gefahren waren. »Irgendwelche tiefenpsychologischen Erkenntnisse?«

»Ein paar, ja.« Sie gähnte und tat müder, als sie war. »Wie weit ist es bis zum Hotel?«

Patrice hatte zwar angeboten, sie am Abend nach Atlanta zurückzufahren, dann aber zugegeben, dass er erschöpft war. Er würde lieber seine Notizen festhalten und sie am nächsten Morgen zurückbringen. Sie fragte sich, was ihr Ehemann davon halten würde, wenn sie die Nacht mit einem anderen Mann in einem Hotel verbringen würde. Nun, sie würde sie nicht wirklich mit Patrice verbringen. Aber trotzdem.

Sie musste Bradley vom Hotel aus anrufen und ihm davon erzählen. Ja, sie würde ihn auf jeden Fall anrufen. Mags hatte sich fast selbst davon überzeugt, dass sie es ernst meinte.

KAPITEL 19

Als sie ihr drittes Glas Wein fast geleert hatte, musste Mags sich eingestehen, dass sie flirtete. Nicht viel, aber ein bisschen. Und sie genoss es. Sie würde Bradley niemals betrügen, aber ihr gefiel die Aufmerksamkeit, die Patrice ihr schenkte. Es war schon lange her, dass sie mit einem anderen Mann als ihrem Ehemann allein gewesen war, und sie hatte ganz vergessen, wie sich das anfühlte.

Selbst als Bradley sie zum ersten Mal eingeladen hatte, war ihr das seltsam vorgekommen. Und bei allen weiteren Verabredungen war alles einem vorhersehbaren Muster gefolgt, ohne dass es irgendwie normal gewirkt hätte. Sie hatten sich auf einer Party kennengelernt. Bradley hatte nach ihrer Nummer gefragt und sie drei Tage später angerufen. Nach ihrem vierten Treffen schliefen sie miteinander. Sie verbrachte die Nacht in seinem Hotelzimmer, bevor er zurück nach Boston flog. Es folgten E-Mails und Telefonanrufe. Er fing an, mehr Zeit in London zu arbeiten, und gestand ihr, dass er diese Entscheidung hauptsächlich ihretwegen getroffen hatte. Die Verlobung, die Heirat und die Schwangerschaft schienen unvermeidlich, als säße sie in einem Zug, in den sie im Schlaf eingestiegen war. Damals hatte sie es natürlich nicht so empfunden. Ria hatte einmal angedeutet, dass Mags ihre späteren Angstzustände und

Depressionen auf die Vergangenheit projizierte, um den Beginn ihrer Ehe umzuformen.

Und doch war sie sich sicher, dass ihre Flirts nie so entspannt gewesen waren wie dieser hier. Vielleicht lag es daran, dass sie inzwischen älter und verheiratet war und sich selbst besser kannte. Doch irgendwann kam ihr der Gedanke, dass sie mit dem amerikanischen Journalisten, den sie erst am Morgen kennengelernt hatte, ins Bett gehen würde, wäre sie nicht verheiratet.

»Verraten Sie mir, was Sie denken? Muss ein schöner Gedanke sein.«

Mags fuhr hoch, weil er sie beim Tagträumen erwischt hatte, und errötete prompt. »Es tut mir leid«, stammelte sie.

»Das muss es nicht.« Patrice sah sie unverblümt an, und einen Moment lang überlegte sie, es ihm zu sagen, was sie noch mehr erröten ließ. Er lächelte. »Es sah so aus, als hätten Sie an etwas Schönes gedacht. Sie haben gelächelt. Ich war nur so unhöflich neugierig, weil ich gern wüsste, was das sein könnte.«

Nervös trank Mags ihr Glas aus und stand auf. »Oh, nichts«, winkte sie ab.

»Noch ein Glas?« Patrice leerte seins ebenfalls.

Mags schüttelte den Kopf. Im Stehen bemerkte sie, dass sie beschwipst war. »Nein, danke. Für mich nicht. Aber tun Sie sich keinen Zwang an.«

»Nein, ich habe auch genug. Aber ich bestehe darauf, dass Sie den Bourbon hier probieren. Das ist einer meiner Lieblingswhiskeys.«

»Einverstanden«, stimmte Mags zu. »Aber nur einen kleinen.«

Sie schlängelte sich an den Tischen vorbei zur Toilette. Als sie in den Spiegel schaute, während sie ihr Make-up auffrischte, runzelte sie die Stirn. Sie war hier, um vielleicht herauszufinden, was mit Tam los war. Und nun flirtete sie mit einem Fremden.

Martino mochte charmant und erfrischend direkt sein, aber sie war verheiratet. Sie würde nach Boston fliegen, ein paar Nächte mit Bradley und seiner Familie verbringen und dann nach Hause zurückkehren. Sofern Patrice recht hatte, würde der Mörder bald gefasst werden. Wenn das geschah, würde das, was Tam durchmachte, bestimmt aufhören.

Sie nickte ihrem Spiegelbild zu. Ja. Es würde aufhören.

Als sie die Toilette verließ, bog Mags in die falsche Richtung ab und fand sich vor der Hotelbar wieder. Ein Schild an der Wand wies ihr den Weg zur Rezeption, und so kehrte sie durch eine andere Tür ins Restaurant zurück. Als sie sich dem Tisch näherte, sah sie, dass Patrice ein Blatt Papier in der Hand hatte. Er betrachtete es aufmerksam, während er es ziemlich niedrig hielt und unentwegt zu der Tür zu den Toiletten linste. Sie ging langsamer und trat etwas nach rechts, um den Tisch besser sehen zu können. Das Erste, was ihr auffiel, war ihre Handtasche auf dem Stuhl neben ihm. In dem Moment erkannte sie, was er in der Hand hielt: Tams Bild vom Haus in Hinesville.

Sie marschierte zum Tisch.

Patrice zuckte zusammen. »Scheiße.«

»Ja, scheiße.« Mags streckte die Hand aus. Er faltete das Bild wieder zusammen und reichte es ihr. Sie steckte es in ihre Tasche und nahm ihre Jacke von der Stuhllehne.

»Setzen Sie sich, Mags.«

»Das werde ich bestimmt nicht tun, Mr Martino. Ich glaube, wir haben uns nichts mehr zu sagen.«

Sie ging in Richtung Ausgang, doch er rief ihr nach.

»Mags.«

Sie drehte sich um. Er zeigte auf das Glas Bourbon vor ihrem Stuhl. »Setzen Sie sich«, sagte er. Sie rührte sich nicht. Er schaute zu ihr auf. »Ich war von Anfang an ehrlich zu Ihnen, aber ich bin mir nicht sicher, ob Sie auch nur ein einziges wahres Wort gesagt haben, seitdem Sie in mein Auto gestiegen sind. Heißen Sie überhaupt Mags Barkworth? Ich konnte keine Journalistin mit diesem Namen finden.«

»Doch, ich heiße tatsächlich so. Und was Sie auch von mir denken, es gibt Ihnen kein Recht, meine Sachen zu durchsuchen.«

»Dafür möchte ich mich entschuldigen, Mags. Die Sache ist die, ich mag Sie. Ich wusste schon ziemlich früh, dass Sie mir eine Lügengeschichte auftischen wollten, aber ich war mir sicher, dass Sie gute Gründe dafür haben. Und obwohl Sie mich angelogen haben, habe ich Ihnen vertraut. Das tue ich immer noch. Sie haben mir nicht erzählt, warum Sie wirklich hier sind, aber ich nehme an, Sie haben Ihre Gründe. Ich wünschte nur, Sie könnten mir verraten, welche das sind. Bitte, setzen Sie sich. Dieser Bourbon ist nicht gerade billig.«

Schweigen. Patrice tat nichts, um die Stille zu füllen. Er legte die Hände auf den Tisch, sah sie an und wartete.

Schließlich nahm Mags Platz. »Sie haben recht. Ich bin keine Reporterin, sondern eine Mutter, die sich Sorgen um ihre Tochter macht.«

»Das kenne ich nur zu gut.«

Mags hielt seinem Blick stand. Wenn sie nach wie vor hoffte, irgendetwas Hilfreiches auf ihrer Reise herauszufinden, war Patrice womöglich der Mann, an den sie sich wenden konnte. Er recherchierte über die Morde und hatte über ähnliche Fälle geschrieben. Ihr Instinkt riet ihr, ihm zu vertrauen. Andererseits sagte ihr derselbe Instinkt auch, dass sie ihrem Ehemann misstrauen sollte. Gott, sie war müde.

»Scheiß drauf!«, entfuhr es ihr schließlich.

»Wie bitte?«

Mags griff nach ihrem Glas und probierte den Bourbon. Ein Eiswürfel berührte ihre Oberlippe, als die glatte, feurige Flüssigkeit ihre Kehle hinunterrann. »Sie haben mich schon verstanden«, antwortete sie. »Ich sagte ›Scheiß drauf‹. Wow, der Whiskey ist wirklich gut.«

»Yep.«

»Okay, Patrice, ich verrate Ihnen, warum ich hier bin. Aber Sie müssen schwören, dass Sie es vertraulich behandeln.«

Sie wartete. Patrice nickte. »Was immer Sie mir sagen, bleibt unter uns, ich verspreche es. Beim Leben meiner Tochter.«

Dann erzählte sie ihm alles. Patrice hörte zu, ohne zu urteilen, machte sich Notizen – eine Mischung aus Stenografie und irgendwelchen Kritzeleien – und zog Pfeile von einem Gedanken zum nächsten. Seine Fragen waren sachdienlich und nützlich. Er erkundigte sich nach Tams Internetzugang zu Hause, wie viel sie fernsah und wie gut sie sich mit Technik auskannte. Er fragte nach ihren Freunden und ihren Interessen. Als Mags ihm von ihrer Begeisterung für P. G. Wodehouse berichtete, grinste Martino.

»Klingt nach einem tollen Kind.«

»Danke. Das ist sie. Ich bin sehr glücklich. Ich meine, wir sind sehr glücklich.« Sie spürte, wie sie erneut errötete, aber Patrice schien es nicht zu bemerken. Er legte seinen Stift weg, lehnte sich zurück und trank zum ersten Mal einen Schluck seines Whiskeys.

»Okay, es gibt eine einfache Erklärung, aber die wird Ihnen nicht gefallen.«

Mags lehnte sich vor. »Was mir gefällt oder nicht gefällt, ist unwichtig. Ich will ihr helfen. Sie haben ihr Gesicht nicht gesehen, als sie das Bild gezeichnet hat. Es war unheimlich. Als wäre sie überhaupt nicht da gewesen.«

»Das ist ein Teil der Erklärung. Vielleicht leidet sie an Absence-Epilepsie. Auch wenn es unwahrscheinlich ist, sollten Sie sie darauf untersuchen lassen.«

»Ich habe davon gehört. Das ist eine Form von Epilepsie, die bei Jugendlichen auftritt, richtig?«

»Richtig. Die beste Freundin meiner Tochter leidet daran. Sie war die Einzige in ihrem Jahrgang, die keinen Führerschein gemacht hat, weil sie nie wusste, wann der nächste Anfall kam.«

»Nun, das ist das Gute daran, wenn man einen Wissenschaftler zum Ehemann hat. Seit Tams Geburt und vor allem, seit …« Es war nicht nötig, Patrice von Clara zu erzählen. Mags hatte nie mit jemand anderem über ihre zweite Tochter gesprochen, außer mit ihrer Familie und Ria. Es war zu schmerzhaft und ging niemanden etwas an. »Tam wird seit ihrer Geburt viermal im Jahr einem Bluttest unterzogen. Bradley besteht darauf, dass wir alle zweimal im Jahr komplett durchgecheckt werden. So etwas wäre aufgefallen.«

»Vielleicht. Ich sagte ja bereits, dass es ziemlich unwahrscheinlich ist. Aber nicht unmöglich. Sie sollten es trotzdem abklären lassen.«

»Das werde ich. Aber Bradley ist Genforscher in einem der angesehensten Institute in Boston. Wenn mit Tam etwas nicht in Ordnung wäre, hätte er es herausgefunden. Was ist mit dem anderen Teil Ihrer Erklärung?«

Patrice leerte sein Glas. »Ich weiß, Mags, dass jede Mutter glaubt, ihr Kind zu kennen. Und es klingt ja so, als würden Sie sich sehr nahestehen.«

»Das tun wir auch.«

»Also versuchen Sie, es nicht zu schwer zu nehmen. Mädchen sind darauf programmiert, sich in der Pubertät von ihren Eltern abzukapseln. Normalerweise erst im Teenageralter, aber manche Mädchen werden schneller erwachsen. Steckt Tam bereits in der Pubertät?«

Mags dachte an den Tag des ersten Bildes zurück, an die Mischung aus Stolz, Trauer und Sorge, als Tam von ihrer ersten Blutung erzählt hatte. »Ja«, bestätigte sie.

»Dann habe ich wahrscheinlich recht.«

»Womit?«

»Mags, Tam kennt sich vielleicht besser mit der Technik aus, als Sie vermuten. Wir beide können uns noch an eine Zeit erinnern, in der die einzigen Computer, die wir gesehen haben, in Filmen vorkamen. Für unsere Kinder ist das anders. Sie haben bereits mehr darüber vergessen, wie Technik funktioniert, als wir jemals wissen werden. Sie sind uns ständig ein paar Schritte voraus. Sie müssen kein geheimes Tagebuch unter der Matratze verstecken, wenn sie die neueste Software benutzen können.«

»Aber ich habe Ihnen doch gesagt, dass ich ihren Computer überprüft habe. Sie hatte nicht einmal ihren Verlauf gelöscht. Da war nichts, Patrice.«

Patrice seufzte. Es war nicht das Seufzen eines Mannes, der sich amüsierte.

»Ich wette um hundert Dollar, dass Ihre Tochter einen anderen Internet-Browser für das benutzt, was sie sich wirklich anschauen will. Derjenige, den Sie kontrolliert haben, ist der, den sie Ihnen nur zu gern zur Ansicht überlässt. Darum hat sie ihren Verlauf nicht gelöscht.«

»Nein. Nein, das würde sie nicht tun. Ich bin nicht naiv. Ich weiß, dass sich Mütter und Töchter voneinander entfernen, besonders im Teenageralter. Aber dazu ist es zwischen Tam und mir noch nicht gekommen. Wir sind, wir sind …«

»Ganz dicke? Ein Team? Freundinnen und Mutter und Tochter gleichzeitig?« Patrice breitete die Arme aus, die Handflächen geöffnet. »Tut mir leid, Mags. Ich mache mich nicht über Sie lustig. Ich habe einiges davon auf die harte Tour gelernt. Bei Hannah waren es Drogen.«

Für einen Moment wandte er den Blick von ihr ab. Mags legte ihre Hand auf seine. »Es tut mir leid, Patrice. Das muss schrecklich gewesen sein. Aber ich verspreche Ihnen, dass ich Tam kenne, dass ich sie verstehe.«

Patrice lächelte matt. »Sie ist ein intelligentes Mädchen, richtig?«

»Ja. Das ist sie.«

»Wie wäre es dann mit einer anderen Vermutung. Ich wette, es gab etwas in ihrem Browserverlauf, das nicht völlig harmlos war, Ihnen aber auch nicht wirklich Sorgen bereitet hat. Etwas, das Sie glauben lässt, dass sie nichts verheimlicht hat. Habe ich recht?«

Mags fiel Tams Suche nach Erektionen ein. Verdammt. Sie bemerkte, dass ihre Hand immer noch auf der von Martino lag, und zog sie weg.

Patrice registrierte, wie sich ihr Gesichtsausdruck änderte. »Sofern sie weiß, wie man einen anderen Browser installiert und versteckt, kann sie das bestimmt so machen, dass Sie ihn nie finden werden. Aber zumindest gibt es eine Erklärung dafür. Und ich weiß, dass das jetzt nicht viel helfen wird, aber wenn Sie etwas Zeit hatten, werden Sie bald verstehen, dass ich recht habe. Es ist nicht ungewöhnlich, dass Kinder von Gewaltverbrechen besessen sind. Manche ziehen sich heimlich Horrorfilme rein. Manche lesen über Mordfälle. Vielleicht sammeln sie sogar Messer oder andere Waffen. In neunundneunzig von hundert Fällen hat das nichts zu bedeuten. Sie erforschen nur das Schlimmste in der Welt der Erwachsenen. Wenn Tam von einem Serienmörder besessen ist, hat sie sich wenigstens einen auf einem anderen Kontinent ausgesucht. Das ist für sie eine sichere Möglichkeit, sich die schrecklichen Dinge anzusehen, die ein Mensch einem anderen Menschen antun kann, die Dinge, vor denen ihre Eltern sie beschützen. Und ich nehme an, Ihre mütterlichen Beschützerinstinkte sind stark ausgeprägt.«

Mags hob die Hand, um einen Kellner auf sich aufmerksam zu machen. »Noch zwei Bourbon«, orderte sie. »Große, bitte.«

»Verdammt«, stieß Patrice hervor. »Ich hasse es, derjenige zu sein, der das sagt, Mags. Es ist nicht leicht, sich dem zu stellen. Ihre Beziehung zu Ihrer Tochter verändert sich, aber es klingt, als hätten Sie beide eine fantastische Basis. Das ist wahrscheinlich nichts, worüber Sie sich Sorgen machen müssten. Überhaupt nichts.«

»Ich komme mir so dumm vor«, klagte Mags, als die Getränke kamen. »Ich bin um die halbe Welt geflogen, damit mir ein amerikanischer Journalist mit italienischen Wurzeln darüber die Augen öffnet, dass meine Tochter sich besser im Internet auskennt als ich.«

»Sorry.«

»Aber das erklärt immer noch nicht die Zeichnungen«, überlegte sie und trank einen Schluck. Ihre Augen waren schwer.

»Das stimmt. Die Einschätzung Ihres Mannes könnte durchaus richtig sein. Die meisten Geistesblitze während einer Enthüllungsstory kamen bei mir aus heiterem Himmel. Mitten in der Nacht, manchmal unter der Dusche. Das Unterbewusstsein ist nach wie vor neurowissenschaftlich gesehen das große Unbekannte.«

Mags stand auf. »Danke für heute. Danke für alles. Ich gehe jetzt schlafen.«

Patrice hob sein Glas. »Ich bleibe auch nicht mehr lange. Ist neun Uhr Frühstück okay? Ich fahre Sie zurück nach Atlanta.«

Mags beugte sich zu ihm hinunter, und ihre Lippen berührten seine unrasierte Wange. »Sie sind ein guter Mensch, Patrice Martino.«

»Ja, das sagt mein Barkeeper auch immer.«

***

Als sie auf ihr Zimmer zurückkam, war Mags total erschöpft. Sie hatte nicht bedacht, welche Auswirkungen es haben könnte, dieses Geheimnis mit sich herumzutragen und mit niemandem darüber zu sprechen. Und dann die Reise nach Amerika und der Atlantik zwischen Tam und ihr. Es war kurz nach

Mitternacht, als Mags ins Bett ging und ihr Handy an das Ladekabel anschloss. In London war es jetzt Viertel nach sieben. Sie wählte Kits Privatnummer.

»Mags? Bist du das? Hoffentlich ist es nicht zu langweilig da drüben. Du verpasst den ganzen Spaß. Wie war es bei Margaret Mitchell?«

»Bei wem?«

»Offen gesagt, meine Liebe, ist mir das völlig egal.«

Mags fiel ihre Ausrede für den Abstecher nach Atlanta wieder ein. »Oh, ich habe dich nicht richtig verstanden. Keine gute Verbindung. Ja, ganz wunderbar. Die Häuser sind wirklich unglaublich. Wie im Film. Geht es euch gut?«

»Alles in Ordnung, Schwesterherz. Warte kurz, ich hole sie.« Ein paar Sekunden später hörte sie ein atemloses Kichern am anderen Ende der Leitung.

»Wir backen Pizza, Mum. Das ist toll. Zuerst haben wir den Teig gemacht, und Onkel Kit hatte ein Video auf YouTube gefunden, in dem sie zeigen, wie man ihn auf dem Finger dreht. Meiner landete in meinen Haaren und der von Onkel Kit flog aus dem Fenster. Es war super. Während wir die Pizza essen, werden wir fernsehen. Meine habe ich mit Ananas, Oliven und Pilzen belegt. Und drei verschiedenen Käsesorten. Es riecht so lecker, Mum. Ich wünschte, du wärst hier. Wie ist es in Amerika? Ist Atlanta anders als Boston? Wann siehst du Dad? Rosa hat einen Welpen bekommen. Sie will ihn uns vorbeibringen. Darf sie das? Können wir einen Welpen haben?«

So war Tam jedes Mal, wenn sie Zeit mit Kit verbrachte. Mags rollte mit den Augen und runzelte die Stirn, als ihr das Gespräch mit Patrice wieder einfiel. Sie wollte nicht glauben, dass Tam sie hintergehen könnte. »Nein, ich glaube nicht, dass wir einen Welpen haben können. Er hätte nicht viel Spaß dort, wo wir wohnen.«

»Wir könnten doch London verlassen. Und aufs Land ziehen. Könnten wir dann einen Welpen haben?«

Mags lachte. »Wir haben nicht vor, umzuziehen, Tam. Aber Rosa kann ihren Welpen mitbringen, und du kannst mit ihm spielen.«

Tam quietschte vor Freude. »Danke, Mum. Ich muss los, meine Pizza ist fertig. Hab dich lieb, lieb, lieb, komm bald nach Hause, ich vermisse dich. Hab dich lieb, lieb, lieb, bye, bye …«

Und schon war Kit wieder in der Leitung.

»Wir essen jetzt, Schwesterherz. Alles in Ordnung da drüben? Willst du deinem Zwillingsbruder vielleicht etwas sagen?«

Mags wünschte, sie hätte sich ihm anvertraut. Sie würde das nachholen, sobald sie wieder zu Hause war. »Ich bin am Sonntag zurück. Lass uns dann darüber reden.«

»Klingt nach einem guten Plan. Vielleicht können wir bei der Gelegenheit auch über die bevorstehende Trennung sprechen. David isst gerade eine Pizza mit Sardellen und Ananas. Das ist doch bestimmt ein Scheidungsgrund, oder?«

»Klar doch«, bestätigte Mags. »Genießt eure Pizza. Danke, dass du dich um sie kümmerst. Ich liebe dich.«

»Ich dich auch.«

In der Nacht wachte Mags zweimal auf, beide Male nach dem gleichen Albtraum.

Sie stand zu Hause in ihrer Küche und sah auf den Kühlschrank. Tams erstes Bild hing daran. Es sah so real aus, dass der Rest des Zimmers unwirklich erschien. Sie machte einen Schritt in Richtung Kühlschrank, und die Küche verschwamm um sie herum. Der vertraute Raum wirkte irgendwie verpixelt, halb bearbeitet, wie ein Foto, das in den ersten Tagen des Einwahlinternets heruntergeladen worden war. Tams Zeichnung dagegen war scharf, klar und sehr real. Sie trat noch einen Schritt näher. Das Bild wurde größer und kam ihr entgegen. Noch ein Schritt, und ihr Fuß berührte den staubigen, trockenen Boden. Jetzt stand sie wieder vor dem Haus in Hinesville. Diesmal war ihre Umgebung aber ein Kohlebild. Es gab keine Farben, lediglich Abstufungen von Schwarz, Grau und Weiß. Die Haustür stand offen, und sie hielt darauf zu. Als sie das Haus betrat, kam sie nicht in die Küche, sondern befand sich im Obergeschoss vor dem Kinderzimmer. Die Tür war nur angelehnt. Sie stand wenige Zentimeter offen, doch der Spalt reichte. Die Kohlewelt um sie herum wurde dunkler und sie hörte ein Kind, das nach Luft rang. Sie rannte zur Tür, konnte sie aber nicht erreichen. Die furchtbaren Geräusche aus dem Schlafzimmer wurden schlimmer. Sie lief immer schneller, ihre Seiten schmerzten vor Anstrengung, die Lungen brannten. Auf einmal hörte das Keuchen auf. Sie stürmte durch die Tür und wachte in der Dunkelheit ihres Hotelzimmers auf.

Das zweite Mal wachte Mags um sechs Uhr zehn auf. Sie stand auf, öffnete die Vorhänge und blickte auf die fremde Stadt. Nach einer Dusche packte sie die Tasche und zog einen Stuhl ans Fenster. Von dort aus beobachtete sie den Sonnenaufgang über der Stadt, in der ein Mörder eine Familie ermordet und sie dann in ihren Betten zugedeckt hatte, als wären sie im Schlaf gestorben. Und er war weiterhin da draußen und suchte nach seinen nächsten Opfern.

Kapitel 20

Mags rief Bradley aus einem Schnellrestaurant wenige Meilen von der I-16 am Rande einer Kleinstadt namens Dublin an. Die Ortsnamen waren eine seltsame Mischung aus Vertrautem und Exotischem. Dudley und Chester waren Nachbarorte von Yonkers und Tarrytown. Die nächste Großstadt hieß Warner Robins, was nach einem Filmstudio oder einem Speiseeishersteller klang.

Während Patrice zur Toilette ging, lief sie auf dem kleinen Parkplatz auf und ab. Ihr Auto parkte als Einziges vor dem Restaurant, aber Patrice behauptete, man bekäme dort den ganzen Tag ein erstklassiges Frühstück. Er hatte ihre Ankunft so geplant, dass sie nach dem Andrang während der Mittagszeit eintrafen.

Bradley klang abgelenkt und gereizt. »Wann kommst du an?«

»So gegen sieben. Du brauchst mich nicht vom Flughafen abzuholen. Ich nehme mir ein Taxi.«

»Honey, ich werde nicht viel Zeit für dich haben. Ich weiß diese romantische Geste wirklich zu schätzen, und mir ist klar, wie schwer es dir gefallen sein muss, allein hierher zu fliegen, um mich zu sehen. Aber eines unserer Projekte steckt gerade in einer kritischen Phase. Wir arbeiten fast rund um die Uhr.

Iss mit Mom zu Abend. Ich komme, sobald ich kann, aber ich muss sehr früh aufstehen und weiterarbeiten. Ich fühle mich schrecklich deswegen, Mags, aber ich kann nichts machen. Dad und ich müssen vor Ort sein. Lass uns heute Abend darüber reden. Es tut mir leid, Honey.«

Erleichterung und Schuldgefühle hielten sich die Waage. Mags könnte ihre Reise nach Boston von drei auf eine Nacht verkürzen. Bradleys Mutter und sie hatten wenig gemeinsam, sodass niemand sonderlich protestieren würde, wenn sie früher nach Hause zurückkehrte.

»Es ist okay, du musst dich nicht entschuldigen. Ich kann nicht erwarten, dass du alles stehen und liegen lässt, nur weil ich einmal in meinem Leben spontan bin.«

»Ich wünschte, ich könnte es. Aber danke für dein Verständnis. Ich liebe dich.«

Eine Erinnerung an den schnellen, ungeplanten Sex auf dem Küchenboden kam Mags in den Sinn. Für einen Moment war es wie früher gewesen, als sie sich ihrer Sehnsucht nach ihm hingegeben hatte. Sie wollte nicht, dass die Kluft zwischen ihnen wieder auftauchte, aber sie war schon zu lange da gewesen, wie so viele Störgeräusche.

Patrice saß an einem Tisch im hinteren Bereich, und die Kellnerin füllte gerade seine Kaffeetasse auf. Er winkte sie zu sich.

»Connie empfiehlt die Bauernpfanne.«

Die Kellnerin, eine ältere Frau mit freundlichem Lächeln, nickte. »Das beste Frühstück in Georgia.«

»Klingt gut. Und einen Kaffee mit Sahne, bitte.« Mags rutschte auf die Bank gegenüber von Patrice.

»Gern.«

Als das Essen kam, war es so gut, wie Connie versprochen hatte. Trotzdem musste Mags den Armen Ritter und die

Bratkartoffeln liegen lassen. Sie konnte einfach nicht mehr. Patrice schielte auf ihren Toast.

»Darf ich?«

Mags lachte. »Sagen Sie nicht, Sie können noch mehr essen?«

»Mein Arzt würde mir davon abraten, und meine Ex-Frau würde es missbilligen, aber zum Teufel, ja. Wenn es so gut schmeckt, kann ich einfach nicht anders.«

Letztlich schaffte er aber bloß noch ein Stück und sah reumütig auf den Rest. »Es ist eine Schande. Aber ich sollte wohl weniger essen und mehr trainieren. Ich könnte gut und gern ein paar Pfunde abnehmen.«

»Die stehen Ihnen aber gut«, bemerkte sie, ohne nachzudenken, und schaute schnell weg.

Patrice tat so, als würde es ihm nicht auffallen. Er stellte seine Kaffeetasse zur Seite. »Kann ich mir die Bilder noch einmal ansehen? Wenn ich sie fotografieren dürfte, kann ich sie einer Freundin schicken. Sie hat sich auf Enthüllungsstorys im Bereich Technologie spezialisiert und bereits einige Artikel über Kriminelle geschrieben, die das Darknet nutzen. Wenn jemand helfen kann herauszufinden, wo Tam die Tatorte gesehen haben könnte, dann sie.«

Mags sah zu, wie Patrice die Bilder entfaltete und auf dem Tisch ausbreitete. »Mich interessiert die Perspektive.« Er presste Daumen und Zeigefinger gegen den Nasenrücken. Mags war schon früher aufgefallen, dass er das jedes Mal tat, wenn er nachdachte. »Die Perspektive ist seltsam. Ich habe gestern Abend die Pressebilder im Internet überprüft, und keines davon stimmt mit Tams Bildern überein. Deshalb haben Sie sich gestern vor dem Haus auf den Boden gelegt, oder?«

»Ja.«

»Interessant. Die einzige Möglichkeit, die mir einfällt, ist, dass jemand auf die Datenbank der Polizei zugegriffen hat.

Hätte der Mörder das Haus ein oder zwei Tage lang überwacht und die Polizei Beweise dafür gefunden, hätten sie von seinem Versteck aus Fotos gemacht. Das wäre meiner Meinung nach am wahrscheinlichsten. Darf ich diese Fotos meiner Freundin schicken? Ich zeige sie sonst niemandem.«

Mags war einverstanden und sah zu, wie er die beiden Bilder fotografierte. Danach schickte sie ihm das Foto der Leiterin der Pfadfindergruppe. Als Patrice die Zeichnung vom Haus in Hinesville wieder zusammenfaltete, runzelte er die Stirn, nahm sein Notizbuch heraus und notierte sich etwas.

Anschließend warf er einen Blick auf seine Uhr. »Wann geht Ihr Flug?«

»Um sechzehn Uhr dreißig.«

»Sie werden etwas früher da sein.«

Patrice schwieg während der Autofahrt, und seine Finger wanderten regelmäßig zum Nasenrücken.

Mags spähte ein paar Mal zu ihm hinüber und fragte sich, worüber er wohl nachdachte.

Endlich brach er das Schweigen. »Das Datum auf dem Hinesville-Bild. Es ist falsch.«

»Falsch?« Mags öffnete ihre Tasche und nahm das Bild heraus. Sie hatte das Datum auf die Rückseite geschrieben. *Donnerstag, 14. Mai.* Sie klickte den Kalender in ihrem Handy an. Sie hatte den Tag dort notiert. Nicht wegen des Bildes, sondern weil ihre Tochter an diesem Tag zum ersten Mal ihre Periode gehabt hatte. »Das Datum stimmt«, widersprach sie.

Patrice war dicht auf einen Lastwagen aufgefahren, der ungefähr fünfundvierzig Meilen pro Stunde fuhr. Anstatt zu überholen, blieb er zurück, passte sich der Geschwindigkeit an und fasste sich noch fester am Nasenrücken. »Das kann nicht sein.«

»Ich habe es gerade überprüft. Es stimmt.«

Patrice setzte den Blinker und hielt den Wagen am Straßenrand an.

»Wenn Sie recht haben, ist es vielleicht an der Zeit, zur Polizei zu gehen.«

»Warum? Was hat sich geändert?«

Patrice antwortete mit einer Gegenfrage. »Das Bild von Atlanta. Die Wohnwagensiedlung. Wann hat Tam sie gezeichnet? Um wie viel Uhr?«

Auch daran konnte sie sich gut erinnern. Es war der Tag gewesen, an dem Mags wegen des Albtraums früh aufgestanden war, der Tag, an dem sie in Tams Zimmer gekommen war, als ihre Tochter gerade zeichnete. »Es war freitags. Am Freitag vor einer Woche.«

»Um wie viel Uhr?«

»Früh. Gegen halb sieben. Warum? Was meinen Sie damit, das Datum wäre falsch?«

Patrice nahm seinen Hut ab und legte ihn auf das Armaturenbrett. »Sechs Uhr dreißig Ihrer Zeit. Atlanta ist fünf Stunden zurück. Dann war es hier ein Uhr dreißig. Mitten in der Nacht.«

Mags dachte an die Zeichnung der Wohnwagensiedlung und ihren Hinweis auf die Dunkelheit.

»Die Leichen wurden im Laufe des Vormittags gefunden«, sagte er. »Etwa zehn Stunden, nachdem sie die Skizze gezeichnet hatte. Und das Haus in Hinesville – wenn Ihre Datumsangabe stimmt …«

»Was?«

»Dann hat sie dieses Bild anderthalb Tage vor dem Tod der Familie gezeichnet.«

»Vor ihrem Tod?« Das konnte nicht sein. Die Luft im Auto war heiß und trocken. Mags fuhr sich über die Lippen und starrte ihn an.

»Mags, die ganze Sache ist ernster, als ich dachte. Wenn Ihre Tochter im Internet eine Seite gefunden hat, auf der dieser Verrückte Fotos veröffentlicht, bevor er die Morde begeht, müssen wir uns an die Polizei wenden.«

Mags spürte eine Enge in der Brust und ein Gefühl von Kälte machte sich in ihr breit. Ihr Körper gehörte plötzlich jemand anderem. Das Blut in ihren Adern wurde durch eine eisige, zähe Flüssigkeit ersetzt, die unerbittlich durch ihren Kreislauf gepumpt wurde. Sie sah Patrice an, ohne ihn wirklich zu sehen. Sie sah nur einen Fremden in einem feindlichen Land, Tausende von Meilen von dem Ort entfernt, an dem sie eigentlich sein müsste. Was wäre, wenn Tams geistiger Zustand beim Zeichnen nicht auf Epilepsie oder eine andere Krankheit zurückzuführen wäre? Es war, als hätte Tam etwas gesehen, das Mags nicht sehen konnte, als hätte sie etwas gezeichnet, das sie mit den Augen einer anderen Person sah. Ein furchtbarer, unmöglicher Gedanke kristallisierte sich heraus und mit ihm seine erschreckenden Auswirkungen, selbst als Mags versuchte, ihn von sich zu weisen.

»Unmöglich. Das ist unmöglich.«

»Was ist?« Sie musste laut gesprochen haben. Patrices Stimme war weit entfernt, und seine Wagenseite schien in die Ferne zu rücken, als sie ihn ansah.

»Ich muss telefonieren«, keuchte sie.

Es dauerte fast eine Minute, bis Mags in der schwülen Hitze am Rande der Autobahn in Georgia ihren Körper wieder so weit unter Kontrolle hatte, dass sie Kit anrufen konnte. Ihre Hand zitterte so stark, dass sie fünf Versuche benötigte, um die richtige Nummer einzutippen. Alles, was sie von Ria gelernt hatte, jede Atemübung, jede Technik, ließ sie in dem Moment im Stich, in dem sie sie am meisten brauchte. Das Einzige, woran sie sich erinnern konnte, war, tief zu atmen, aber das war fast unmöglich. Sie versuchte es trotzdem. Als ihr Telefonsignal von einem Satelliten im Orbit abprallte und in London auf ein winziges Stück Metall, Glas und Plastik traf, zwang sie sich, durch die Nase einzuatmen, hielt sie schließlich fest zu und ließ die Luft abgehackt durch ihren Mund wieder aus.

Sie presste das Telefon fest gegen den Kopf. Es klickte. Dann ein Lachen.

»Mags.« Die Stimme ihres Bruders. Tam und David im Hintergrund, die darüber diskutierten, wie viele Häuser Tam auf die Berliner Straße bauen durfte. Sie spielten Monopoly.

Tam ging es gut. Ihnen ging es gut. Natürlich. Es war einer ihrer verrückten Momente, mehr nicht. Ihre mentale Gesundheit hatte durch den Gedanken, der ihr im Auto gekommen war, einen Knacks bekommen. Der Gedanke hätte sie fast überwältigt und alles andere aus ihrem Kopf verdrängt. Sie würde niemandem einen Dienst erweisen, wenn sie das zuließ. Weder Tam noch Bradley noch sich selbst.

Sie presste das Handy gegen die Brust, lehnte sich vor, zog die Beine an und holte so tief Luft wie möglich. Das Kribbeln auf der Haut ließ nach und sie konzentrierte sich darauf, die Kontrolle wiederzuerlangen.

Aus dem Telefon drang ein schwaches gedämpftes Geräusch. Sie hielt es wieder ans Ohr.

»Kannst du mich hören, Mags? Die Verbindung ist so schlecht. Vielleicht liegt es am Wetter.«

Mags schaute in einen wolkenlosen, blauen Himmel. »Hier scheint die Sonne«, brachte sie heraus.

»Du Glückliche. Wir hatten heute Morgen Gewitter. Unser Ausflug in das Labyrinth von Hampton Court ist ins Wasser gefallen. Was bedeutet, dass Tam uns beide bei Monopoly in Grund und Boden spielen darf, damit sie nicht allzu enttäuscht ist. Willst du mit ihr sprechen?«

Mags konnte die Tränen zwar zurückhalten, solange sie mit ihrem Zwillingsbruder redete, war sich aber nicht sicher, ob ihr das auch gelänge, wenn sie die Stimme ihrer Tochter hören würde. »Nein, stör sie nicht beim Spielen. Ich fliege in ein paar Stunden nach Boston und melde mich später noch einmal.«

»Es ist schön, deine Stimme zu hören, Schwesterherz. Hier ist – wie deine frühreife Tochter sagen würde – alles tipptopp. Obwohl ich dich um das gute Wetter beneide. Warte mal kurz.«

Nach einigen Sekunden Stille sprach Kit weiter. »Ich wollte irgendwohin gehen, wo Tam mich nicht hören konnte. Sie hat deswegen ziemlich merkwürdig reagiert. Ich weiß nicht, warum. Meiner Meinung nach sollte sie stolz sein, ein so erstaunliches Talent zu haben. Aber es schien sie aus der Fassung zu bringen.«

»Was?« Ihre Haut kribbelte wieder. »Was hat sie aus der Fassung gebracht?«

»Es geht ihr jetzt wieder gut. Es war vor ungefähr einer Stunde. Wir haben sie mithilfe des zügellosen Kapitalismus in Form eines Brettspiels abgelenkt.«

»Kit! Was hat sie aus der Fassung gebracht?«

»Okay, okay. Es war das Bild, das sie heute Morgen gezeichnet hat.«

Mags stand kurz davor, die Kontrolle zu verlieren. Das würde sie nicht zulassen. Mit größter Willensanstrengung konzentrierte sie sich voll und ganz auf Kit und auf das, was sie ihm mitteilen musste. »Hör zu, Kit. Du musst etwas für mich tun. Es ist wichtig.«

Kit, der ewige Spaßvogel in der Familie, hörte die Veränderung in der Stimme seiner Schwester. »Was?«

Mags atmete heftig durch die zusammengebissenen Zähne aus. »Das Bild. Mach ein Foto davon. Schick es mir. Sofort. Ich rufe dich zurück, wenn es angekommen ist.«

Es entstand eine Pause, die länger war, als dass Mags sie auf die Verzögerung der Telefonleitung zurückführen konnte. Plötzlich kicherte Kit und klang erleichtert: »Nicht nötig, Schwesterherz.«

»Was meinst du mit ›nicht nötig‹? Kit, ich meine es tod-ernst. Schick es mir.«

Kits Tonfall klang beschwichtigend. »Nein, nein, ver-steh mich nicht falsch, ich nehme dich ernst, Schwesterherz. Wirklich. Aber ich muss es dir nicht schicken. Tams Bild – das übrigens so brillant ist, dass wir es glatt einrahmen könnten – zeigt die Nummer zweihundertdreiundsiebzig, Aubrey Terrace.«

Mags hielt die Luft an.

Sie kannte die Adresse.

Das war in London. Camden Lock. Kits Adresse.

Tam hatte Kits Haus gezeichnet.

KAPITEL 21

Als Zehnjährige hatten sich Kit und Mags von ihren Eltern BMX-Räder gewünscht, nachdem sie Gleichaltrige im Park beobachtet hatten, die bei ihren Sprüngen aussahen, als könnten sie fliegen. Es wirkte so einfach, anmutig und aufregend. Die Zwillinge quengelten monatelang, und am Weihnachtstag verhüllten endlich Laken zu beiden Seiten des Baumes zwei leicht erkennbare Formen.

An den Tagen ohne Schnee und Eis fuhren sie mit ihren neuen Fahrrädern zu der Grünfläche hinter der Schule und übten. Keiner von ihnen beherrschte die Tricks, die sie bei den anderen Kindern gesehen hatten, aber für Sprünge im Stil von Evel Knievel brauchte man kein Talent. Zumindest redeten sie sich das ein. Sie liehen sich ein Holzbrett aus dem Schuppen ihres Vaters und packten alte Ziegelsteine in einen Rucksack. Der erste Versuch verlief noch harmlos. Die Rampe war nur zwei Ziegelsteine hoch, und keiner von ihnen hatte den Mut, bei voller Geschwindigkeit abzuspringen, sondern rollte lediglich darauf zu. Als sie zusammenpackten, bemerkte Mags eine kleine Gruppe anderer Radfahrer, die grinsend an ihnen vorbeifuhren.

Am nächsten Tag kehrten die Zwillinge mit einem zusätzlichen Brett zurück. Sie bauten eine Rampe, die fünf Ziegelsteine hoch war, und stellten die Landerampe in einem Abstand von fast zwei Metern auf. Ihre Sprungschanze hatten sie am Auslauf eines Hangs hinter den Reihenhäusern errichtet. Sie warfen eine Münze. Mags gewann und schob ihr Fahrrad den Hügel hinauf. Als sie sich umdrehte, die Hände fest auf den Bremsen, erschien der Hang viel steiler und die Planke viel zu schmal. Sie wollte schon aufgeben, als sie die Kinder vom Vortag bemerkte, die von der Straße aus zusahen.

»Evel Knievel«, flüsterte sie. Sie visierte den Spalt zwischen den beiden provisorischen Rampen an. »Grand Canyon.«

Sie löste die Bremsen, und das Rad rollte los. Ihr Schwung wurde immer größer und sie konzentrierte sich auf die Rampe. Sie musste sie genau in der Mitte treffen. Sie wusste, dass das Tempo ausreichte, um sie weit in die Luft zu befördern. Und sie wusste, dass sie die Rampen zu weit auseinandergesetzt hatten.

Das Fahrrad fiel kurz vor der Landerampe hinunter. Sie wurde vom Vorderrad getroffen, das rechte Handgelenk brach. Mags wirbelte bei dem Sturz herum und riss sich an den Ziegelsteinen die Wange auf, was zu einem violetten, grünen und schwarzen Bluterguss führen sollte, der sich eine Woche lang hielt. Schließlich landete sie auf ihrem rechten Arm. Auf den Lärm folgte Stille, und sie wurde kurz ohnmächtig.

Als Mags die Augen öffnete, beugte sich Kit gerade über sie. Er war schneeweiß im Gesicht. Sie versuchte zu atmen, bekam aber keine Luft. Kit keuchte ebenfalls. Es war diese seltsame Verbindung von Zwillingen, um die alle anderen außer ihnen immer so viel Wirbel machten. Sie geriet in Panik. Sie hatte noch nie Atemprobleme gehabt, und selbst der Schmerz ihres gebrochenen Arms war nicht so schlimm wie die Angst, nicht genügend Luft zu bekommen.

Mags dachte an diesen Moment zurück. Die Panikattacke war mit der Unausweichlichkeit der schlecht positionierten Rampe aufgetreten. Ihre Angst folgte ständig demselben Muster. Sie machte sich um etwas Sorgen, dann fiel ihr etwas anderes ein, um das sie sich kümmern musste, und sobald ihr zwei oder drei Dinge durch den Kopf schossen, dachte sie unweigerlich an Claras furchtbaren Tod. Der Verlust ihrer Tochter drängte schließlich alles andere in den Hintergrund. Ihre Gedanken gerieten außer Kontrolle und wurden stetig erdrückender. An diesem Punkt setzten die körperlichen Symptome ein. Das brennende Gefühl zu ersticken, das sie gefangen hielt, die Unfähigkeit, genügend Luft zum Leben einzuatmen. Die unzähligen Gedanken, die sich in ihrem Kopf festkrallten, verwandelten sich in eine Wolke des Schreckens und des Elends, die sie umhüllte und jede glückliche Erinnerung so leicht wie Seifenwasser aus einem Waschlappen wrang.

Tam hatte ein Bild von Kits und Davids Haus gezeichnet. Ihre Tochter stand irgendwie mit den Gedanken eines Mörders in Verbindung. Ob das stimmte, spielte keine Rolle, denn Mags war davon überzeugt, dass es so war, und dieses Wissen führte zu einer ausgewachsenen Panikattacke. Vor elf Jahren hatte sie Clara nicht helfen können. Mags hatte immer geglaubt, nichts wäre schlimmer als dieses Gefühl der Hilflosigkeit, doch sie hatte sich geirrt. Ihre Überzeugung, dass ein Mörder nach London gereist war und ihre Tochter töten wollte, während sie mindestens zwölf Stunden Flug von ihr entfernt war, erstickte sie und zwang sie in die Knie.

Das Handy glitt ihr aus den Fingern. Ihr wurde schwarz vor Augen. Die Geräusche verschwammen, wie nach dem Schwimmen, wenn Wasser die Ohren verstopfte. Hilflos schnappte sie nach Luft.

Das durfte nicht passieren. Sie musste Kit warnen und ihm sagen, dass sie alle das Haus verlassen mussten. Sofort. Aber der Druck und die Dringlichkeit verstärkten die Panikattacke nur noch.

Mags wurde ohnmächtig.

Als sie die Augen öffnete, kniete sie nach wie vor. Patrice hielt sie an den Schultern fest. Er saß neben ihr auf dem schmutzigen Rand der Autobahn, hatte den Arm um sie gelegt und sie zu sich herangezogen, damit sie sich an seine Schulter anlehnen konnte. Sie konnte sich nicht umdrehen und ihn ansehen, sie konnte nichts anderes tun, als auf den Boden zu starren. Eine verblasste Schokoriegelverpackung sprang jedes Mal ein paar Zentimeter weiter, wenn ein Auto vorbeifuhr. Sie schluckte und schnappte wie ein träumender Hund unentwegt kurz nach Luft.

Sie musste sie warnen, sie musste es Patrice sagen. Doch als sie versuchte zu sprechen, brachte sie kein Wort zustande. »Ich … Ich … Ich …«

Patrice rieb ihren Arm. »Eine Panikattacke?«

Mags nickte.

»Meine Mutter litt auch daran«, meinte er. »Sie war medikamentenabhängig. Als sie das Valium absetzte, bekam sie Panikattacken. Ich habe gelernt, ihr zu helfen. Ich werde reden. Und Ihre Aufgabe ist es, mir zuzuhören.«

Mags schüttelte den Kopf. Sie musste es ihm erzählen. Musste ihre Tochter, ihren Bruder und David retten. Musste einen Weg finden, diese Worte auszusprechen. Sie vergaß jede Bewältigungsstrategie, die sie kannte, und versuchte, die Kontrolle über das, was geschah, zurückzugewinnen. Es funktionierte nicht. Ihre kurzen, schnappenden Atemzüge wurden häufiger und schmerzhafter. Die Dunkelheit drohte zurückzukehren.

»Ich meine es ernst, Mags. Ich weiß, dass gerade etwas passiert ist, das eine Attacke ausgelöst hat. Etwas, um das Sie sich kümmern müssen. Ich verstehe das.« Er packte sie fester an den Schultern. »Aber so schwer es Ihnen auch fällt, Sie müssen das erst mal loslassen. Ich möchte, dass Sie mir aufmerksam zuhören. Wir werden bald über alles andere reden. Aber zuerst müssen wir Sie wieder hinkriegen, okay?«

Patrice sprach mit ruhiger, leiser Stimme. Mags hing an seinen Worten wie eine Ertrinkende, die nach einem Seil griff.

»Ich erzähle Ihnen von meinem Lieblingsbuch. Es könnte Sie überraschen. Graham Greene, ›Das Ende einer Affäre‹. Das erste Mal habe ich es als Teenager gelesen. Ich habe alle seine Bücher verschlungen, und das war eines der wenigen, die mir nicht gefallen hatten. Jahre später, nach meiner Scheidung, als ich älter und vielleicht ein bisschen weiser war, habe ich es noch einmal gelesen. Diese zweite Lektüre war eine Offenbarung, Mags. So ist das mit den großartigen Romanen, nicht wahr? Es braucht nur zwei Menschen, damit sie großartig werden: den Schriftsteller und den Leser. Wir müssen ebenso unseren Beitrag leisten wie der Schriftsteller. Beim zweiten Mal war es ein anderes Buch. Ich hatte ungefähr das erste Drittel gelesen, als ich immer langsamer wurde, jedes Wort, jeden Satz regelrecht aufsog. Es ist kein dickes Buch, und ich wollte nicht, dass es zu Ende geht. Es handelt von einem Mann, der während des deutschen Blitzangriffs auf London eine Affäre mit der Frau eines Freundes hat. Zu Beginn der Geschichte ist die Liebesbeziehung bereits vorbei, aber er kommt nicht über sie hinweg. Also heuert er einen Privatdetektiv an, um herauszufinden, warum sie ihn verlassen hat. Wie in vielen Geschichten von Graham Greene geht es auch um Gott und Religion. Ich glaube nicht, dass Gott allzu gut wegkommt. Ich bin mir nicht einmal sicher, ob die Liebe gut wegkommt. Es ist eine der Geschichten, die einen nachts wachhalten und Fragen aufwerfen. Hat das Leben wirklich einen Sinn, oder glauben das die Menschen nur, weil sie hoffen, dass ihre Existenz irgendwie wertvoll ist? Gibt es einen Gott? Wenn ja, was für einen? Das Buch hat meine Meinung nicht geändert. Ich bin Atheist. Aber ein viel besserer Schriftsteller, als ich es jemals sein werde, glaubte an Gott, und dadurch war ich plötzlich nicht mehr so herablassend denjenigen gegenüber, die sich auch so entscheiden. Das Buch hat mich gelehrt, dass die Liebe – was auch immer das sein mag – nicht immer eine positive Kraft ist. Sie kann auch schaden. Das klingt jetzt so, als wäre das Buch eine deprimierende Lektüre, aber irgendwie ist es das nicht. Es ist das düsterste Buch, das Greene je geschrieben hat, aber mir geht jedes Mal das Herz auf, wenn ich es lese. Ich kann nicht sagen, warum, Mags. Vielleicht hat er etwas Licht ins Dunkel gebracht, weil er so wunderschön über die Dunkelheit geschrieben hat. Ich weiß es nicht.«

Mags hörte ihm aufmerksam zu. Langsam normalisierte sich ihre Atmung wieder.

»Ich habe noch nie mit jemandem über dieses Buch gesprochen. Ist zu persönlich. Ich hätte stattdessen über ›Die Braut des Prinzen‹ reden sollen. Das ist eine Geschichte, bei der der Film genauso gut war wie das Buch, wahrscheinlich weil es derselbe Typ geschrieben hat. Aber dafür ist es jetzt zu spät. Wie fühlen Sie sich?«

Das Schlimmste war vorbei. Mags wusste, was sie nun tun sollte. Sie sollte nicht mehr an das denken, was die Attacke ausgelöst hatte, sondern sich einer einfachen Aufgabe widmen. Wäre sie zu Hause gewesen, hätte sie geputzt oder gespült. Irgendetwas gesucht, auf das sie sich konzentrieren konnte. Die Gedanken würden zwar zurückkehren – sie ließen sich nie aufhalten –, aber so wäre sie besser darauf vorbereitet. Das Problem war, dass sie keine Zeit hatte. Sie musste etwas wegen Tam unternehmen – und zwar sofort. Allein diese Entscheidung beschwor wieder die Dunkelheit herauf, die ihr Sichtfeld zu trüben begann.

Ein Schritt nach dem anderen.

»Mein Handy.«

Patrice gab es ihr. Sie entsperrte es und rief die Anrufliste auf. Sie erlaubte sich nur, bis zum nächsten Schritt zu denken, und drückte auf die Anruftaste. Der Akku hatte nur noch drei Prozent. *Verdammt.*

Kit antwortete nach dem ersten Klingeln.

»Mags? Bist du okay? Die Leitung war plötzlich tot.«

Ein Schritt nach dem anderen.

»Kit, ihr müsst sofort raus aus dem Haus. Alle. Sofort.«

Ein Vorteil des Zwillingseins war es, dass sie nichts erklären musste. Kit wusste, dass sie es ernst meinte, und er wusste, dass die Zeit drängte. »Okay, Mags. Wo sollen wir hingehen?«

»Das ist egal. Ich komme nach Hause. Ich rufe dich an, sobald ich gelandet bin. Kehrt auf keinen Fall ins Haus zurück. Geht jetzt. Bitte.«

»Okay, Mags. Ich rufe dich zurück, sobald wir draußen sind.«

»Warte!«

»Ich bin noch dran.«

»Das Bild. Welche Seite des Hauses hat Tam gezeichnet?«

Er zögerte nur kurz. »Die Vorderseite. Warum?«

»Geht hinten raus. Geht auf keinen Fall vorn herum. Lauft ein paar Straßen weiter und nehmt euch dann ein Taxi.«

»Du machst mir Angst.«

»Sehr gut. Geht jetzt. Sofort!« Mags legte auf.

Ein Schritt nach dem anderen.

Sie drehte sich zu Patrice um. »Zum Flughafen«, rief sie.

Kapitel 22

Im Auto atmete Mags zischend aus, als läge sie in den Wehen. Die Uhr auf dem Armaturenbrett lief die längsten fünf Minuten ihres Lebens. Sie rief Kit zurück.

Ihr Handy war tot.

»Nein … nein.« Sie winkte Patrice mit ihrem Telefon zu. »Ladegerät?«

»Andere Marke. Meins passt nicht zu Ihrem. Wollen Sie meins benutzen?«

Er reichte es ihr. Die einzigen Nummern, die Mags auswendig kannte, waren ihre eigene Telefonnummer und die drei, die sie als Kinder gehabt hatten. Sie konnte niemanden anrufen.

»Scheiße, scheiße, scheiße.« Sie atmete schneller.

»Mags.« Wieder diese ruhige Stimme. Sie drehte sich um und starrte ihn mit aufgerissenen Augen an. »Wissen Sie die Nummer nicht?«, fragte er.

Sie nickte kläglich.

»Okay, daran können Sie jetzt nichts ändern. Aber ich habe gehört, was Sie am Telefon gesagt haben. Sie verlassen doch das Haus, oder?«

»Ja … ja.«

»Okay. Sie haben getan, was Sie tun mussten. Nehmen Sie sich jetzt ein paar Minuten Zeit und hören Sie mir wieder zu, während ich Unsinn rede, bis Sie normal atmen. Verstanden?«

Zehn Minuten später, nachdem er ihr sehr ausführlich seine Probleme mit den »Star Wars«-Vorläufern erklärt hatte, erinnerte Mags' Atmung nicht mehr an einen asthmakranken Welpen. Patrice rief den Flughafen an.

»Wann geht der nächste Flug nach London« – er warf einen Blick auf das Navi – »nach sechs Uhr heute Abend? Danke. Könnten Sie mich bitte mit dem Ticketschalter verbinden?« Einige endlos lange Sekunden verstrichen. »Hallo? Können Sie mir sagen, ob für den Flug nach London um achtzehn Uhr fünfzig noch Plätze frei sind? Super. Einen Moment bitte.«

Er spähte zu Mags hinüber. Ihr Atem hatte sich zwar beruhigt, aber sie schwitzte; ihre Haut sah blass und wachsartig aus. »Ich nehme es. Ein Ticket auf den Namen Barkworth. Wenn ich jetzt gleich bezahle, kann sie es dann am Schalter abholen? Danke, Sie sind sehr freundlich.«

Er nannte seine Kreditkartennummer und legte auf. »Ich setze Sie am Terminal ab. Gehen Sie gleich zum Schalter von Virgin Atlantic. Dort liegt ein Ticket für Sie. Sie fliegen um sechs Uhr fünfzig ab.«

Mags schluckte. »Ich zahle es Ihnen zurück. Geben Sie mir Ihre Bankverbindung. Ich zahle es zurück, Patrice.«

»Darüber reden wir, wenn Sie mich anrufen. Sie haben ja meine Nummer und meine E-Mail-Adresse. Mags?«

Sie hob den Kopf.

»Muss ich zur Polizei gehen? Was ist passiert? Können Sie mir das sagen?«

Ein Schritt. Ein Schritt nach dem anderen.

Mags versuchte sich vorzustellen, sie beschriebe einen Film, nicht das wirkliche Leben. Das half. Sie erzählte Patrice von Tams jüngstem Bild, als wäre es die Tochter einer anderen, der

Bruder einer anderen und der Schwager einer anderen, die von einem Serienmörder verfolgt wurden.

Nachdem sie fertig war, schwieg er lange Zeit, während er sich den Nasenrücken hielt.

»Das ist doch Quatsch. Das wissen Sie, oder?« Er wartete nicht auf ihre Antwort. »Sie glauben, dass Tam eine Art telepathische Verbindung zu diesem Verrückten hat, richtig?«

Als er den Namen ihrer Tochter erwähnte, spürte Mags, wie ihr die Tränen kamen. Patrice schaute sie an, dann wieder auf die Straße.

»Atmen Sie weiter, Mags. Ich kann damit nicht zur Polizei gehen. Man würde mich auslachen.«

»Sie glauben mir nicht.«

»Das habe ich nicht gemeint. Alles, was ich weiß, alles, was ich gelernt habe, jede Geschichte, die ich recherchiert und geschrieben habe, sagt mir, dass ein Serienmörder in Amerika nicht mit einem elfjährigen Mädchen in London telepathisch kommunizieren kann.«

»Sie glauben mir nicht«, wiederholte sie.

»Ich will ehrlich zu Ihnen sein, Mags. Ich *will* Ihnen nicht glauben. Zum Teil, weil ich Reporter bin und alles nur auf Indizien beruht. Aber vor allem will ich Ihnen das, was in London vor sich geht, nicht glauben. Denn wenn das wahr ist, ist Ihre Familie in großer Gefahr. Und ich will nicht, dass dem so ist. Sie haben selbst erzählt, dass Sie psychische Probleme haben. Dass Sie schon früher Panikattacken hatten.«

»Also bin ich verrückt? Okay.«

»Noch mal, das habe ich nicht gesagt, Mags.«

»Das mussten Sie auch nicht.«

Schweigend erreichten sie den Flughafen. Mags war schon ausgestiegen und hatte ihren Koffer vom Rücksitz gezogen, bevor Patrice den Gurt gelöst hatte.

»Mags.«

149

Sie drehte sich um. Zerknirscht und mit dem Hut in der Hand versuchte sein Blick, ihr etwas mitzuteilen, was er nicht in Worte fassen konnte. Oder vielleicht war er einfach erleichtert, dass sie ging.

»Danke, Patrice«, sagte sie. »Danke, dass Sie mich hierhergebracht haben.«

Sie lief gerade durch das Terminal in Richtung Check-in-Schalter, als sie schnelle Schritte hinter sich hörte.

»Mags! Warten Sie.«

Sie wurde zwar langsamer, blieb aber nicht stehen. Patrice tauchte neben ihr auf und hielt mit ihr Schritt.

»Nur noch eine Frage. Das sind Sie mir schuldig, Mags.«

»Was ist los?«

»Sie sagten, Ihr Mann arbeitet als Genforscher in Boston. Wie heißt sein Unternehmen?«

Mit dieser Frage hatte Mags am wenigsten gerechnet. Sie war so überrascht, dass sie antwortete, ohne nachzudenken.

»EdgeGen Technology. Auf Wiedersehen, Mr Martino.«

***

Nachdem sie die Sicherheitskontrolle passiert hatte, kaufte Mags ein mobiles Telefonladegerät und schloss ihr Handy an. Ihr Flug wurde aufgerufen. Sie starrte alle zehn Sekunden auf ihr Telefon, aber es flackerte erst wieder auf, als sie ihren Sitzplatz erreichte. Diesmal in der Economyclass. Eingepfercht zwischen zwei Fremden. Sobald das Telefon hochgefahren war, rief sie Kit an.

Keine Antwort.

Das Flugzeug rollte auf die Startbahn. Eine Stewardess bat sie, das Telefon auszuschalten. Beim dritten Mal – Mags betete, dass Kit abnehmen würde – stellte sie sie vor die Wahl: Entweder das Telefon ausschalten, oder das Flugzeug dazu zwingen, umzudrehen und zum Flugsteig zurückzufahren, wo sie die Maschine verlassen und verhaftet werden würde. Mags schaltete das Handy unter dem entnervten Gemurmel ihrer Mitreisenden aus.

Die Triebwerke schwollen zu einem Schrei an. Das Flugzeug schlingerte vorwärts.

Acht Stunden und fünf Minuten, bis sie London erreichte.

Kapitel 23

Mit Anfang zwanzig hatte Mags einmal auf einer Party einen Joint geraucht, ohne zu wissen, dass er viel stärker war als das Gras, das sie Jahre zuvor in der Schuldisco ausprobiert hatte. Es war hydroponisch gewachsenes Cannabis gewesen und hatte sie zwanzig Minuten lang zum Gast in ihrem eigenen Körper gemacht. Sie erinnerte sich an die Panikwellen, während ein winziger Teil ihres Gehirns darauf beharrte, dass es vorbeigehen würde, dass sie es einfach bloß aushalten musste und bald wieder alles mit ihr in Ordnung sein würde.

Der Flug von Atlanta nach Heathrow war schlimmer als ein achtstündiger, durch Cannabis verursachter psychotischer Albtraum.

Als die Maschine auf ihre Reiseflughöhe von fünfunddreißigtausend Fuß stieg, wusste Mags, dass sie den Flug ohne einen Plan nicht überstehen würde. Wenn sie nicht aufpasste, könnten ihre Gedanken eine weitere schwere Panikattacke auslösen. Sollte das passieren, würde die Crew sie im besten Fall ruhigstellen oder aber den Flug umleiten, um sie in ein Krankenhaus zu bringen. Das konnte sie nicht zulassen.

In den Beuteln, die verteilt worden waren, befanden sich Ohrstöpsel und eine Augenmaske. Mags riss den Beutel auf, steckte sich die Ohrstöpsel in die Ohren und zog sich die Maske über die Augen. Nach einer Sekunde schob sie die Maske wieder hoch und drückte auf den Knopf über ihrem Kopf. Als die Stewardess auftauchte, wirkte ihr Lächeln nach dem Telefonzwischenfall ein wenig gezwungen. Mags sprach sehr überlegt und unterdrückte den Schrei, der aus ihr losbrechen wollte.

»Ich werde den ganzen Flug über schlafen. Bitte wecken Sie mich nicht, wenn Sie das Essen ausgeben.«

»Selbstverständlich, Ma'am.« Sie schien erleichtert.

Mags saß auf dem Mittelsitz einer Dreierreihe in der Mitte des Flugzeugs. Niemand musste über sie steigen, um zur Toilette zu gelangen. Sie war sich sicher, dass sie nicht schlafen würde. In der ersten Stunde tauchten unentwegt Bilder von Tam, Kit und David vor ihrem inneren Auge auf. Sie wünschte, sie hätte die Nachrichten über den Schlafzimmermörder nicht gelesen. Er hatte alle seine Opfer mit etwas ermordet, das die Polizei als ein selbst gemachtes Folterinstrument bezeichnete, vermutlich eine sehr starke, an Holzgriffen befestigte Angelschnur. Entweder näherte er sich seinen Opfern von hinten, schlang ihnen die Schnur um den Hals und zog sie dann zu, oder schob sie ihnen – wenn sie lagen – unter dem Nacken hindurch, während er rittlings auf ihnen saß und die Arme festhielt. Ein Schluchzen entwich Mags' gequältem Körper. Sie hustete ein paar Mal, damit ihre Nachbarn nicht misstrauisch wurden.

Sie fand keine Ruhe, aber das fehlende Licht zusammen mit dem monotonen Brummen der Motoren, das durch die Ohrstöpsel drang, führte zu einem seltsamen Dämmerzustand. Es war kein Schlaf, sondern eher eine Reihe von kurzen Erinnerungslücken, unterbrochen von furchtbaren Bildern und Angstschüben.

Als das Flugzeug endlich in den Sinkflug ging, nahm Mags die Maske ab und blinzelte. Es hätte sie nicht überrascht, wären die anderen Passagiere durch Dämonen ersetzt worden, das

Flugzeug verschwunden und ihre Umgebung von den tosenden, speienden Flammen der Hölle verdunkelt. Sie hatte jegliches Zeitgefühl verloren. Auf der linken Seite glitzerte durch eine geöffnete Verdunklung die Themse in der Morgensonne, die sich durch das Zentrum von London schlängelte. Sie fuhr sich über die Lippen. Sie waren trocken und rissig.

Die Frau rechts neben ihr – jung, rosa gefärbtes Haar, jedes Ohr mehrfach durchstochen – reichte ihr eine kleine Flasche Orangensaft. »Ich habe sie für Sie aufgehoben«, meinte sie. »Dachte, Sie könnten sie brauchen.«

Mags nahm die angebotene Flasche und brach in Tränen aus.

»Danke.« Sie trank sie leer, während die junge Frau zuschaute, ihre Miene eine Mischung aus Sympathie und Besorgnis, die Mags unter anderen Umständen vielleicht als amüsant empfunden hätte.

In dem Moment, als die Räder des Flugzeugs quietschten und auf dem Asphalt der Startbahn aufsetzten, schaltete Mags ihr Handy ein. Der alte Mann links neben ihr sah zu ihr hinüber. Er wollte gerade seiner Missbilligung lautstark Ausdruck verleihen, als er ihr in die Augen sah. Was auch immer er dort erkannte, brachte ihn dazu, den Mund so schnell zu schließen, dass es wie ein Klatschen klang. Sie beobachtete, wie das Handy hochfuhr und das Mobilfunksignal links oben in der Bildschirmecke erschien. Es vibrierte in ihrer Hand, als eine Nachricht einging. Sie hielt die Luft an, doch es war bloß eine Standardnachricht, die sie über die Kosten von Anrufen in Großbritannien informierte. Es gab keine weiteren Nachrichten. Sie rief Kit an. Das Telefon klingelte und klingelte. Sie wählte Davids Nummer. Der Anruf wurde gleich an die Mailbox weitergeleitet. Sie hatte drei Anrufe von der gleichen unbekannten Nummer verpasst.

Erst als sie den Zoll passiert hatte, zum Taxistand eilte und den Versuch aufgab, ihren Bruder anzurufen, kam ihr eine Idee.

Sie blieb stehen, schaute auf ihr Telefon und wollte es plötzlich nicht mehr tun. Aber sie musste es wissen. Mags rief auf ihrem Handy Google auf, tippte »Camden Lock« ein und drückte auf »News«.

Sie wartete.

MORD IN CAMDEN: POLIZEI SUCHT NACH ZEUGEN!

Sie scrollte nach unten. Das Polizeiband der britischen Polizei war blau-weiß, nicht knallgelb wie das ihrer amerikanischen Kollegen. Auf dem Foto, das erschien, war es vor dem Tor zu Aubrey Terrace 273 gespannt.

»Tam.« Ihre Knie versagten, und sie sackte zusammen. Ein Mann mit Turban eilte herbei und half ihr auf die Beine. »Geht es Ihnen gut? Brauchen Sie Hilfe?«

»Ich bin ausgerutscht. Nein, nein. Alles gut.« Sie musste dorthin, musste wissen, was passiert war.

»Brauchen Sie ein Taxi?« Der Mann bestand darauf, sie zu dem Wagen zu begleiten und zu warten, bis sie eingestiegen war.

Sie erinnerte sich nicht daran, dem Taxifahrer die Adresse genannt zu haben, musste aber etwas gesagt haben, denn er ließ den Motor an, fädelte sich in den Verkehr ein und fuhr in Richtung Norden von London.

***

Irgendetwas stimmt nicht. Ich sollte mich anders fühlen. Das ist nicht das, was ich erwartet habe. Ich bin nicht sicher, was ich als Nächstes tun soll.

Bisher war alles so klar gewesen. Durch die Träume war immer alles ganz klar. Ich bin wie Josef im Alten Testament. Er hatte Träume, die die Zukunft voraussagten. Nicht nur Josef.

Auch andere Propheten hatten Träume, die wahr wurden. Ich bin kein Prophet, aber ich weiß, dass das Universum mir zuhört. Die Träume sind ein weiteres Zeichen dafür, dass ich auserwählt bin. Ich muss versuchen, dieser Ehre gerecht zu werden. Aber diesmal habe ich versagt.

Die Träume begannen schon in Florida, in Ocala. In der Nacht, in der ich zum ersten Mal wusste, dass ich nicht allein war, dass jemand oder etwas über mich wachte. Damals wusste ich nicht, dass die Träume wichtig waren, ich erkannte sie nicht als das, was sie waren. Ich träume oft während meines zwei- oder dreiminütigen Minischlafs. Lebendige Träume. Merkwürdig. Manchmal beängstigend. Nicht diese neuen Träume. Diese sind wunderbar. Sie sind so real wie alles, was ich im Wachzustand wahrnehme.

In den Träumen bin ich wieder ein Kind. Aber nicht zu Hause in Florida. Ich sehe niemanden, den ich kenne, gehe an keinen Ort, den ich wiedererkenne. In der Schule sitze ich neben Kindern, die vielleicht zehn, elf Jahre alt sind. Sie tragen alle den gleichen dunkelblauen Pullover. Wenn ich auf meine Arme schaue, stelle ich fest, dass ich ihn auch trage. Die Lehrerin ist eine Frau. In den Träumen gibt es keine Geräusche, deshalb weiß ich nicht, was sie sagt. Wenn ich nach draußen schaue, sieht alles seltsam aus. Die Bäume, die Gebäude, sogar die Farbe des Himmels. Alles anders, alles falsch.

Die Träume sind jedes Mal anders, aber ihre Atmosphäre, ihr Beigeschmack sind immer gleich. Wenn ich nicht in der Schule bin, halte ich mich in einem Haus auf, das ich nicht kenne. Ich bin in einem Schlafzimmer mit einem Poster an der Wand, Bücherregalen und einem Notebook auf dem Schreibtisch. Es ist aufgeräumt. Außer in der Bibliothek habe ich noch nie so viele Bücher an einem Ort gesehen. Wer will schon so viel lesen?

Es ist der Traum nach der Wohnwagensiedlung, der mich in Bewegung setzt. Vielleicht waren die Zeichen schon vorher klar gewesen, aber ich wusste nicht, wie ich sie lesen sollte. Vielleicht ist dieses Gefühl des Versagens eine Strafe dafür, dass ich so langsam verstehe. Ich weiß es nicht. Aber zwei Dinge, die ich in meinem Traum sehe, schicken mich zum Flughafen. Zuerst schaue ich aus dem Fenster. Die Straße ist eng, Autos parken auf beiden Seiten. Erst als ich aufwache, erkenne ich, was nicht stimmt. Die Autos. Sie fahren auf der linken Straßenseite. Meine Träume passieren in einem anderen Land. Da erinnere ich mich an ein Poster in dem Schlafzimmer. Fünf farbige Ringe, 2012 in großen Ziffern. Ein Foto von einem dünnen schwarzen Kerl, der eine Goldmedaille küsst. Die Olympischen Spiele. Die Autos. London.

Ich fahre mit dem Bus zum Flughafen und bleibe dort, bis ich am Check-in-Schalter jemanden mit meiner Statur und meiner Haarfarbe sehe. Ich muss ihn nicht töten, sondern folge ihm nur auf die Toilette und ziehe seinen Pass aus seiner Tasche, als er sich die Hände abtrocknet. Manche Dinge sollen einfach so sein.

Es ist mein erster Langstreckenflug, und er ist anstrengend. Alle schlafen. Ich frage mich, ob ich vielleicht einigen von ihnen helfen kann. Verrückt. Ich würde sicher erwischt werden. Aber der Drang ist so stark, dass ich mir in die Unterarme kneife, um mich zu bremsen. Schon bald habe ich überall blaue Flecken.

Ich dachte, es würde einfacher werden, wenn ich erst einmal in England bin. Die Träume würden klarer werden, mir zeigen, wohin ich gehen soll. Aber das tun sie nicht. Am Anfang zumindest nicht. Ich kann mich nicht auf sie verlassen. Manchmal verstreichen zwei oder drei Tage ohne einen einzigen Traum. Manchmal träume ich viermal am Tag.

Wenn ich lerne, wie man das macht, könnte ich vielleicht auch träumen, während ich wach bin. Wenn man mich führt, muss ich lernen, wie man folgt.

Heute habe ich meine Ersparnisse überprüft. Es ist nicht mehr viel übrig. Aber die Zeichen werden immer deutlicher, und es existieren ständig mehr davon. Das Ende naht. Wenn ich meinen Teil dazu beitrage, werde ich Frieden finden.

Gestern dann ein neuer Traum. Diesmal erkenne ich den Namen einer Straße und eine Hausnummer. Ich kaufe eine Straßenkarte und gehe dorthin. Es ist ein schwieriger Ort, um sich umzusehen – es ist so viel los auf der Straße. Ich stehe auf der anderen Seite der Straße und beobachte das Haus so lange, wie ich mich traue. Es ist seltsam. Die Leute, die vorbeikommen, schauen mich nicht an. Es ist ihnen egal, was ich tue. Aber ich habe trotzdem das Gefühl, dass ich beobachtet werde. Das Gefühl ist hier stärker denn je.

Und während ich da stehe, weiß ich plötzlich, dass sie da drinnen ist, in diesem Haus. Es ist das erste Mal, dass ich mir über meine Mission im Klaren bin.

Nach London zu kommen war der richtige Schritt. Ich werde von einer unsichtbaren Hand geführt, und jemand hat mich genau zu diesem Ort geleitet.

Ich bin müde. Bald, sehr bald, werde ich Ruhe finden. Dann werde auch ich endlich schlafen.

Ich bin hier, weil eine Seele mich mehr als jede andere der Milliarden Menschen auf dieser Welt braucht. Ich weiß nicht, wie sie heißt, aber ich weiß, dass wir miteinander verbunden sind. Manchmal sind meine Träume ihre Träume.

Manchmal, wenn die Aufregung steigt, bevor ich mit meiner Arbeit beginne, ist sie bei mir wie ein Engel an meiner Seite.

Ich bin hier, um uns beide zu befreien.

Ein paar Stunden später kehre ich zu der Straße zurück und beobachte das Haus, aber meine Gewissheit ist verflogen. Nur ihr Geist bleibt zurück wie der Geruch von abgestandenem Bier am Morgen nach einer Party.

Vielleicht sollte ich besser noch warten.

Plötzlich sehe ich ein Licht im Haus aufleuchten, mein Magen zieht sich zusammen und ich begehe einen Fehler.

Ich laufe über die Straße, als sich zwischen den Autos eine Lücke auftut. Ich öffne das Tor. In meiner Tasche ist alles, was ich seit meiner Ankunft in London gekauft habe. Unterhose, Socken, Handtuch, Zahnbürste, Zahnpasta, Vorschlaghammer. Ich stelle sie vor der Tür ab.

Ich hebe den Vorschlaghammer hoch, ziele und schwinge, als wäre ich in meiner eigenen Olympiade.

Ich treffe mein Ziel, und der Hammer jagt das Schloss durch das Holz. Die Tür schwingt auf. Ich werfe einen prüfenden Blick auf die Straße, dann gehe ich hinein.

Die Treppe. Ich gehe nach oben. Das Gesicht eines Mannes taucht über mir auf. Er schreit »Hey!« und läuft weg.

Ich renne los. Er wird nicht klar denken, sondern in Panik geraten.

Als ich das obere Ende der Treppe erreiche, sehe ich ihn. Er hat ein Handy in der Hand. Er ist schnell. Ich greife in meine Tasche und ziehe das Instrument heraus. Ich habe die Holzgriffe eines Springseils dafür verwendet. Es fühlt sich anders in meinen Händen an.

Er läuft, aber ich bin schneller. Jetzt hat er mir den Rücken zugedreht, was es erleichtert. Ich mache einen Satz, als ich nahe genug dran bin, schlinge das Seil um seinen Hals und ziehe zu. Er tut das, was alle machen. Er greift mit den Händen nach der Schnur und versucht, sie zu lösen. Die Menschen denken nicht klar, wenn sie angegriffen werden. Sie sollten nach mir greifen, nicht nach dem Seil. Aber das tun sie nie; und diese wenigen Sekunden sind alles, was es braucht, um ihn zu schwächen.

Er fällt gegen eine Wand, geht in die Knie, wirbelt herum und landet mit dem Gesicht nach unten auf dem Boden. Er lässt schnell nach, die Füße klopfen gegen das harte Holz. Ich halte das Seil fest, bis ich mir sicher bin.

Angewidert rieche ich etwas. Er hat sich nass gemacht.

Ich löse die Schnur und ziehe sie aus seiner fleischigen Kehle. Er blutet. Ich habe zu viel Gewalt angewandt, aber ich wollte schnell sein. Die Träume haben mich nicht zu ihm geführt. Ich habe sein Gesicht gesehen, aber ich bin nicht seinetwegen hier. Ich suche nach jemand anderem. Vor mir liegt die Küche, links ein Flur mit zwei Türen. Die eine ist nur angelehnt und gibt den Blick auf ein Bad frei.

Die zweite Tür ist geschlossen. Das Schlafzimmer, nehme ich an. Ich habe dieses Haus in meinen Träumen gesehen. Er lebt nicht allein hier. Es müssen noch andere hier sein.

Ich drehe ihn um und schaue noch einmal nach. Er ist friedlich. »Jetzt kannst du schlafen«, flüstere ich.

Ich gehe zum Schlafzimmer.

KAPITEL 24

Das Taxi bog nach links in die Aubrey Terrace ein. Mags öffnete die Tür, noch bevor es stehen blieb. Als der Fahrer daraufhin zu schimpfen begann, wühlte sie in ihrer Handtasche und kramte nach Bargeld, fand aber nur Dollarnoten. Sie starrte auf ihre Kreditkarte und wusste nicht mehr, was sie als Nächstes tun sollte, bis ihr motorisches Gedächtnis die Oberhand gewann und sie die Karte in das Lesegerät steckte. Sie stieg aus, doch das Taxi rührte sich nicht von der Stelle. Der Fahrer hupte. Sie starrte verwirrt auf die offene Tür und zog schließlich ihren Koffer heraus. Als sie die Tür schloss, jagte das Taxi mit einem letzten langen Hupen davon.

Auf der anderen Straßenseite bewachte ein Polizist die eingeschlagene Eingangstür von Nummer 273. Sechs Meter Straße, drei Meter Einfahrt, ein Polizist und eine zerbrochene Tür lagen zwischen Mags und der Gewissheit, was passiert war. Mags rührte sich nicht. Sie konnte sich nicht bewegen.

Ihr Handy klingelte. Unbekannte Nummer. Sie presste das Telefon an ihr Ohr, sagte aber nichts.

»Mrs Barkworth? Margaret? Hier spricht Detective Inspector Harrison. Können Sie mich hören?«

Als Mags endlich ihre Sprache wiederfand, kam nur ein Wort über ihre Lippen. »Tam.«

»Ihre Tochter ist in Sicherheit, Mags. Sie ist in Sicherheit und unverletzt. Wo sind Sie?«

Mags wollte etwas erwidern, konnte es aber nicht. Tam war am Leben. Es ging ihr gut. Sie starrte auf das blau-weiße Band. Der junge Polizist vor der Tür strich über die Andeutung eines Schnurrbarts.

»Mrs Barkworth? Ich kann Sie zu Ihrer Tochter bringen. Wo sind Sie?« Kurze Pause. »Egal. Stehen Sie vor dem Haus?«

Verstört sah Mags auf. Eine Frauengestalt am oberen Fenster hob eine Hand. Mags tat es ihr automatisch nach. Da hörte sie wieder die Stimme in der Leitung.

»Bleiben Sie, wo Sie sind. Ich komme runter.«

Detective Inspector Harrison bestand darauf, dass Mags sie Hilary nannte. Als die Polizistin die Straße überquerte, fuhr ein Polizeiwagen vor. Hilary Harrison legte Mags' Koffer in den Kofferraum und Mags stieg hinten ein. Anstatt sich auf den Beifahrersitz zu setzen, öffnete Hilary die Fondtür, glitt hinein und nahm Mags' Hand. »Tam geht es gut, aber sie hat einen furchtbaren Schock erlitten. Ich fürchte, ich habe eine schlimme Nachricht für Sie.«

***

DREI TAGE SPÄTER

Ihr Family Liaison Officer – eine psychologisch geschulte Polizistin, die Verbrechensopfer und deren Angehörige betreute – hieß Florence. Sie besuchte sie heute zum vierten Mal seit Davids Ermordung. Bradley hatte sich entschuldigt und war sofort nach ihrer Ankunft in sein Büro verschwunden.

»Machen die Leute eigentlich Witze darüber?«, fragte Kit.

Florence hob die Augenbrauen. »Witze? Worüber?«

Sie war etwas älter, vielleicht Mitte fünfzig. Ihr graues Haar trug sie kurz geschnitten, und sie benutzte kein Make-up. Florences Miene war immer gleich: eine beunruhigende Mischung aus Mitgefühl und professioneller Distanz. Mags vermutete, dass sie zu ihrem Job gehörte. Florence bot ihren Beistand an und hielt sie über die polizeilichen Ermittlungen zu Davids Tod auf dem Laufenden.

»Ihr Name«, erklärte er. »Florence wird doch oft zu Flo abgekürzt. FLO. Family Liaison Officer. Machen die Leute Witze darüber?«

Florence blinzelte. »Oh, nein, eigentlich nicht.«

Mags schaute ihren Bruder an. Er gab sich zu viel Mühe, sein Timing war total daneben, seine Stimme war flach, sein Körper schwerfällig. Manchmal stand er einfach nur da, wenn Mags in ein Zimmer kam. Mehr als einmal hatte sie seinen Arm genommen und ihn in die Küche oder – wenn es mitten in der Nacht war – zurück ins Gästezimmer geführt, wo er seit Davids Ermordung schlief.

Florence trank ihren Tee leer. Sie tranken Tee, weil das die angemessene britische Reaktion auf einen gewaltsamen Tod in der Familie war.

Mags blickte sich in der Küche um. Uhr, Spüle, Kühlschrank, Tisch, Stuhl, Florence.

»Danke für den Tee.« Florence stand auf. »Sie haben ja meine Nummer. Wenn Sie noch Fragen haben, rufen Sie mich an.«

»Noch Fragen?« Kits Stimme klang emotionslos, als würde er eine Einkaufsliste vorlesen. »Nur das Übliche, Florence. Wer hat meinen Mann getötet? Warum sollte ihn jemand umbringen? Warum haben Sie diesen Irren, der das getan hat, in den letzten drei Tagen nicht gefunden? Mit den ganzen DNA-Beweisen und Überwachungskameras an jeder verdammten Ecke, warum haben Sie nicht einen verfluchten Hinweis darauf, wer dem einzigen Mann, den ich je geliebt habe, eine Schlinge um den Hals gelegt und ihn erwürgt hat? Meinen Sie solche Fragen, Florence?«

Die Polizistin nickte, ohne dass sich ihre Miene veränderte. Mags versuchte, sich einen anderen Gesichtsausdruck vorzustellen. Glücklich, enttäuscht, wütend, erregt. Es gelang ihr nicht.

»Sobald es irgendwelche Entwicklungen gibt, werde ich mich melden. Und wenn nicht ich selbst, dann einer meiner Kollegen. Das verspreche ich.«

Nur Autoritätspersonen oder junge Verkäufer, die beeindrucken wollten, benutzten in diesem Zusammenhang die Worte »ich selbst«. Als ob es eine andere Version gäbe, vielleicht eine bessere, hilfreichere Version. *Ich bin inkompetent und nicht vertrauenswürdig, aber* ich selbst *bin genau das Gegenteil. Dort sind Sie in sicheren Händen.*

Mags räumte die zusätzliche Tasse in die Spülmaschine und wandte sich an ihren Zwillingsbruder. Die Trauer hatte ihn nicht altern lassen. Eher das Gegenteil war der Fall. Er sah aus wie ein kleiner Junge.

Sie hatte versucht, mit ihm über Amerika zu sprechen, warum sie ihn angerufen und gewarnt hatte. Woher sie es gewusst hatte. Doch jedes Mal hatte ihr Bruder sie mit einer Handbewegung zum Schweigen gebracht oder war einfach weggegangen. Er konnte es nicht verarbeiten. Noch nicht. David war noch einmal in das Haus zurückgekehrt, um sein Notebook zu holen, und nicht mehr zurückgekommen. Mehr verkraftete Kit momentan nicht, und schon damit kam er kaum klar. Aber Mags wusste, dass sie reden mussten, und dass Bradley bei diesem Gespräch dabei sein musste.

Sie hatte Detective Inspector Harrison erklärt, dass der Mörder Amerikaner und in der vergangenen Woche nach London geflogen war, nachdem er zwei Menschen in einer Wohnwagensiedlung in Atlanta getötet hatte. Sie berichtete ihr von ihrer Reise und von Tams Bildern. Noch während sie das tat, wusste sie, wie verrückt das klang. Auch wenn das niemand laut aussprach. Detective Inspector Harrison schaltete das Aufnahmegerät an, stellte Fragen und machte sich Notizen. Aber als sie Mags am nächsten Tag einbestellten, führte eine junge Polizistin die Befragung durch und erkundigte sich gleich nach Mags' psychischer Gesundheit. Sie ging wieder nach Hause.

Wenigstens beobachteten sie das Haus. Da sie kein Motiv fanden, aber wussten, dass Davids Tod nicht die Folge eines missglückten Raubüberfalls war, schützten sie Kit, falls der Täter es in Wirklichkeit auf ihn abgesehen hatte. Zwei Beamte saßen in einem zivilen Auto vor dem Haus und Streifenpolizisten kontrollierten regelmäßig die umliegenden Straßen.

Tam war oben und las. Ihr Trauerprozess war der natürlichste und lautstärkste von allen. Mehrmals am Tag brach sie in Tränen aus und nachts kroch sie schluchzend wie ein Kleinkind, das sich das Knie aufgeschlagen hatte, unter Mags' Decke. Mags murmelte irgendetwas Beruhigendes, während sie ihr über das Haar strich, was ausreichte, damit sie wieder einschlief.

***

Mags beschrieb alles, von dem Moment an, als Kit das Foto in Amerika gesehen hatte, bis zu dem Telefonanruf, bei dem sie erkannte, dass Tam Davids Haus gezeichnet hatte.

Ihr Zwillingsbruder und ihr Mann hörten schweigend zu. Sie hatte sie gebeten, sie nicht zu unterbrechen. Kit sah sie durch einen Schleier aus Beruhigungsmitteln und Alkohol an. Manchmal wurde sein Blick unscharf und glitt durch den Raum, bevor Kit sich wieder auf die auf dem Tisch ausgebreiteten Zeichnungen konzentrierte. Bradley war das genaue Gegenteil: Er war so sehr mit dem beschäftigt, was sie sagte, dass es ihr irgendwann unangenehm wurde. Wie sie es sich gewünscht hatte, stellte er keine Fragen, sondern machte sich Notizen.

Sie hatte mit sämtlichen Reaktionen von Bradley gerechnet, aber nicht mit dieser. Es war sein Gesichtsausdruck, der sie verwirrte. Sie hatte Skepsis oder Enttäuschung erwartet, weil sie sich ihm nicht anvertraut hatte. Vielleicht sogar Mitleid, falls er ihre Geschichte nicht glaubte. Aber das hier? Das konnte sie nicht verstehen. Als sie erzählte, dass Tam Mordschauplätze gezeichnet hatte, hatte er sie so durchdringend angesehen, dass sie verstummte. Erst später erinnerte sich Mags daran, dass sie diesen Blick schon einmal gesehen hatte – beim ersten Ultraschall, als sie erfahren hatten, dass sie mit Zwillingen schwanger war.

Patrices Beteiligung spielte sie herunter, als sie lediglich erwähnte, ein Reporter habe sie nach Hinesville mitgenommen. Martinos Rolle änderte nichts an den wesentlichen Fakten.

Als sie fertig war, schenkte sie sich ein Glas Wein ein.

Kit nuschelte etwas, räusperte sich und versuchte es noch einmal. »Tam? Ist sie okay? Sie ist doch okay, oder?« In seinem flehenden Blick lag ein verzweifeltes Bedürfnis nach beruhigender Bestätigung.

»Es geht ihr gut, Kit. Sie ist okay.«

Kit goss sich erneut Wodka in sein Glas und verzichtete auf das Tonic Water.

Mags sagte nichts.

Zu ihrer Überraschung schloss Bradley sein Notizbuch, packte die Bilder zu einem Stapel zusammen und stand auf.

»Und jetzt?«, fragte Mags. Warum stellte er keine Fragen?

»Und jetzt?«, wiederholte er. »Du weißt schon, wie das alles klingt, oder? Der Polizei hast du dasselbe erzählt. Was haben sie gesagt?«

Mags trank einen Schluck Wein. Sie würde sich genau ein Glas gönnen. Sie wollte wachsam sein, wenn Tam sie brauchte, sehnte sich aber genauso sehr nach dem Vergessen wie Kit. »Sie halten mich für verrückt. Sie haben meinen Fall irgendeinem Jungspund zugewiesen. Die Theorie, dass ein amerikanischer Serienmörder nach London gereist ist, weil unsere Tochter Bilder von seinen Tatorten zeichnet …«

»Sei still. Das klingt verrückt, Mags. Aber ich weiß, dass du nicht verrückt bist. Nur verängstigt und verletzbar.«

Er nahm die Zeichnungen und wollte gehen.

»Wo willst du denn hin? Wir müssen über Tam reden. Was machen wir jetzt? Glaubst du mir? Wie können wir sonst erklären, was passiert ist? Ich brauche dich. Geh nicht einfach weg.«

Bradley blieb in der Tür stehen. »Ich scanne die Zeichnungen in den Computer ein und schicke sie Dad. Er hat hochrangige Kontakte. Wir werden herausfinden, was hier los ist. Glaubst du wirklich, dass Tam eine telepathische Verbindung zu einem Psychopathen in Atlanta hat?«

Er hatte sie als verängstigt und verletzbar beschrieben, benahm sich aber weder beruhigend noch fürsorglich.

»Hältst du es nicht für wahrscheinlicher, dass dieser Kranke Fotos auf irgendeiner Seite im Darknet veröffentlicht, bevor er Menschen umbringt, und Tam sie gefunden hat? Komm schon, Mags, hast du überhaupt gründlich darüber nachgedacht?«

Wieder vermied Mags, Patrice zu erwähnen. »Ja, natürlich. Ich bin nicht blöd, Bradley. Aber dann erklär mir doch, wie er uns gefunden hat, wenn es so war, wie du sagst? Der Mörder ist in London. Er suchte nicht nach David oder Kit, sondern nach

Tam. Sie war dort, bis ich gesagt habe, dass sie verschwinden sollten. Wenn David nicht zurückgegangen wäre ...«

»Hör dir doch mal selbst zu.« Bradley klang verärgert. Das heißt, seine Worte waren verärgert. Aber es war, als würde man einen wütenden Schauspieler in einem Film sehen, den man am Abend zuvor in einer romantischen Komödie erlebt hatte. Sie kaufte es ihm nicht ab.

Er zeigte mit dem Finger auf sie.

»Also gut, sagen wir, dieser Serienmörder postet im Darknet. Wenn er technisch begabt ist, könnte er die IP-Adressen von Personen zurückverfolgen, die seine Website besuchen. Vielleicht wählt er sich so seine Opfer aus. Hast du das bedacht?«

»Nein. Ich meine, ich vermute ...« Sie konnte nicht schnell genug denken, um einen Fehler in seiner Argumentation zu entdecken, aber es musste einen geben. Im nächsten Augenblick fand sie ihn. »Aber wenn du recht hast, warum ist er dann zu Kit und David gegangen? Die IP-Adresse hätte ihn zu uns geführt.«

Bradley schwieg einen Moment, während er darüber nachdachte. Schließlich signalisierte ein lebhaftes Kopfschütteln seine Ablehnung. »Du hast recht. Er wäre zuerst hierhergekommen. Aber ich vermute, dass Tam ihr Notebook mit zu Kit genommen hat.«

Mags spürte, wie ihre Haut kribbelte. Sie trank noch einen Schluck Wein. Er hatte recht. Er musste recht haben. Sie wollte, dass er recht hatte, weil die Alternative zu schrecklich wäre. Aber sie konnte sich nicht dazu durchringen, das zu akzeptieren. »Falls du recht hast, müssen wir das der Polizei melden«, sagte sie.

»Nein. Ich rufe Dad an. Wenn wir das der örtlichen Polizei melden, setzen sie irgendeinen unterbezahlten Computerfreak in einem Ausbildungsprogramm daran. Wenn sie uns ernst nehmen, müssen sie das FBI oder den Verfassungsschutz informieren. Dann müssen sie eine internationale Operation einrichten, Informationen austauschen und streng nach Vorschrift vorgehen. Wie lange wird das dauern? Nein, Mags. EdgeGen hat Verbindungen zur Regierung und zum Militär, und die sind uns etwas schuldig. Sollte dieser kranke Bastard eine Internetseite besitzen, werden sie sie finden und sie zu ihm zurückverfolgen. Und sobald wir einen Namen haben, können wir ihn ausmachen.«

Mags wusste, dass EdgeGen ein erfolgreiches und angesehenes Unternehmen war, aber der Einfluss, von dem Bradley sprach, ging weit über ihre Vorstellungen hinaus. Er hatte nie über seine Arbeit geredet und sich dauernd auf Geheimhaltungsvereinbarungen und Sicherheitsbedenken berufen, aber so etwas hatte sie nie vermutet.

»Wie …«, setzte sie an, hielt kurz inne, um sich auf eine Frage zu konzentrieren, bevor sie weitersprach. »Selbst wenn EdgeGen diese Verbindungen hat, was kann man noch unternehmen, was nicht schon getan wird? Die amerikanische Polizei, das FBI, all diese Behörden suchen doch schon nach dem Serienmörder, oder etwa nicht? Was kannst du tun, was sie nicht können?«

Bradley wedelte mit Tams Bildern. »Sie haben die hier nicht«, betonte er. »Ich werde alles tun, um diesen Bastard zu erledigen, damit wir nachts wieder schlafen können.« Er bemühte sich sichtlich, einen sanfteren Tonfall anzuschlagen. »Mags, ich weiß nicht, warum du nicht gleich damit zu mir gekommen bist. Es tut mir leid, dass du das Gefühl hattest, es nicht zu können. Aber darüber reden wir ein anderes Mal.« Er hielt für einen Moment ihrem Blick stand, küsste sie auf die Stirn und verschwand in den Keller.

Mags nahm die offene Weinflasche, stellte sie wieder hin, spülte ihr Glas aus und ging zu Bett.

Regelmäßige Blicke auf die Nachttischuhr unterbrachen eine unruhige Nacht allein im Doppelbett. Viertel nach zwölf, zwei Uhr vier, drei Uhr zehn. Es war Viertel vor vier, als Bradley ins Bett schlich und sie wieder in einen unruhigen Schlaf fiel.

KAPITEL 25

Mags wachte um fünf Uhr dreißig auf. Durch einen kleinen Spalt zwischen den Vorhängen hielt sie nach den Insassen in den Autos Ausschau, die draußen vor der Tür parkten. Sie wusste nicht, ob es an den Budgetbeschränkungen lag oder daran, dass die Polizei glaubte, die Bedrohung sei vorüber, aber ihr Schutz war verschwunden.

Sie sah nach Kit. Er trug eines von Davids Hemden und warf sich im Schlaf hin und her. Sie schloss die Tür und huschte in Tams Zimmer.

»Tam?«

Tam saß mit offenen Augen aufrecht im Bett, ihr Kopf bewegte sich von links nach rechts.

»Tam? Honey? Bist du wach?«

Keine Antwort. Mags erkannte denselben Ausdruck wie an dem Morgen, an dem Tam die Atlanta-Zeichnung gemalt hatte. Wenn so eine Absence-Epilepsie aussah, war das eine treffende Beschreibung. Tam war da und gleichzeitig auch nicht. Ihr Körper bewegte sich, ihr Blick wanderte umher, aber sie nahm nicht wahr, was vor ihr war.

Mags hatte Angst, sie zu stören, wollte sie jedoch nicht allein lassen. Also setzte sie sich hin und strich ihrer Tochter über das Haar. »Ich bin hier«, flüsterte sie.

Tam antwortete nicht.

Mags wiederholte ihre Worte. Diesmal sah Tam sie an, und Mags zuckte vor Schreck zusammen. Das war nicht ihre Tochter, das war eine Fremde.

»Mum?«

Der Moment verging, und Tam kehrte zurück.

Mags' Herz klopfte und sie brauchte eine Sekunde, um sich zu vergewissern, dass ihre Tochter wieder da war. Ob sich so eine Maus fühlte, wenn sie zu einem vorüberziehenden Schatten aufsah und eine geräuschlose Eule vom Himmel stürzte?

»Tam, es tut mir leid. Habe ich dich geweckt?«

Statt einer Antwort umarmte Tam ihre Mutter und flüsterte ihr leise ins Ohr. »Ich habe geträumt. Es war so anders, als wäre ich nicht hier, als wäre ich jemand anderes.« Sie zitterte.

»Es ist noch früh«, meinte Mags. »Alle anderen schlafen noch. Lust auf einen Toast mit Spiegelei?«

Tam straffte die Schultern und nickte. »Und wie!«

***

Meine ganze Existenz hat mich zu diesem Moment geführt. Mir tun die Leute leid, die durchs Leben wandern und glauben, alles wäre bloßer Zufall. Ich weiß es besser. Es gibt einen großen Plan, und einige von uns wissen um ihren Beitrag. Dafür bin ich dankbar.

Als Kind war ich wütend. Wütend, dass mein Vater uns vor meiner Geburt verlassen hat. Wütend, dass meine Mutter nicht fürs Muttersein geschaffen war. Und wütend, dass sie die ganze Zeit krank war. Als ich älter wurde, lernte ich, jeden um mich herum – die sogenannten normalen Menschen – nicht zu mögen. Menschen, die die Hälfte ihres Lebens schlafend verbringen. Ich versuchte, mich nicht über meinen Zustand zu ärgern und zu akzeptieren, dass ich nie einen erholsamen Schlaf erleben würde. Aber er beeinflusste alles.

In der Schule behaupteten sie, ich hätte Lernschwierigkeiten. Das hatte jedenfalls die Lehrerin zu Mom gesagt. Die Kinder benutzten ein anderes Wort. Sie meinten, ich sei zurückgeblieben. Sie ließen mich nicht mitspielen und luden mich nicht zu ihren Partys ein. Also hasste ich sie. Ich war nicht dumm, ich war nur ständig müde. Und sie wussten einfach gar nichts.

Meine Mutter ging zwar nicht in die Kirche, aber sie hatte eine Bibel und sah sich Predigten über das Höllenfeuer im Fernsehen an. Ich las die Bibel, weil alle Leute im Fernsehen – die Politiker, die Schauspieler bei der Oscar-Verleihung, sogar der Präsident – daraus zitierten und daran glaubten. Sie dankten Gott für ihren Erfolg. Ich war mir nicht sicher, wofür ich Gott danken sollte.

Ich versuchte, in den Nachschlagewerken der Bibliothek mehr darüber herauszufinden, was mit mir los war. Als ich älter wurde, recherchierte ich im Internet. Es gab zwar andere Menschen, die mit Schlafproblemen zu kämpfen hatten, aber nur wenige wie mich. Mom sagte, ich hätte als Baby nie länger als ein paar Minuten am Stück geschlafen. Daran änderte sich auch nichts, als ich älter wurde.

Mit Mitte zwanzig stieß ich in einem Forum für Menschen, die an Schlafentzug litten, auf einen Aufruf, in dem Freiwillige gesucht wurden. Eine Forschungsfirma, die gutes Geld für Medikamentenstudien anbot. Auf ihrer Website waren Bedingungen aufgeführt, die Kandidaten für ihr Programm erfüllen mussten – unter anderem Schlafstörungen.

Ich rief die Nummer an und fragte nach der Bezahlung. Für die Studie wurde mehr bezahlt, als ich in drei Monaten an der Tankstelle verdiente, also packte ich meine Sachen und fuhr in Richtung Norden.

Anfangs waren wir mehr als dreißig Leute. Wir trafen uns im Konferenzraum eines Hotels. Die Ärzte erzählten uns von neuen Medikamenten, wir unterschrieben Verträge, blieben über das Wochenende, gaben Blutproben ab und füllten Formulare aus. Am Sonntag sollten alle wieder nach Hause fahren.

Am späten Samstagabend klopfte einer der Ärzte an die Tür meines Hotelzimmers. Er fragte nach meinen Schlafproblemen, aber ich wusste, dass ihn meine Antworten nicht interessierten. Er wollte auf etwas Bestimmtes hinaus. Schließlich wollte er wissen, ob ich ein schwerwiegenderes Verfahren in Betracht ziehen würde. Eine Operation. Experimentell zwar, aber sie könnte meine Krankheit heilen. Es gab Risiken. Er nannte mir eine Summe. Ich rechnete das Ganze durch und stellte fest, dass ich dann ein paar Jahre nicht arbeiten müsste. Bevor ich unterschrieb, fragte er nach meiner Familie und meinen Freunden. Ich erklärte ihm, dass meine Mutter dabei sei, sich zu Tode zu trinken, und Freunde hätte ich nie gehabt. Ich unterzeichnete.

Am nächsten Tag holten sie mich mit einem privaten Krankentransport ab und betäubten mich auf dem Weg ins Krankenhaus.

Die Zeit verging. Ich weiß nicht, wie lange. Das ist wohl ein Nebeneffekt, wenn man nie normal schläft. Ich kann nicht sagen, wie lange ich bewusstlos war. Als ich aufwachte, fragte mich derselbe Arzt, wie ich mich fühlte. Ich erinnere mich, dass ich den Verband an der rasierten Stelle meines Kopfes berührte. Statt Haare hatte ich auf dieser Seite nur raue Stoppeln. Nachdem ich ein Leben lang nicht geschlafen hatte, war ich über einen Tag lang bewusstlos gewesen. Aber es war nicht dasselbe. Ich war nicht erholt. Ich empfand nicht den Frieden, den ich mir erhofft hatte.

Sie stellten mir eine kleine Wohnung zur Verfügung. Ich bin mir sicher, dass sie mich beobachteten. Der Arzt kam jeden

Tag vorbei, führte Tests durch und wollte wissen, wie ich schlief. Er bat mich um Geduld und meinte, es würde Zeit brauchen. Er hatte immer eine Liste mit Fragen. Einige davon waren echt seltsam. Er fragte nach Träumen und ob ich jemals Tagträume oder Visionen hätte.

Wochen später beschloss ich eines Tages, dass alles umsonst gewesen war. Die Operation hatte mir nichts gebracht außer der Narbe am Kopf. Ich hatte meinen Tiefpunkt erreicht und überlegte, wie ich meinem Leben ein Ende setzen könnte.

An diesem Morgen kniete ich nieder und betete. Ich hatte mich nie einer Religion zugehörig gefühlt wie meine Mutter, aber es schien mir das Richtige zu sein, wo ich doch im Begriff war zu sterben. Und da geschah es. Am Fußende des Bettes, während ich die Hände gefaltet hielt und mein linkes Auge zuckte. Das tat es manchmal. Ich murmelte Worte und Sätze aus der Bibel, die mir gerade einfielen. Meine Gebete waren kühl und mechanisch. Ich schätze, das sind sie bei vielen Menschen – zumindest meistens. Ich dachte, niemand höre zu. Aber jemand tat es.

Ich hörte keine Stimme, sah kein gleißendes Licht. Nichts dergleichen. Es war eher etwas, das sich in meinem Kopf entfaltete. Vielleicht eine Blume. Blütenblätter öffneten sich und suchten nach der Sonne.

Die Worte, die ich gebetet hatte, blieben mir während dieser Entfaltung im Gedächtnis haften, dieses neue Gefühl einer anderen Präsenz. Ich wiederholte die Worte, und nun hatten sie eine Bedeutung. *Der Friede des Herrn. Der Friede des Herrn sei mit euch.*

Ich dachte an das Geld, aber nur für eine Sekunde. Ich hatte alles gespart, da sie mir Essen gaben und ich für die Wohnung keine Miete zahlte. Die Typen aus der Forschung konnten den Rest ihres Geldes behalten. Ihre Operation hatte nicht funktioniert, also schuldete ich ihnen nichts.

Ich packte meine wenigen Habseligkeiten zusammen, verließ die Wohnung und nahm den ersten Bus, ohne zu wissen, wohin er fuhr. Als ich die Gesichter um mich herum sah, auf der Straße, am Busbahnhof, sah ich Schmerz. Ich sah Erschöpfung. Sie brauchten Ruhe, genau wie ich. Den Frieden des Herrn. Und ich konnte ihnen diesen Frieden bringen.

Der Bus fuhr in Richtung Süden. Zwei Tage später war ich wieder in Florida. Während ich näher kam, machte ich Pläne. Man hatte mir eine Mission gegeben; nichts würde mich von meinem Weg abbringen.

Seitdem folgte ich ihr durch die Vereinigten Staaten und schließlich über den Atlantik.

Sie endet hier.

Ich stehe in London auf dem Bürgersteig, und das Blut pulsiert in meinen Adern. Ich wurde von diesem Ort angezogen wie ein Fisch am Haken.

Der Himmel wird heller. Diese Stadt erwacht früh. Ich fühle, wie die andere Präsenz in meinem Geist aufblüht. Sie ist nicht schwach. Das Gefühl brennt in mir. Gleich werde ich einen Engel treffen. Sie ist hier, die Zeit ist gekommen. Kein Planen mehr. Kein Warten mehr.

Ich lächle, verlasse den Bürgersteig und bewege mich auf das Haus zu.

Was als Nächstes passiert, ist zum Lachen komisch. Oder wäre es, wenn es mich nicht fast getötet hätte.

Ich schaue nach links, als ich auf die Straße trete. Wenn man mit einer Schlafstörung aufwächst, lernt man, beim Überqueren einer Straße vorsichtig zu sein.

Aber ich vergesse, dass ich im falschen Land bin.

Der Lieferwagen bremst, bevor er mich erwischt, die Reifen quietschen, aber es ist zu spät. Alle sagen, dass die Zeit in einer solchen Situation plötzlich ganz langsam verrinnt. Bei mir ist es nicht so. Für mich sind es zwei Schmerzexplosionen, eine gleich nach der anderen.

Peng. Der Transporter trifft mich an der Hüfte. Sie zersplittert eine Sekunde, bevor mein Körper sich dreht und meine Brust in die Windschutzscheibe knallt.

Peng. Ich liege auf dem Boden. Mein Arm klatscht auf die Straße. Das Geräusch erinnert an eine Luftpolsterfolie, die man zum Platzen bringt. Mein Schädel leuchtet rot auf, ich spüre etwas Flüssiges. Schmerzhafte Nadelstiche. Irgendetwas gibt ein paar Zentimeter unter der Narbe meiner Operation nach.

Ich bin immer noch bei Bewusstsein, als ich sie sehe.

Die Frau ist als Erste bei mir. Ich erkenne sie, aber ich kann nicht sprechen. Ich kann nicht einmal meine Augen bewegen, um sie anzuschauen. Hinter der Frau steht eine kleinere Person. Sie ist es. Ich bin den ganzen Weg hierhergekommen. Tausende von Meilen, und da steht sie, nur ein paar Meter entfernt. Ich kann mich nicht bewegen. Etwas dämpft mein Gehör, alles ist wirr.

Nicht sterben. Ich klammere mich an diesen Gedanken, an diesen Glauben, an diesen Schwur fest.

Nicht sterben, nicht sterben, nicht sterben.

Als ich ohnmächtig werde, ist es nicht wie im Film. Der Himmel senkt sich nicht, es gibt keinen dunklen Tunnel. Mein Blickfeld verschwindet nicht, ich sehe keine Schwärze, die von der Seite eindringt.

Ich bin nur eine Sekunde lang da. Dann bin ich weg.

Kapitel 26

Tams Schrei und der furchtbare Schlag, den es gab, als der Lieferwagen den Fußgänger draußen auf der Straße erwischte, erklangen exakt zur gleichen Zeit. Elf Jahre Therapie hatten Mags jedoch gelehrt, ihre eigenen Denkprozesse zu hinterfragen und ihre Schlussfolgerungen infrage zu stellen, und so setzte sie die Tatsachen im Geiste neu zusammen, damit sie einen Sinn ergaben. Der Unfall musste zuerst passiert sein, bevor Tams Schrei im Bruchteil einer Sekunde später erfolgte.

Mags war als Erste auf der Straße. Der Fahrer des Lieferwagens – ein junger Mann mit schwachem Bartwuchs und Dreadlocks – war gerade erst aus dem Fahrzeug gestiegen. Er zitterte und konnte kaum zu dem auf dem Boden liegenden Mann sehen.

Mags übernahm das Kommando. »Setzen Sie sich hin.« Sie deutete auf den Bordstein, und der junge Fahrer tat, was sie sagte, legte den Kopf in die Hände und stöhnte.

Zuerst dachte Mags, der Mann wäre tot. Sein Körper war seltsam verdreht, die zerrissene Jeans blutverschmiert. Ein Arm zeigte in die falsche Richtung und direkt unterhalb des Ellenbogens ragte ein Stück Knochen hervor. Außerdem hatte er eine Kopfwunde. Mags konnte nicht sagen, wie schlimm es war, aber das Blut rann aus dem Hinterkopf, durchtränkte sein Haar und glitzerte wie ein Ölfleck in der Morgensonne.

Als sie näher trat, erkannte sie, dass sich seine Brust bewegte. Er atmete. Als er ausatmete, trat eine blutige Blase aus dem Mundwinkel, und sie musste wegschauen, als sie seine zerstörte Wange sah. Doch schließlich war ihr Mitgefühl stärker als ihre Empfindlichkeit. Sie sah wieder hin und kniete sich vor ihn.

Der Mann konzentrierte sich auf etwas hinter ihr. In seiner Miene lag eine seltsame Intensität, sein Blick war angespannt, als er sich an den letzten Fetzen Bewusstsein klammerte. Mags schaute über die Schulter zurück.

Tam stand hinter ihr. Mitten auf der Straße. Regungslos starrte sie auf den verletzten Mann.

»Geh und weck Dad auf«, rief Mags ihr zu. »Sag ihm, er soll einen Krankenwagen rufen. Und dann bringst du mir eine Decke. Tam!«

Zuerst war sie sich nicht sicher, ob Tam sie gehört hatte. Ihre Tochter starrte noch immer den Mann an. Doch dann blinzelte sie, sah kurz zu Mags und rannte zurück zum Haus.

Mags drehte sich wieder um. Die Augen des Mannes waren nun geschlossen. Er atmete noch. Jeder Atemzug wurde von einem schwachen Glucksen begleitet, wie der Wassertank auf dem Dachboden, wenn sie badete. In dieser Situation war es jedoch ein furchtbares Geräusch. Mags befürchtete, dass sich seine Lungen mit Blut füllen könnten. Neben den offensichtlichen Knochenbrüchen und Schnittwunden hatte er sich vermutlich auch innere Verletzungen zugezogen.

Sie beugte sich hinunter und ging näher an sein Gesicht heran. Er roch nach einer Mischung aus billigem Shampoo und dem stechenden, eisernen Geruch von frischem Blut. »Wir haben einen Krankenwagen gerufen. Alles wird gut. Bitte. Ich weiß nicht, ob Sie mich hören können, aber falls ja, ich heiße Mags. Sie sind nicht allein. Man wird sich um Sie kümmern.

Das Krankenhaus ist ganz in der Nähe, und dort wird man Ihnen helfen.«

Das gurgelnde Geräusch wurde stärker, und an den Stellen, an denen sie nicht blutbeschmiert waren, nahmen seine Lippen eine bläuliche Färbung an. Mags fand eine Stelle an seinem Kopf, die unverletzt war, und strich ihm über das Haar. Dabei bemerkte sie eine alte Narbe. Sie konnte den Wulst fühlen.

Tam brachte die Decke und Mags deckte den Mann zu.

»Ist er ...?«

»Er atmet noch. Ist der Rettungswagen unterwegs?«

Als hätten ihre Worte ihn heraufbeschworen, hörte sie in der Ferne eine Sirene, die ein Dutzend Spatzen in der Hecke vor Nummer achtundzwanzig aufschreckte. In den Fenstern auf der gegenüberliegenden Seite spiegelte sich das Blaulicht wider und kurz darauf tauchte der Krankenwagen auf.

Als die Sanitäter erschienen, stand sie auf und ließ sie ihre Arbeit tun.

Bradley kam aus dem Haus. Während Mags Fragen beantwortete und einen Sanitäter zu dem Fahrer des Lieferwagens schickte, der nach wie vor unter Schock stand, legte ihr Mann einen Arm um ihre Schulter. Eine Sanitäterin drückte ihren Kopf flach auf die Straße, um die Kopfverletzung des Mannes zu untersuchen. Plötzlich presste Bradley die Hand so fest auf Mags' Schulter zusammen, dass sie aufschrie und sich umdrehte.

Sie sah ihn an. Seine Miene war versteinert. »Was ist los?«

Er sagte nichts, starrte auf den verletzten Mann und die furchtbaren roten Spritzer, die überall auf der Straße verteilt waren.

»Bradley, was ist los?«

Er wandte sich von dem Mann ab und legte die Hände auf die Knie. »Oh«, murmelte er.

Mags führte ihn in Richtung Haus, drehte sich aber noch einmal zu den Sanitätern um. »Ist es okay, wenn ich ...«

»Natürlich. Ein Kollege wird sich gleich bei Ihnen melden, um Ihre Personalien aufzunehmen.«

In der Küche machte sie Bradley eine Tasse Tee mit drei Stück Zucker. Ihre Mutter hatte immer darauf beharrt, dass süßer Tee in einer Krisensituation unverzichtbar sei.

Bradley verzog das Gesicht, trank ihn aber.

»Du bist der letzte Mensch, von dem ich erwartet hätte, dass er zimperlich ist«, wunderte sie sich. »In deinem Beruf, meine ich. In der Genetik. Und bei deinem Medizinstudium.«

»Das ist einer der vielen Gründe, warum ich diesen Beruf nie ausgeübt habe«, erklärte er. »Im Labor sehe ich Blut lediglich auf einem Objektträger. Das kann man wohl kaum vergleichen, oder?«

Nachdem Bradley seine Fassung wiedererlangt hatte, zog er sich in sein Büro zurück. Eine Stunde später tauchte er wieder auf, nahm die Autoschlüssel und griff nach seiner Jacke, die über der Stuhllehne hing.

An der Tür hielt Mags ihn auf. »Wo willst du denn hin? Was hat dein Dad gesagt? Rede mit mir.«

Bradley legte eine Hand auf ihren Arm. »Wir haben ihn aufgespürt.«

»Was? Ihr habt ihn aufgespürt? Wer ist der Mann? Hast du die Polizei informiert? Wurde er bereits verhaftet?«

»Ich habe dir doch erklärt, dass wir uns darum kümmern und unsere Kontakte uns helfen werden. Und das haben sie getan. Mehr kann ich dir nicht sagen.«

Er öffnete die Tür, doch Mags schlug sie mit der flachen Hand wieder zu. »Einen Teufel kannst du! Sag mir endlich, was hier vor sich geht, Bradley.«

»Ich kann nicht. Offiziell habe ich Dad nie gebeten, unsere Geschäftskontakte zu nutzen. Ich weiß selbst nicht alles. Vertrau mir und lass mich überprüfen, was ich überprüfen muss. Wenn ich recht habe, ist Tam in Sicherheit. Und jetzt lass mich gehen.«

»In Sicherheit? In Sicherheit? Wie kannst du das behaupten? Wie kannst du wissen, dass sie in Sicherheit ist? David ist tot, Bradley. Ermordet von einem Mann, der in Amerika mindestens zehn Menschen getötet hat. Wie kann irgendwer vor ihm in Sicherheit sein, wenn er nicht eingesperrt wurde?«

»Das versuche ich dir doch zu erklären.«

Mags spürte, wie ihre Kräfte schwanden und die Schultern sanken. »Wurde er verhaftet?«

»Sofern die Informationen stimmen, ist er auf dem Weg zurück nach Amerika. Sie werden ihn festnehmen, bevor er aus dem Flugzeug steigt.«

Bradley spielte wieder den selbstbewussten Mann, der jeder Situation gewachsen war und sich um alles kümmerte. Das kannte Mags nur zu gut. Mit Ende zwanzig hatte sie das attraktiv gefunden. Heute war sie fast vierzig und fragte sich oft, ob das manchmal nicht bloß Show war. Also überprüfte sie die Theorie.

»Ich habe einen Google-Alarm eingerichtet und freue mich schon auf die Nachricht, wenn sie ihn haben.«

»Oh.«

Oh?

Bradleys Hand lag auf dem Griff. »Das wird nicht passieren, Mags. Es gibt nicht genügend Beweise für einen Haftbefehl, aber bestimmte Antiterrorgesetze lassen sich etwas flexibler auslegen, damit der Verfassungsschutz ihn festsetzen kann. Streng genommen ist das nicht legal, weshalb nicht darüber berichtet wird. Tut mir leid, Mags. Aber er wird eingesperrt werden. Das ist die Hauptsache. Wir können uns wieder entspannen.«

Dann ging er ohne ein weiteres Wort, und Mags kehrte in die Küche zurück. Tam setzte gerade den Teekessel auf.

»Gibt es etwas Neues über den armen Mann, Mum? Wird er wieder gesund?«

»Ich rufe später im Krankenhaus an und frage nach.«

Mags setzte sich, und während Tam in der Küche herum-wirbelte, brachte Kit etwas zustande, das fast wie ein Lächeln aussah. Sie lächelte zurück, aber ihre Gedanken waren woanders.

Sie war sich nicht sicher, ob sie auch nur ein Wort von dem glaubte, was Bradley ihr erzählt hatte.

KAPITEL 27

Für eine ganze Weile ist alles einfach falsch.

Ich wache langsam auf. Das ist eine neue Erfahrung für mich, weil ich normalerweise ein paar Minuten nach dem Einschlafen wieder aufwache. Wenn der Schlaf ein Ozean ist, dann schwimme ich mein Leben lang an der Oberfläche herum und tauche nur selten mit dem Kopf unter Wasser. Während des Eingriffs hatte mich die Narkose untertauchen lassen. Aber das hier ... es ist, als hätte man mich in einem dieser kleinen U-Boote, die man ständig in Dokumentationen sieht, auf den Meeresboden geschickt. Auf den Grund des Ozeans, wo es kein Licht gibt und die Fische mit ihren leuchtenden Augen und den riesigen Reißzähnen der reinste Albtraum sind.

Sie bugsierten mich also in mein U-Boot und schickten mich immer tiefer nach unten. Dort ließen sie mich zurück, allein mit den Albtraumfischen. Für Tage, Wochen, Monate.

Als ich aufwache, liege ich in einem Krankenhausbett, und ich weiß nicht, warum. Ich kann mich nicht erinnern. Nicht sofort. Ich weiß nicht, in welcher Stadt ich bin oder in welchem Land. An meinen Namen erinnere ich mich, aber er hat zunächst keine Bedeutung. Die Idee eines Namens verwirrt mich. Ich starre auf das Glas Wasser auf dem Tisch neben mir. Ich weiß, dass das Wort »Wasser« die farblose Flüssigkeit beschreibt, und

»Glas« bedeutet das Gefäß drumherum. »Glas« ist auch das Material, aus dem das Oberlicht über mir besteht. Ich weiß auch, was ein Oberlicht ist. Aber mein Name wird mir ohne eine Definition geliefert. Ich bin von meiner Einzelexpedition in die Tiefe zurückgekehrt, und sie haben mich in diesem Sack aus Haut und Knochen festgenäht.

Ich weiß genug, um den Mund zu halten. Ich erinnere mich, dass ich Geheimnisse habe, aber nicht, welche es sind.

Gedanken tauchen zusammen mit Bildern in meinem Kopf auf. Einige sind verschwommen, vernebelt, undeutlich. Andere sind lebhafter, mit Ecken und Kanten, Anfängen und Enden. Allmählich begreife ich, dass diese real sind. Das sind Erinnerungen. Manche sind brutal, manche haben mit dem Tod zu tun. Das sind meine Lieblingserinnerungen.

Als der Arzt zum ersten Mal mit mir spricht – oder zumindest ist es das erste Mal, dass ich mich an seine Worte erinnere –, erklärt er mir, dass es lange Zeit dauern wird, bis ich wieder gesund würde. Ich müsste sämtliche Einzelteile meines Ichs erst neu zusammenfügen. Als ich ihn einfach nur anstarre, meint er, meine Gedanken seien wie ein Puzzle, das ich zusammensetzen müsse, ohne dass mir eine Vorlage dabei hilft.

Doch es ist nicht wie ein Puzzle. Selbst ohne Vorlage hätte ich wenigstens alle Teile des Puzzles beisammen und könnte versuchen, sie zusammenzusetzen, bis sie das richtige Bild ergeben. Nein. Das hier ist eher so, als würde man in einem dunklen Raum von der Größe eines Fußballstadions herumlaufen. Ich stolpere durch diesen Raum, stoße hier und da auf einen Teil von mir, sauge ihn auf und gehe weiter. Jedes Mal, wenn ich einen neuen Teil aufnehme, wird es etwas einfacher, den nächsten zu finden, und langsam nehme ich Gestalt an. Langsam.

Neben den Krankenschwestern gibt es zwei Ärzte – einen Amerikaner und einen Briten. Der Brite beantwortet Fragen, der Amerikaner stellt sie.

Der Brite – Dr. Stokely – erzählt mir, dass sie mich siebzehn Wochen lang in ein künstliches Koma versetzt hatten. In den ersten achtundvierzig Stunden hätten sie mich einige Male fast verloren. Hätten sie mich nicht in diese Privatklinik verlegt, wäre ich tot. Ich frage mich, wer das bezahlt. Nichts ist umsonst. So viel weiß ich noch. Er berichtet, dass die langsam heilenden Löcher an meinem linken Bein von den Nägeln stammen, die die Knochen in den ersten sechs Wochen an ihrem Platz gehalten hatten. Er zeigt mir ein Foto. Dass es mein Bein ist, erkenne ich nur an der alten Narbe am Knie. Auf dem Bild ist ein Fahrradreifen zu sehen, dessen Speichen in mein Fleisch stechen. Stokely sagt, das nennt man eine äußere Fixierung. Sie benutzten sie, weil mein linkes Bein an vier Stellen oberhalb des Knies gebrochen war. Über der Fixierung befindet sich eine frische Narbe, dort, wo sie mir meine neue Plastikhüfte eingepflanzt haben. Mein linker Arm war noch öfters gebrochen als das Bein. Ich schaffe es kaum, ihn von der Decke hochzuheben.

»Die schmerzhafteste Phase der Heilung fand statt, als wir Sie schlafen ließen. Die Krankenschwestern entfernten dreimal täglich die Schrauben im Fixateur und spülten die Wunden mit Wasserstoffperoxid aus, was ein wenig unangenehm sein kann, wie man mir sagte.«

Ich frage mich, wie Stokely den Begriff »unangenehm« definiert. Dieses Wort benutzte er auch, um zu beschreiben, wie ich mich fühlen könnte, wenn Schwester Ratched meine Beine bewegte, um das zu verhindern, was er »Beugekontrakturen« nannte. Ich schrie und wurde beim ersten Mal ohnmächtig. Ja, klar, unangenehm.

Ich studiere Stokelys Gesicht, während er redet. Seine Augen sind dunkel und er gähnt. Er ist müde. Ein Gedanke huscht durch mein Bewusstsein. Ich stelle mir Stokely vor, wie er auf dem Rücken liegt und seine Augen hervorquellen, während das Licht in ihnen erlischt.

Mein Gesicht fühlt sich anders an. Eines Morgens bringen sie mir einen Spiegel, und ich stelle fest, dass es auch anders aussieht. Sie haben meinen Wangenknochen geflickt und die linke Gesichtshälfte wiederhergestellt. Ich denke, es ist ziemlich gut geworden, aber es sieht nicht nach mir aus. Schwester Ratched hält mir den Spiegel vor, damit ich mich begutachten kann. Das ist nicht ihr richtiger Name, aber ich habe einmal einen Film mit einer Krankenschwester gesehen, die ich nicht mochte, also nenne ich sie so. Es ist ihr sowieso egal. Ich glaube, Ratched erwartete eine stärkere Reaktion von mir, als ich mein Spiegelbild zum ersten Mal sehe. Sie merkt nicht, dass es keine Rolle spielt, wie ich aussehe. Ich erinnere mich an genug, um zu wissen, dass ich ein Instrument des Universums bin. Die Tatsache, dass Gott mich nicht zu sich genommen hat, dass ich weiterhin hier bin, beweist, dass meine Arbeit noch nicht beendet ist.

Ich wünschte, ich wüsste, wie ich meine Arbeit tun soll. Ich weiß nicht mehr, was meine Arbeit ist, aber ich weiß, dass ich kurz davorstand, sie zu Ende zu bringen. Ganz kurz davor. Dieser Gedanke treibt mir Tränen in die Augen.

Schwester Ratched bemerkt es und tupft mit einem Taschentuch in meinem Gesicht herum. Sie zeigt keine Emotionen, aber ich glaube, sie genießt es. Sie erinnert mich an Mom.

Ich bitte sie, den Spiegel seitlich zu halten.

Ich neige den Kopf nach links und mustere den Spiegel mit dem rechten Auge. Mein linkes Auge ist näher an der Nase als früher. Die Haut darunter glänzt rosa. Das Auge funktioniert noch, allerdings nicht so gut. Ich kann nur wenige Details erkennen, kaum mehr als Licht und Schatten. Ich versuche, die Rückseite meines Schädels zu betrachten, aber dafür brauche ich zwei Spiegel. Schwester Ratched werde ich nicht fragen.

Stokely wird es mir zeigen. Es ist schließlich seine Arbeit, die ich bewundern möchte.

Die Kopfverletzung war ziemlich heftig. Als man mich aus dem örtlichen Krankenhaus holte und hierher brachte, wurde ich direkt operiert. Stokely sagt, ich sei sein größter Triumph. Elf Stunden lang habe er meinen Schädel aufgebohrt, in seinem Inneren herumgefischt und Knochenfragmente aus meinem Gehirn geangelt. Schäden repariert, wo es möglich war. Stokely spricht gern über den Eingriff. Er fragt, ob ich als Kind jemals dieses Spiel – »Anatomie« – gespielt hätte, bei dem ein Mann Löcher in seinem Körper hatte, in denen die Organe lagen, und für das man eine ruhige Hand brauchte.

»Die OP war genauso. Nur, dass Ihre Nase nicht aufleuchtete und kein Summer ertönte, nur neue Blutungen und das Risiko eines dauerhaften Hirnschadens, wenn meine Hand zitterte oder ausrutschte.«

Stokely geht gut gelaunt an seine Arbeit heran. Ganz im Gegensatz zu Ratched. Oder dem Amerikaner. Der andere Krankenpfleger, Simon, ist der einzige, der mir seinen Vornamen verrät. Er ist jung und spricht wie Dick Van Dyke in »Mary Poppins«. Zumindest ein wenig. Nur dass Simon schneller redet und der Akzent nicht ganz derselbe ist. Ich verstehe wenig von dem, was er sagt, aber mir gefällt die Tatsache, dass er überhaupt mit mir spricht. Ihm ist es egal, ob ich antworte oder nicht. Ich wette, er sprach genauso mit mir, als ich bewusstlos war. Ich wette, er redet genauso mit seinem Hund.

Etwa eine Woche, nachdem sie mich aus dem Koma geholt haben, bleibt Simon auf dem Weg zur Tür stehen, sieht mich an und pfeift.

»Ich war mir nicht sicher, ob selbst Dr. Stokely Sie zurückbringen können würde«, sagt er und schüttelt den Kopf. »Ich meine, der Mann ist wirklich gut, verstehen Sie? Der Beste. Aber ich habe noch nie jemanden von dort zurückkommen sehen, wo Sie hingegangen waren. Sie waren tot, ganz sicher. Eine gute Leistung. Erstaunlich. Sie sind wirklich ein Glückspilz.«

Ein Glückspilz. Er hatte keine Ahnung. Das hatte keiner von ihnen. An diesem Tag erinnerte ich mich endlich wieder an meine Aufgabe.

An diesem Nachmittag zeigt mir Stokely meinen Hinterkopf. Er macht ein Foto mit seinem Handy. Anschließend holt er die Röntgenbilder und erläutert mir den Schaden und seine Reparatur. Ich schaue genau hin, aber ich bin kein Arzt und kann nicht erkennen, was er übersehen hat.

Ich wünschte, ich wäre nicht zurückgekommen. Ich hätte im U-Boot bleiben sollen, bis mir der Sauerstoff ausgegangen wäre. Besser tot als das hier, dieses halbe Leben, dieses Nichts.

Wenn ich Stokely gähnen sehe, spüre ich keinen Drang, ihm Frieden zu bringen. Ich kann es mir vorstellen, aber ich spüre keine Leidenschaft. Ich spüre überhaupt nichts. Es gibt keine Zeichen mehr. Keine Führung. Der Engel hat mich verlassen. Sie ist nicht hier.

Ich bin allein.

**

Der Amerikaner zieht den einzigen Stuhl im Zimmer näher an das Bett und setzt sich. Er starrt mich wortlos an. Ich schaue ihn nur flüchtig an. Aber dieser kurze Blick genügt. Ich kenne ihn. Ich habe ihn schon einmal gesehen. Ich kann mich gut an Menschen erinnern. Ich durchsuche die Teile meines Gedächtnisses nach ihm, die zurückgekehrt sind. Nach einer Weile spricht er, und es fällt mir wieder ein. Es ist, als ob das vierte Rädchen eines Zahlenschlosses auf die richtige Zahl gedreht wurde und das Schloss aufspringt.

»Wir hätten Sie fast verloren, Scott. Und das wäre eine Tragödie gewesen.«

Er sagt nicht Scott. Er benutzt meinen richtigen Namen.

Er war an diesem Abend im Hotel. Im Konferenzraum. Er war derjenige, der uns von der Medikamentenstudie berichtete, bevor wir befragt wurden.

Er verlässt das Zimmer und kehrt mit einer großen Segeltuchtasche zurück. Meiner Tasche. Ich schaue auf den Schlüssel auf dem Tisch neben mir.

»Sie lagen vier Monate lang im Koma«, erklärt er.

Er zieht das Instrument aus der Tasche und spannt das Seil zwischen seinen Händen. Dumpfe Wut durchfährt mich. Es ist nicht richtig, dass er es anfasst.

»Interessantes Souvenir«, meint er und wickelt die Schnur wieder um die Griffe. »Sie sind uns ein Rätsel, Scott. Wir führen seit über einem Jahrzehnt Versuche durch und haben im Laufe der Jahre gelernt, wie man die am besten geeigneten Probanden auswählt. Wir sind besser in der Durchführung des Verfahrens. Nur bestimmte Arten von Gehirnen sind überhaupt in der Lage, die Transplantate anzunehmen. Im dritten Versuchsjahr haben wir eine Party geschmissen, als ein Transplantat eine Woche lang gehalten hatte. Zu dem Zeitpunkt, als wir Sie operierten, hatte uns unsere beste Versuchsperson drei Monate Zeit gegeben. Sie sind anderthalb Jahre nach der Transplantation immer noch hier. Sie sind ein Vorreiter, Scott, ein Pionier.«

Die Art, wie er mich ansieht, gefällt mir nicht. Daraufhin lässt er seine kleine Bombe platzen und beobachtet, wie ich darauf reagiere.

»Ich weiß, was Sie in Florida und Georgia getan haben. Und ich weiß, warum Sie nach London gekommen sind.«

Kapitel 28

Als sie mein Gesicht rekonstruierten, hatten sie keine Anhaltspunkte. Keine Fotos. Nicht einmal das winzige Foto im Pass des Fremden, den ich am Flughafen gestohlen hatte. Er lag in der Tasche mit der Wechselkleidung, einem Vorschlaghammer, meiner Bibel und dem Instrument in einem Schließfach im King's Cross Bahnhof. Der Schließfachschlüssel war alles, was ich an diesem Morgen bei mir hatte. Witzig. Ich habe alles verloren, was wichtig ist, aber meine Erinnerung an eine Schließfachnummer blieb davon unberührt.

In den ersten Wochen, nachdem ich die Augen wieder geöffnet hatte, fragte ich mich, ob ich mich umbringen sollte. Das wäre schwierig, aber nicht unmöglich. Ich könnte aus dem Schlauch, der in meinem Handgelenk steckte, eine Schlinge machen. Ich glaube, das könnte ich. Aber ich weiß, dass ich es nicht tun darf.

Simon brachte mir eine Bibel mit, als ich ihn darum bat.

Ich erinnere mich daran, dass Propheten geprüft werden. Abraham hätte fast den eigenen Sohn getötet. Jesus musste vierzig Tage und Nächte in der Wüste verbringen, und am Kreuz dachte er, sein Vater hätte ihn im Stich gelassen. Ich werde der Verzweiflung nicht nachgeben.

Ich frage Stokely, wie stark mein Gehirn geschädigt ist.

»Was die Medizin betrifft, ist das Gehirn nach wie vor unbekanntes Terrain«, sagt er. Er spricht schnell, ohne eine Silbe zu verschlucken. Er klingt, als würde man ein Band hören, das in der falschen Geschwindigkeit läuft. »Nehmen Sie zum Beispiel Ihr Gehirn, Scott.« Ich habe ihm gesagt, er könne mich Scott nennen. Das ist zwar nicht mein richtiger Name, aber es reicht. Als ich dem Amerikaner mitteilte, er solle mich Scott nennen, hatte er hämisch gegrinst, als wüsste er etwas, was ich nicht weiß.

Stokely gestikuliert dauernd, wenn er spricht. Er wedelt nicht mit den Händen in der Luft herum, sondern hält imaginäre Skalpelle fest und macht präzise Schnitte in die Gehirne unsichtbarer Patienten. »Sie haben ein schweres Trauma am Hinterkopf erlitten, die anfängliche Säuberung und Entfernung aller Fragmente dauerte Stunden. Nach heutigem Stand der Wissenschaft gehen wir davon aus, dass Teile des Gehirns bestimmte Aufgaben erfüllen. Dank jahrzehntelanger neurologischer Forschungen wissen wir, dass die Signale zur Aufrechterhaltung des Lebens vom Hirnstamm gesendet werden. Atmung, Herzfrequenz, Körpertemperatur und so weiter. Sie steuern sogar, wann wir schlafen und wann wir aufwachen.«

Ich schaue zu ihm auf, als er das sagt, aber er zeigt kein Anzeichen dafür, dass er es für bedeutsam hält.

»Das Kleinhirn kontrolliert Muskeln, Koordination und Gleichgewicht. Ihres wurde gequetscht, ich gehe trotzdem davon aus, dass Sie sich körperlich vollständig erholen werden. Die Physiotherapie wird Ihrem Kleinhirn helfen, diese Verbindungen wiederherzustellen. Es ist das Großhirn, das mir größeren Anlass zur Sorge gibt. Es kam zu einigen Blutungen, und ihr Gehirn hat einen ziemlichen Schlag abbekommen. Es gab jedoch schon Fälle, in denen das Gehirn einen geschädigten Bereich umgangen und dessen Funktionen an eine andere Stelle kopiert hat. Manchmal haben Hirnverletzungen jedoch auch

Auswirkungen, die sich nicht vorhersagen lassen. Wir müssen einfach abwarten. Dass Sie sich bereits einer Gehirnoperation unterzogen haben, macht Ihren Fall noch faszinierender. Eine solche Arbeit ist mir noch nie untergekommen. Das ist Pionierarbeit. Ein experimentelles Verfahren der Natur…«

Stokely verstummte. Er sah mich an und meinte hastig: »Entschuldigung, ich habe mich hinreißen lassen. Es steht mir nicht zu … das heißt, ich sollte nicht darüber reden … ähm. Das Wichtigste ist, dass Sie wach sind und dass es keine beunruhigenden Anzeichen für einen lähmenden Hirnschaden gibt, der Ihre Lebensqualität beeinträchtigen könnte.«

Darüber könnte ich fast lachen. Ich habe keine Lebensqualität. Noch nicht. Aber ich muss stark sein. Wenn ich Gottes Werkzeug bin, geschmiedet in seinem Ofen, dann muss ich auf die Prüfung vorbereitet sein.

Stokely benutzt eine unsichtbare Säge, um die Spitze eines imaginären Schädels zu entfernen.

»Menschen mit Ihren Verletzungen hatten früher eine Metallplatte im Kopf. Heute ist das alles viel fortgeschrittener. Wir verwenden ein Netz, um Fragmente Ihres Schädels an Ort und Stelle zu halten, bis sie selbst den Heilungsprozess anstoßen. Eine wunderbare Maschinerie, der menschliche Körper. Jedes Mal, wenn ich in den Kopf eines Patienten schaue und ein lebendes menschliches Gehirn sehe, werde ich an ein Gedicht erinnert. Wir mussten es in der Schule lernen. Seinen Titel weiß ich nicht mehr. Tatsächlich erinnere ich mich lediglich an zwei Worte. Deshalb habe ich mich wohl eher den Naturwissenschaften als den Geisteswissenschaften zugewandt. Diese beiden Worte fassen für mich das Gehirn zusammen: ängstliche Symmetrie. Das habe ich gedacht, als Sie dort lagen und Ihre Kopfhaut nach hinten geschält und Ihr Gehirn freigelegt wurde. *Ängstliche Symmetrie*. Was wirklich paradox ist, da das Gehirn asymmetrisch ist.«

Er kichert, notiert etwas in der Akte, die an meinem Bett hängt, und geht.

Ein Grund, warum ich mein altes Ich nicht wieder zusammensetzen kann, ist die Tatsache, dass ich tagsüber wach bin und nachts schlafe. Dieses Muster erlebe ich zum ersten Mal. Das liegt an den Medikamenten. Während mein Körper heilt, schicken sie mich jede Nacht in den Schlaf. Die meiste Zeit meines Lebens, bis zu meiner Operation, wollte ich wie andere Menschen sein. Witzig. Ich sah sie an und glaubte, sie wären ausgeruht, wach und aufmerksam. Weil sie jede Nacht ihre Augen schlossen und an einen Ort gingen, an den ich nie ging, dachte ich, sie lebten auf einer höheren Bewusstseinsebene, die ich niemals erleben würde. Die Erkenntnis, dass ich mich geirrt hatte, war schockierend. Ich schlafe jetzt von zehn Uhr abends bis halb acht Uhr morgens. Während dieser Zeit kommt dreimal eine Krankenschwester zur Kontrolle vorbei und wechselt meinen Verband. Ich rühre mich kaum, und schon schlafe ich auch wieder. Wenn es Tag wird – was ein Aufleuchten des quadratischen Stückchens Himmel hinter dem Oberlicht signalisiert –, bin ich bei Bewusstsein, würde mich aber nicht als wach bezeichnen. Früher, als ich nicht schlafen konnte, war ich wacher. Jetzt bin ich unentwegt müde, eine dumpfe, weggetretene, vor sich hinstarrende Müdigkeit. Das Gleiche sehe ich im Gesicht von Schwester Ratched und in den blauen Augen des amerikanischen Filmstars. Die Menschen sind nicht wach. Sie schlafwandeln.

Vielleicht ist das Teil der Prüfung. Mir vorzuführen, wie es sich anfühlt, wie andere zu leben.

Erinnerungen an einige von denen, denen ich geholfen habe, Frieden zu finden, kehren zurück. Ich bin zufrieden, dass ich gute Arbeit geleistet habe. Ich warte.

Da ich die Tage nicht zähle, weiß ich nicht, wie viel Zeit zwischen dem Ende meines Komas und dem Beginn der

Physiotherapie verstreicht. Ich weiß nur, dass nach der ersten Sitzung die Schmerzen so groß sind, dass ich bete und um den Tod bitte.

Eines Abends kommt der Amerikaner wieder zu mir.

***

Der Amerikaner bringt die Bilder mit. Mein Körper ist eine Folterkammer, die Nervenenden schreien, die Muskeln verkrampfen sich. Er sorgt dafür, dass Ratched mir hilft, mich an einen Tisch zu setzen. Ich greife nach der Tischkante, damit ich nicht umfalle. Ich brauche meine ganze Kraft, um mich aufrecht zu halten. Mein Kopf ist voller Steine, und mein Hals ist nicht stark genug, um ihn zu stützen.

Kommentarlos breitet er die Bilder auf dem Tisch aus. Zuerst schaue ich nicht hin. Der Amerikaner lächelt, lehnt sich zurück und schlägt ein Bein über das andere. Er weiß, je länger ich hier sitze, desto schmerzhafter wird es. Ich schwitze jetzt schon.

»Schwester, haben Sie ein Schmerzmittel für Scott? Er scheint Schmerzen zu haben.«

Er schüttelt den Kopf, als sie näher kommt. »Nicht jetzt. Sobald er wieder im Bett ist. Zuerst habe ich noch ein paar Fragen an ihn.«

»Ja, Sir.« Ich kann den Kopf nicht drehen, aber ich höre, wie sie die Pillen neben mein Glas Wasser fallen lässt. Ich wette, die sadistische Schlampe lächelt.

»Die Bilder, Scott.«

Ich kann bereits den bitteren Geschmack der Pillen unter ihrem Zuckerüberzug schmecken, spüre die Taubheit, die meinen Körper umhüllen wird. Ich werde tun, was der Amerikaner will. Aber ich werde vorsichtig mit dem sein, was ich sage.

Als ich sehe, was auf dem Tisch liegt, brauche ich all meine verbliebene Kraft, um meine Aufregung zu verbergen. Der Schock und die Freude, die ich bei den Erinnerungen empfinde, die die Zeichnungen hervorrufen, sind nur schwer zu erklären. Es ist, als ob ich seit Monaten in einem heruntergekommenen Haus lebe und plötzlich eine versteckte Tür aufschließe, die zu einem wunderschönen Raum führt, in dem das Licht durch das Fenster fällt.

Ich zeige keine Reaktion, gebe kein Wort von mir.

Ich erkenne sämtliche Motive der Zeichnungen. Ich erinnere mich, dort gewesen zu sein. Ich erinnere mich an die Aufregung, die Menschen gefunden zu haben, die mich brauchten. Die Vorfreude, die Aufregung, den Kick bei dem Gedanken daran, was folgen würde.

Ocala, Florida. Spielzeug im Garten.

Hinesville, Georgia. Das Haus mit den Schindeln.

Zusammen mit den Erinnerungen passen endlich die Teile von mir wieder zusammen, die ich in meinem einsamen U-Boot in der Tiefe zurückgelassen habe. Ich erinnere mich, dass ich von zu Hause fortging, mit dem Bus nach Norden fuhr, dort anhielt, wo ich gebraucht wurde, und den Menschen Frieden brachte. Und ich erinnere mich an den Engel, der mir dabei zusah.

Atlanta, Georgia. Die Wohnwagensiedlung. Das Gewicht seines Körpers, als ich ihn ins Haus zog. Damals war ich stark. Ich muss wieder stark werden.

London. Das Haus, in dem ich erwartet hatte, sie zu finden. Dann die Verzweiflung. Irgendetwas stimmte nicht. Sie war nicht da.

Ich erinnere mich, dass ich sie Tage später wiedergefunden habe. Die Verbindung zwischen uns war so stark, dass ich kaum mehr als ein Beobachter in meinem eigenen Körper war. Als ich sie fand, wusste ich, dass die Zeit gekommen war. Meine

Aufgabe – meine Mission – war erfüllt, ein Leben war zu Ende gebracht.

Ich starre auf die Bilder. Und ich weiß, dass sie sie gezeichnet hat. Mein Engel. Und ich war so nah dran. So nah, dass ich sie hätte berühren können.

Plötzlich gebe ich ein Geräusch von mir. Ein Knurren, wortlos. Ich kann mich nicht beherrschen. Ich möchte schreien, aber mir fehlt die Kraft.

»Aufhören.« Der Amerikaner schiebt die Bilder zusammen und steht auf.

Das Geräusch kommt immer wieder, ein frustriertes Geheul. Es hätte alles vorbei sein können. Sie war nur wenige Meter von mir entfernt, und ich habe sie im Stich gelassen. Es hätte alles vorbei sein können.

Der Amerikaner verlässt den Raum. Ratched kommt mit einem Pfleger zurück. Sie schleifen mich zum Bett und hieven mich hinein. Sie spritzt mir etwas. Sekunden später verschwinden das Zimmer, die Krankenschwester und der ganze Tag. Das Letzte, dessen ich mir bewusst bin, ist mein eigenes Geheul.

KAPITEL 29

Der menschliche Körper ist eine erstaunliche Sache, ebenso wie der menschliche Wille. Ich habe Dokumentarfilme gesehen. Über den Typen, der sich den eigenen Arm abschnitt, um einen Wanderunfall zu überleben. Über Überlebende eines Flugzeugabsturzes, die die toten Passagiere aßen und überlebten.

Manche Leute verirren sich irgendwo im Wald und sind innerhalb weniger Tage tot. Andere überleben wochenlang unter den gleichen Umständen. Was ist an ihnen anders? Wie sind sie dazu in der Lage, während andere resignieren und ihre Körper aufgeben? Ich bin kein Wissenschaftler, aber ich glaube, es liegt an dem Sinn, für den man lebt.

In den letzten Wochen, in denen Dr. Stokely meine Medikation reduziert hat, bin ich zu meinem gewohnten Schlafmuster zurückgekehrt. Besser gesagt, zu meinem fehlenden Schlafmuster. Ich verrate es niemandem. Nachts liege ich ruhig da und schließe die Augen, wenn sie nach mir sehen. Es mag komisch klingen, aber meine Schlafstörung zurückzubekommen gibt mir Hoffnung. Wenn ich wieder der bin, der ich vor dem Unfall war, könnte meine Zeit in der Wüstenei ein Ende finden.

Drei Wochen nach der Aktion mit den Bildern taucht der Amerikaner wieder auf. Es ist zwanzig Minuten her, dass

Ratched mich dabei beobachtete, wie ich so tat, als würde ich die K.-o.-Tabletten schlucken. Der Amerikaner ist nicht allein. Ein zweiter Amerikaner ist bei ihm. Dem Klang der Stimme nach zu urteilen, ist er älter.

Ich bin wach, als sie hereinkommen, halte aber die Augen geschlossen. Der ältere Amerikaner spricht zuerst.

»Was ist mit dem Mädchen? Bist du sicher, dass nichts mehr passiert ist? Keine weiteren Anfälle von Absence-Epilepsie? Keine Bilder?«

»Nichts. Noch nicht.«

»Es ist durchaus möglich, dass sich die Verbindung auf eine neue Art manifestiert. Du solltest dabei sein. Unser Freund hier geht nirgendwo hin.«

Interessant. Der zweite Amerikaner ist der Chef des ersten.

»Einverstanden«, stimmt der Jüngere zu. »Ich fliege morgen zurück.«

»Gut. Wir können nicht mehr lange warten, bevor wir die Operation wagen.«

»Nein, das ist zu riskant.«

»Er hat den ersten Eingriff überlebt. Er hat den Unfall überlebt, bei dem sein Hinterkopf eingedrückt wurde. Er ist stärker, als er aussieht.«

»Vielleicht. Aber wir konnten den Erfolg mit keinem anderen wiederholen. Und wir wissen nicht, was zuerst kam – die Psychose oder die Verbindung. Das eine könnte das andere verursacht haben. Wir dürfen nicht an seinem Gehirn herumbasteln.«

Ich dachte, der Amerikaner hasst mich. Und jetzt verteidigt er mein Gehirn. Der heutige Tag steckt voller Überraschungen.

»Vielleicht müssen wir das aber«, widerspricht die andere Stimme. »Das ist der Durchbruch, auf den ich mein ganzes Leben hingearbeitet habe. Wenn wir ihn wiederholen können, ist mein Vermächtnis gesichert. Und deines auch. Unsere

Finanzierung ist immer noch gefährdet. Im Juni nächsten Jahres werden sie uns den Geldhahn abdrehen.«

»Was? Du hast mir nie gesagt, dass unsere Finanzierung ...«

»Warum hätte ich das tun sollen? Das ist meine Sache und spielt im Moment keine Rolle. Die Zukunft des Unternehmens liegt in diesem Bett.«

»Das verstehe ich ja. Aber wir können keinen weiteren Eingriff riskieren. Das können wir einfach nicht.«

»Hast du einen besseren Vorschlag?«

»Wie wäre es, wenn wir sie zusammenbringen? Als er in England war, hat er sie innerhalb weniger Tage gefunden.«

Ich verrate mich fast, als ich das höre. Ich hatte angenommen, ich wäre noch in England. Wenn ich nicht in England bin, wo dann?

»Wie denn?«, fragt der ältere Amerikaner. »Die Versuchsperson kann dieses Gebäude nie wieder verlassen.«

Das ist kein Schock. Ich hatte mir schon gedacht, dass sie mich nicht mehr gehen lassen.

Ich kann gut still liegen. Sie denken, ich bin ruhiggestellt. Und ich verlasse mich darauf, dass sie mich unterschätzen. Meine Leistungen in der Physiotherapie lassen auf eine langsame, schwierige Genesung schließen. Meine Leistungen sind eine Lüge. Ich trainiere jeden Moment, in dem es mir möglich ist, auch wenn ich nur jeden Muskel in meinem Körper anspanne und wieder loslasse. Ich muss stark werden. Ich bekomme nur eine Chance zur Flucht. Sobald sie meine wahre Stärke erkennen, werden sie mich an dieses Bett fesseln und ich werde den Rest meines Lebens in der Hölle verbringen, allein.

Als ich höre, wie der Amerikaner wieder spricht, füllen sich meine Augen mit Tränen. Ich bete, dass sie – falls sie mich ansehen – annehmen, dass ich träume.

Sie sehen mich nicht an. Ich bedeute ihnen nichts. Und der Engel auch nicht. Sie wissen nichts, sie verstehen nichts.

Sie sind so weit vom Licht entfernt, dass sie ihren Weg verloren haben. Für sie bin ich die »Versuchsperson« und sie ist das »Mädchen«.

»Du verstehst das nicht, Dad. Er muss nirgendwohin gehen. Ich bringe das Mädchen zu ihm.«

Dad? Interessant.

»Was ist mit der Mutter?«

»Sie wird es nicht erfahren. Ich habe ihr gesagt, der Mörder befände sich irgendwo in einem tiefen, dunklen Loch. Sie will sogar ihre Therapie abbrechen.«

»Okay. Versuch es. Bring sie wieder zusammen. Vielleicht stellt sich die Verbindung wieder her. Wenn nicht, haben wir nichts verloren.«

Sie gehen hinaus und reden weiter. Ich höre den Rest nicht.

Ich kann es kaum glauben. Obwohl ich keine Präsenz mehr spüre, leitet irgendetwas mich und die Menschen um mich herum noch immer. Er wird sie hierherbringen. Eine zweite Chance.

Ich weine, während ich schweigend meine Dankbarkeit zum Ausdruck bringe. Ich werde nicht noch einmal versagen.

KAPITEL 30

»Ich habe eine Überraschung. Was haltet ihr davon, Weihnachten in Boston zu verbringen?«

Mags freute sich über Bradleys ungezwungenes Lächeln. Obwohl die letzten vier Monate hart gewesen waren, war sie glücklicher denn je seit Tams erster Zeichnung. Seitdem man den Mörder gefasst hatte, hatte es kein einziges Bild mehr gegeben. Also nichts Außergewöhnliches, nur die üblichen Waldbewohner und Einhörner und Tams Versuche, eine Comic-Version von Jeeves und Wooster zu zeichnen. Das einzige traumatische Ereignis war der Unfall vor ihrem Haus gewesen. Doch das Krankenhaus hatte ihr mitgeteilt, dass der arme Mann in eine Privatklinik verlegt worden war, wo man inzwischen davon ausging, dass er sich vollständig erholte.

Sie sah verstohlen zu Kit. Bradley bemerkte ihren Blick und meinte: »Ohne Kit wäre es kein richtiges Familienweihnachten, oder?«

Kits Lächeln wirkte nach wie vor ein wenig gezwungen, aber es ging ihm besser. Er war dünn geworden, aber nicht so untergewichtig, dass es besorgniserregend gewesen wäre.

Nach Davids Ermordung hatte er sechs Wochen lang bei ihnen gewohnt. Der erste Interessent hatte das Haus in Camden Lock, das weit unter Preis angeboten wurde, sofort gekauft, und er war in eine Wohnung am Südufer der Themse gezogen. Mags hoffte, dass es ein Hinweis darauf war, dass es ihm gut ging. Er versteckte sich nicht vor Menschen, sondern lebte nun im geschäftigen Stadtzentrum, wo ihm die Anonymität half. Der Gedanke an Weihnachten hatte sie beunruhigt. Sie hatte nicht gewusst, wie sie das Thema ansprechen sollte. Nun lieferte Bradley vielleicht die Lösung.

Mags und Kit hatten nur einmal über ihren Anruf am Mordtag gesprochen. Kit hatte wissen wollen, warum sie das Haus verlassen sollten, woher sie wusste, dass sie in Gefahr waren, und was Tams Zeichnung damit zu tun hatte. Mags berichtete ihm von Patrices Theorie, dass der Mörder Fotos von den Häusern seiner nächsten Opfer online gestellt und Tam sie irgendwie gefunden habe.

Es klang lächerlich, als sie es laut ausgesprochen hatte. Tam hatte es kategorisch abgestritten.

Allerdings hatte sie auch keine bessere Erklärung zu bieten. Zumindest keine, die sie preisgeben wollte.

Kit dachte lange über die Folgen nach. »Du glaubst also, dass er – der Mörder – Tam holen wollte? Dass er sie irgendwie aufgespürt hat?«

Mags umklammerte die Tasse, damit die Hände nicht mehr zitterten, und brachte nur ein Nicken zustande.

»Scheiße.« Kit hatte das Talent, stets die richtigen Worte zu finden. Als Mags ihn ansah, weinte er erst leise, doch dann ging er in die Knie und krümmte sich.

Sie kniete sich neben ihn und schlang die Arme um ihn, während er auf den Fersen hin und her schaukelte. Als er endlich wieder sprechen konnte, nahm er ihre Hände in seine und sah sie an. »Begreifst du das? Begreifst du, was das bedeutet?«

Mags hatte seit Wochen an nichts anderes gedacht. Was bedeutete es? War Tam der Grund, warum David sterben musste? Würde Kit ihr jemals verzeihen können?

»Ich dachte, David sei ganz umsonst gestorben.« Die Stimme ihres Bruders klang heiser. »Aber das ist er nicht, oder? Er hat sie gerettet. Dank der Beweise, die sie in unserem Haus gefunden haben, konnten sie ihn fassen, richtig?«

»Ja, ja, natürlich.«

Das war nicht ganz gelogen, aber auch nicht wirklich die Wahrheit. Sie hielt ihren Bruder noch fester und war froh, dass er ihr Gesicht nicht sehen konnte.

Dieses Gespräch hatte vor mehr als einem Monat stattgefunden. Inzwischen war Dezember und sie feierten Thanksgiving nach, weil Bradley den Großteil des Vormonats in Boston gewesen war. Er arbeitete mehr als je zuvor. EdgeGen stand kurz vor einem medizinischen Durchbruch, und sie gönnte ihm die Auszeit. Er hatte Wort gehalten. Der Schlafzimmermörder war verschwunden. Die meisten US-Nachrichtenquellen vermuteten, dass er tot war, da Serienmörder nur selten mit dem Morden aufhörten, vor allem, wenn die Abstände zwischen den Taten immer kürzer wurden. Bradley und sein Vater hatten nicht nur Tams Leben gerettet, sondern auch das unzähliger anderer. Das würde Mags nie vergessen.

Sie sah sich am Tisch um. Tam hüpfte aufgeregt auf ihrem Stuhl herum.

»Weihnachten in Amerika, Dad? Das ist der Wahnsinn. Kann ich Ski fahren lernen? Du hast versprochen, du bringst mir das Skifahren bei. Kannst du mich diesmal mitnehmen? Es wird doch schneien, oder? Und du kommst mit, Onkel Kit, oder?«

»Ich kann nicht.«

Tams Miene erstarrte.

Mags hob fragend eine Augenbraue.

»Ich wollte warten, bis die Show definitiv feststeht und es euch erst dann sagen. Aber, na ja, die Sache ist ziemlich sicher.«

»Welche Show?«, fragten Tam und Mags gleichzeitig.

»Cheshire Cats.«

Tam schnappte nach Luft. »Niemals. Wenn ich das Rose in der Schule erzähle! Hätte ich ein Handy, könnte ich ihr eine Nachricht schreiben. Mutter, du verhinderst meine soziale Entwicklung.«

Cheshire Cats war eine der beliebtesten Fernsehsendungen in Großbritannien, die zunächst als Internetserie begonnen hatte und später von einer internationalen Produktionsfirma aufgekauft worden war. Eine süchtig machende Mischung aus Dokumentarfilm und halb improvisierter Seifenoper über das Leben einer Gruppe junger, glamouröser und reicher Frauen. Mags hatte sie sich einmal ansehen wollen, aber zehn Minuten in der Gesellschaft dieser selbstverliebten, aufgeblasenen Narzisstinnen waren mehr als genug gewesen.

»Die Show geht für sechs Monate nach Deutschland. Cheshire Cats auf dem Alexanderplatz. Das wird gigantisch.«

Daran hatte Mags keine Zweifel. Deutsche Toiletten waren oft Flachspüler, damit man seine eigene Kacke bewundern konnte. Cheshire Cats diente zweifelsohne einem ähnlichen Zweck.

Kit lachte, als er den Gesichtsausdruck seiner Schwester registrierte. »Du bist kein Fan der Serie. Also tu auch nicht so.«

»Stimmt. Das bin ich nicht. Aber ich freue mich für dich. Das ist toll.«

Sie stießen alle auf Kits Neuigkeiten an. Er würde über Weihnachten weg sein und bei den Vorbereitungen für die Dreharbeiten im Januar helfen. Mags hoffte inständig, dass ihr Bruder einen netten Berliner treffen würde.

***

Mags überließ Tam den Fensterplatz, die die Nase gegen die Scheibe drückte, sobald sie den Gurt angelegt hatte.

Während das Flugzeug langsam über die Wolken stieg und nach Westen auf den Atlantik zusteuerte, zog Mags Bilanz. Das hatte sie sich während ihrer jahrelangen Therapie bei Ria angewöhnt. Normalerweise machte sie jeden Sonntagmorgen eine Bestandsaufnahme, aber diese Reise war ein bedeutendes Ereignis am Ende eines furchtbaren Jahres, und sie musste sich daran erinnern, dass es auch positive Dinge gab, für die sie dankbar sein konnte. Die Therapeutin hatte ihr geraten, das Negative nicht zu ignorieren, sondern es neben anderen lebensbejahenden Ereignissen zur Kenntnis zu nehmen. Sie balancierte ein Notizbuch auf dem Knie und kaute auf dem Stift. Dinge aufzuschreiben half immer.

Davids Ermordung. Das war der schlimmste Moment ihres Lebens gewesen; ein unvorstellbares, unaussprechliches Verbrechen an einem Mann, den sie liebten. Ihr Bruder verlor seinen Ehemann, Tam ihren Onkel, Mags einen guten Freund. Aber David hatte ein gutes Leben und eine wunderbare Liebe gehabt. Er war achtzehn Jahre älter als Kit gewesen und hatte nie einen Hehl daraus gemacht, wie sehr er ihn liebte. David hatte ihn schwören lassen, dass Kit, sollte David zuerst sterben, nach sechs Monaten Trauer mit einer Glocke durch die Straßen Londons laufen, W. H. Audens Gedicht »Stop the Clocks« rezitieren und sich wieder ins Leben stürzen würde. Kits vorübergehender Umzug nach Berlin würde helfen. Mags kannte ihren Zwillingsbruder.

Bradley. Ihre Ehe lief besser als erwartet. Sie konnte mit einer neuen Sicht auf die Dinge während der Jahre ihrer Paranoia zurückblicken. Sie hatte immer gehofft, dass ihre dunkleren Gedanken und ihr Misstrauen Bradley gegenüber auf ihre Depressionen und Ängste zurückzuführen waren. Jetzt bekräftigten die Beweise diese Vermutung. Sie hatte sich das alles bloß eingebildet. Als sie ihn brauchte, setzte sich Bradley auf überzeugendste Weise für sie ein. Er beschützte Tam und er beschützte sie. Im Laufe der Monate war zwar die vertraute Distanz zwischen ihnen zurückgekehrt, aber Mags fühlte sich nicht mehr von ihr bedroht.

Sie und ihr Zwillingsbruder liebten körperliche Nähe und zeigten schnell ihre Zuneigung. Als Teenager hatte sie angenommen, dieselbe Intimität ginge auch mit der Ehe einher. Dass dies nicht der Fall war, war nicht schlimm, sondern nur ein Hinweis darauf, dass sie nicht jeden nach ihrer eigenen begrenzten Erfahrung beurteilen sollte. Menschen bekundeten ihre Zuneigung auf unterschiedliche Weise, Bradley zum Beispiel, indem er seine Familie finanziell und anderweitig absicherte. Als sie das aufschrieb, klang es kalt, aber ihre leidenschaftliche Begegnung auf dem Küchenboden war kein Einzelfall geblieben. Seitdem war es noch zwei- oder dreimal vorgekommen. Zunächst hatte sie den Verdacht, er habe diese Spontaneität geplant, verdrängte den Gedanken jedoch schnell wieder. Sie hatten vielleicht nicht die aufregendste, sinnlichste Beziehung der Welt, aber sie war stabil, und es lohnte sich, daran zu arbeiten. Bradley war ein guter Mann.

Das Bild am Kühlschrank. So bezeichnete Mags Tams beängstigende Monate. Es gab keine einfache psychologische Antwort auf das, was mit ihr passiert war. Mags recherchierte das Thema so gründlich, wie es ein Amateur mit einer Internetverbindung tun konnte. Sie fragte auch Ria. Die bei einigen Formen von Epilepsie auftretende Absence-Epilepsie passte ins Bild. Als Tam die Bilder gezeichnet hatte, war sie nicht sie selbst, nicht wirklich da gewesen. Tam war von den Zeichnungen so überrascht gewesen wie jeder andere. Die Frage, wo Tam die Originalbilder gesehen hatte, wurde nie geklärt. Mags hatte sich schon sehr früh, nachdem Kit ausgezogen war und sich das Leben wieder normalisierte, mit dem Thema beschäftigt. Sie war dabei sehr umsichtig vorgegangen und hatte nach Anzeichen von Verzweiflung bei ihrer Tochter gesucht. Tam hatte – mit der natürlichen Widerstandskraft eines Kindes – einfach weitergemacht und vorgezogen, alles zu vergessen. Nachdem sie eine Weile darüber nachgedacht hatte, musste Mags ihr schließlich recht geben.

Gesunde Tochter, stabile Ehe, Kit auf einem guten Weg. Ja, es war ein furchtbares Jahr gewesen. Mags hatte den Spruch »Die Zeit heilt alle Wunden« bestenfalls für banal gehalten. In den ersten Tagen nach Claras Tod hatte er grausam geklungen. Sie wollte ihr Baby nie vergessen, wollte nie aufhören, an ihre Tochter zu denken. Als aus den Monaten Jahre wurden, stellte sie fest, dass sie sich geirrt hatte. Die Zeit brachte kein Vergessen, sondern Möglichkeiten, mit unvorstellbaren Schmerzen umzugehen. Auf diese Weise heilte sie. Der Schmerz würde immer da sein, aber er war mit ihrem Sein verwoben. Sie trug Clara in sich. Sie konnte sie nie vergessen. Dasselbe galt für David. Sie alle trugen David in sich.

Die Ankündigung des Kapitäns drang durch ihre Gedanken. Siebeneinhalb Stunden bis Boston. Bradley hatte Businessclass gebucht, und eine Milchglasscheibe versperrte ihr die Sicht auf Tam. Als Mags das Notizbuch schloss, klopfte jemand gegen das Glas.

»Ja?«

Die Scheibe glitt nach unten, während Tam den Knopf auf der anderen Seite drückte. Sie lächelten sich an, als sich ihre Blicke trafen. Mags spürte eine Welle der Hoffnung, als sie ihre Tochter ansah.

»Möchtest du etwas zu trinken, Schatz?«

»Was für eine entzückende Idee, Mutter.« Manchmal redete Tam immer noch wie eine Wodehouse-Figur. »Ein

Pfefferminztee wäre vortrefflich, meinen Sie nicht? Seien Sie so nett und bestellen Sie mir einen, ja? Danke, alter Knabe.«

Als das Glas wieder hochfuhr, mussten beide lachen.

Mags holte ihr Handy heraus und machte eine Notiz in ihrem Kalender. Nach dieser Reise würde sie Ria anrufen und ihre kommenden Therapiesitzungen absagen. Vielleicht schickte sie ihr einen Blumenstrauß und eine Flasche Wein.

Von nun an würde alles besser werden.

KAPITEL 31

Mags hatte zwar erwartet, dass es kalt in Boston wäre, aber nicht so kalt. Sie war ein halbes Dutzend Mal in der Stadt gewesen, dies war jedoch erst ihre zweite Winterreise. Obwohl sie einen dicken Mantel trug, zitterte sie, als Tam und sie von der Ankunftshalle zum Treffpunkt liefen.

Zu ihrer Überraschung trafen sie dort nicht auf Bradley, sondern auf dessen Vater. Sie konnte sich nicht erinnern, dass Todd Barkworth die Familie jemals wichtiger gewesen war als die Arbeit. Mags spürte, dass er sie für eine unglückliche Ablenkung für seinen Sohn hielt.

Barkworth senior war ein großer Mann und hatte die gleichen blassblauen Augen wie sein Sohn. Sollte Bradley so gut wie sein Vater altern, ging Mags davon aus, dass ihr die neidischen Blicke anderer Frauen bis ins hohe Alter sicher waren.

»Da bist du ja, Mags. Es tut mir leid, dass du dich mit mir begnügen musst. Bradley ist gerade im Labor beschäftigt, also bot ich an, dich abzuholen. Schön, euch beide zu sehen.«

Er hatte es *angeboten*? Irgendetwas hatte sich geändert. Mags bekam den erwarteten festen Händedruck und einen Klaps auf die Schulter. Ein Barkworth umarmte niemanden.

Tam wartete schüchtern neben ihr, und für einen Moment stand ihr Mundwerk ungewohnt still. Sie hatte ihren Großvater seit zwei Jahren nicht mehr gesehen – eine lange Zeit für eine Elfjährige. Als Todd lächelte, trat sie einen Schritt vor und hielt ihm die Hand hin.

»Wirklich sehr zuvorkommend, alter Knabe«, begrüßte sie ihn.

Todd warf Mags einen amüsierten Blick zu, bevor er sich wieder an seine Enkelin wandte. »Ich habe schon gehört, dass du ziemlich altklug geworden bist.«

Er beugte sich nach unten und schlang seine kräftigen Arme um sie. Mags konnte nicht glauben, was sie da beobachtete. Sie errötete, als sie sich eingestehen musste, dass sie den alten Mann vielleicht falsch eingeschätzt hatte. Tam war sein einziges Enkelkind, Bradley sein einziges Kind. Es war bestimmt nicht leicht, sie so selten zu sehen. Todd hatte nie bestritten, ein Workaholic zu sein, aber trotzdem. Sie war das kleine Mädchen seines Sohnes und hatte sich ziemlich verändert, seit Irene und er das letzte Mal in London gewesen waren, so wie es kleine Mädchen nun mal tun.

Todd half ihnen mit dem Gepäck und hielt die Autotür offen, während sie auf den Rücksitz rutschten. Er ließ Tam erst aus den Augen, als er sich ans Steuer setzte. Er schien sich sehr zu freuen, sie wiederzusehen. Er war regelrecht begeistert.

Mags hielt Tams Hand, als das Auto losfuhr. Dicke weiße Flocken trieben am Fenster vorbei und verliehen der schneebedeckten Stadt einen magischen Glanz.

Mags hielt sich lange genug wach, um Irene Barkworths förmliche Begrüßung in ihrem palastartigen Haus im nobelsten Viertel von Boston zu würdigen. Anschließend ging sie zu Bett und bestand darauf, dass Tam es ihr gleichtat.

Bradley kam spät in der Nacht nach Hause. Mags wachte kurz aus dem durch den Jetlag bedingten Tiefschlaf auf, um ihm einen Kuss zu geben, bevor sie sich auf die Seite drehte und mit offenem Mund weiterschlief. Als sie aufwachte, fand sie eine Nachricht vor, in der er versprach, am frühen Abend zu Hause zu sein.

An ihrem ersten ganzen Tag in Boston verkündete Irene Barkworth, dass sie mit Mags und Tam shoppen gehen wollte. Mags gefiel das Einkaufen, Tam weniger. Wäre es ein Mutter-Tochter-Ausflug gewesen, hätten sich Schuh- und Kleidergeschäfte mit Bücher- und Spielzeugläden abgewechselt. An ihrem elften Geburtstag hatte Tam erklärt, sie sei nun zu alt für Spielzeug, konnte aber an keinem Schaufenster mit riesigen Teddybären vorbeigehen.

Doch da Irene vornewegmarschierte, hatte die arme Tam keine Chance. Irene war eine spindeldürre Frau mit sprödem Haar und einer dunklen, gleichmäßigen Bräune, die viel zu perfekt war, um sie den Bostoner Sommern zuzuschreiben. Mags und sie hatten kaum Gemeinsamkeiten, weshalb ihre Unterhaltung freundlich, geziert und ermüdend verlief. Irene hatte sich an diesem Tag zur Reiseleiterin ernannt, aber ihre Kommentare bezogen sich ausschließlich darauf, welche Modegeschäfte in den letzten Jahren eröffnet, verlagert oder geschlossen worden waren. Irgendwann im Laufe des Vormittags hörte Mags auf, Tam anzusehen, weil ihre Tochter jedes Mal, wenn sie ihren Blick auffing, schielte oder zusammensackte, als wäre sie eingeschlafen.

Obwohl sie wusste, wie sehr sich Tam langweilte, konnte Mags nicht anders, als staunend vor einem Fenster mit der größten Auswahl an teuren Schuhen und Stiefeln, die sie je gesehen hatte, stehen zu bleiben.

»Mum ...«, warnte Tam sie. Mags wusste, wie klischeehaft eine Schuhsucht für eine Frau in ihrem Alter war, aber sie konnte nicht so tun, als würde es ihr keinen Spaß machen, sich welche zu kaufen. Sie war Feministin durch und durch, aber niemand konnte dieses vollkommene Vergnügen leugnen, in ein Paar Pumps zu schlüpfen, in diese Objekte reiner

Schönheit, die seit ihrer Herstellung von keiner menschlichen Hand mehr berührt worden waren. Sie durfte doch wohl ihr elegantes Design bewundern, oder etwa nicht? Die Füße waren zwar nicht der schönste Körperteil, aber Jimmy Choo konnte da im Handumdrehen Abhilfe schaffen. Oder besser gesagt, in ein oder zwei Stunden und mithilfe von ein paar Hundert Dollar.

Sie spürte, wie eine Hand an ihrem Ärmel zerrte. »Mum.« Tams Stimme wurde lauter und klang ein wenig nach gespieltem Horror.

»Du wirst doch nicht etwa … du denkst doch nicht daran … o Gott, es ist zu spät, nicht wahr? Dir ist nicht mehr zu helfen. Bitte, Gran, du musst mir helfen, sie von hier wegzuschleppen, bevor sie mein Geld fürs College ausgibt.«

Irene Barkworth schaute von der Tochter zur Mutter. »Wie wäre es damit? Zwei Blocks entfernt gibt es einen Laden mit der leckersten heißen Schokolade, die ihr je probiert habt. Und fantastische Waffeln. Ich könnte mit Tam dorthin gehen, während du ein paar Schuhe anprobierst.«

»Granny, auf wessen Seite stehst du? Wir müssen versuchen, Mums Teufelskreis zu durchbrechen, bevor sie besagte Schuhe kauft, um sie dann im Schrank ganz nach hinten zu stellen und im nächsten Winter der Wohlfahrt zu spenden. Sie braucht Hilfe, siehst du das denn nicht? Medizinische Hilfe. Warte. Hast du Waffeln gesagt?«

Tam hakte sich bei ihrer Großmutter unter.

»Ich gebe dich frei, Mutter. Lauf los. Falls es möglich ist, in solchen Absätzen zu laufen.«

»Ich komme in einer Stunde nach«, rief Mags optimistisch. »Esst nicht alle Waffeln auf. Schuhe kaufen macht mich immer hungrig.«

Sie sah ihnen nach, wie sie um die Ecke bogen und Tam mit ihrer Großmutter plauderte. Es war ein seltenes Talent, den Mitgliedern aller Generationen die Befangenheit nehmen zu können. Vielleicht würde ihre Tochter einmal in die Politik gehen. Hoffentlich nicht.

Als Mags sich wieder zum Schuhgeschäft umdrehte, stieß sie mit einem Passanten zusammen, einem Mann mit dunkelbraunem Mantel, Schal und einem abgewetzten Hut auf dem kahlen Kopf.

»Entschuldigung ...«

»Hallo, Mags, wie geht es Ihnen?«

Sie starrte ihn ungläubig an. Patrice Martino grinste und lüftete den Hut. Er war nicht passend für das Wetter gekleidet. Ein dünner Schal war sein einziges Zugeständnis. Mags verschränkte die Arme und bemühte sich, die Fassung wiederzuerlangen.

»Mr Martino, Sie sehen gut aus.«

»Genau wie Sie, Mags, genau wie Sie. Und bitte, nennen Sie mich Patrice.«

»Ich glaube, ich bleibe bei Mr Martino, wenn es Ihnen nichts ausmacht. Ich vermute, das hier ist kein Zufall?«

»Sie vermuten richtig.«

»Mr Martino, es gibt einen Grund, warum ich nicht mehr auf Ihre E-Mails antworte. Um ehrlich zu sein, ich lese sie nicht einmal mehr. Es war eine furchtbare Zeit, aber wir haben sie endlich hinter uns gelassen. Der Serienmörder mordet nicht mehr. Wahrscheinlich ist er tot. Was auch immer mit meiner Tochter passiert ist, es ist vorbei. Ich will nichts mehr davon hören. Nie wieder. Akzeptieren Sie das bitte.« Sie runzelte die Stirn. »Woher in aller Welt wussten Sie, dass ich in Boston bin?«

Patrice Martino schüttelte den Kopf. »Nicht hier. Um die Ecke gibt es ein Café. Ich lade Sie ein.«

Mags schüttelte den Kopf. »Sie haben meine Frage nicht beantwortet.«

Martino warf resigniert die Arme in die Luft. »Ein Kaffee. Bitte. Ich würde Sie nicht darum bitten, wenn es nicht wichtig wäre. Währenddessen erkläre ich Ihnen, woher ich wusste, wo Sie sind. Kommen Sie schon, Mags, ich friere mir hier draußen den Hintern ab.«

Mags dachte an die Fahrt zum Flughafen von Atlanta und daran, wie Patrice Martino sie von einer Panikattacke befreit hatte. »Ein Kaffee.«

KAPITEL 32

Der Kaffee war gut. Das musste er auch sein, denn in Boston wagte es niemand, minderwertigen Kaffee zu servieren. Die Bostoner waren absolute Koffeinkenner, und sie mochten ihn stark und wohlschmeckend. Martino trank einen Schluck und seufzte anerkennend.

»Ah, das ist alles andere als ein Blümchenkaffee«, schwärmte er. Im nächsten Moment schüttelte er den Kopf. »Früher habe ich diesen Ausdruck nie verstanden. Inzwischen weiß ich, dass er auf ein feines Porzellan zurückgeht, in dessen Tassenboden eine kleine Blume gemalt war. Schimmerte diese Blume am Boden durch, bedeutete das, dass der Kaffee besonders dünn aufgebrüht war. Man bekam also einen Blümchenkaffee serviert. Es tut mir leid, ich rede zu viel. Das mache ich immer, wenn ich nervös bin.«

Mags fragte nicht, warum er nervös war.

Patrice Martino hatte ihr in den Monaten nach Davids Tod mehrere E-Mails geschrieben. Da die Presse den Mord in Camden Lock nie mit dem Schlafzimmermörder in Verbindung gebracht hatte, hatte Martino nichts davon gewusst. Er hatte nachgefragt, was nach Mags' Rückkehr aus Atlanta geschehen war. Und Mags hatte gelogen. Ihr war nicht besonders wohl dabei gewesen, aber die Wahrheit hätte nur zu weiteren Fragen geführt. Und deren Antworten hätte womöglich Bradleys Rolle bei der Entfernung des Mörders vom Tatort enthüllt. Das waren keine Informationen, die Mags einem Journalisten liefern wollte. Um sich nicht zu verraten, sprach sie lieber nicht mit ihm am Telefon und ignorierte seine Anrufe. Stattdessen schrieb sie ihm per E-Mail, dass Tams Bild, weswegen sie nach London zurückgeeilt war, nichts Ungewöhnliches gewesen sei. Dass es keine weiteren Bilder mehr gegeben hatte. Dass der Mörder womöglich tot wäre. Einige Wochen lang kamen keine E-Mails mehr, und sie dachte schon, Martino sei zu einer neuen Geschichte übergegangen. Doch plötzlich schrieb er sie wieder an. Sie las nur seine erste E-Mail. Martino folgte gerade einem Hinweis über EdgeGen Technology, Todd Barkworths Unternehmen. Er hatte in den Siebziger- und Achtzigerjahren einige Skandale aufgedeckt, als die Firma vom US-Militär finanzierten, geheimen Forschungen nachging. Er sprach von Vertuschungen und außergerichtlichen Einigungen und würde ihr bald weitere Informationen schicken.

Mags schrieb zurück, dass er sich diese Mühe sparen könne. Jegliche unethischen Geschäftspraktiken in Todd Barkworths Vergangenheit hätten für ihre Familie keine Bedeutung mehr. Und sie könnte die Verbindungen von Todd Barkworth nicht verurteilen, weil mit ihrer Hilfe Davids Mörder gefasst werden konnte. Manchmal fragte Mags sich, was mit dem Schlafzimmermörder geschehen war. Er hatte nie das Innere eines Gerichtssaals gesehen, nie einen fairen Prozess bekommen. Doch als sie an David dachte, beschloss sie, dass sie damit leben konnte.

Als Martino sie trotzdem immer wieder anschrieb, verschob Mags die E-Mails ungelesen in den Papierkorb. Sie blockierte seine Nummer auf ihrem Handy und hoffte, dass das reichen würde. Sein überraschender Auftritt in Boston bedeutete wohl, dass dem nicht so war.

»Sie wollten mir sagen, wie Sie mich gefunden haben«, erinnerte sie ihn. Patrice legte seinen Hut auf den Stuhl neben ihm und drückte seinen Nasenrücken zusammen. Mags kannte die Geste von dem Tag in Hinesville.

»Ich habe am Flughafen jemanden bestochen«, gestand er. »Als Ihr Name auf der Passagierliste auftauchte, rief sie mich an.«

»Das ist eine ungeheuerliche Verletzung der Privatsphäre«, zischte sie und stand auf, doch Martino packte sie am Handgelenk.

»Mags.«

Sie sah zu ihm hinunter. Sie weigerte sich nicht, ihm zuzuhören, weil sie ihm nicht vertraute, sondern weil genau das Gegenteil der Fall war.

»Setzen Sie sich bitte. Es ist wichtig.«

Er ließ sie los. Sie setzte sich.

»Sie haben meine E-Mails nicht gelesen, oder?«

»Mr Martino«, begann sie.

Er warf ihr einen Blick zu. »Patrice.«

»Ich bin Ihnen wirklich sehr dankbar für das, was Sie im Sommer getan haben. Ich weiß nicht, was ich ohne Sie gemacht hätte.«

Patrice ersparte sich jeden bescheidenen Einspruch. Er zuckte nicht einmal mit den Schultern. Seine Miene blieb ausdruckslos.

»Und, und … ich weiß, dass Sie ein guter Journalist und ein guter Mensch sind. Ich habe die größte Achtung vor Ihnen. Aber für Tam und für mich ist es vorbei. Keine Bilder mehr, keine Morde mehr. Sie macht sich gut in der Schule, sie ist glücklich. Sie wird zu schnell erwachsen. Aber das denken wohl alle Eltern, nicht wahr?«

Patrice reagierte immer noch nicht. Jetzt, wo er vor ihr stand, wirkte er plötzlich sehr verschwiegen.

Mags fühlte sich in die Defensive gedrängt, als müsste sie sich rechtfertigen. Sie verstummte und hielt seinem Blick stand. »Wenn Sie etwas zu sagen haben, können Sie das gleich tun, Patrice.«

»Es ist zu kompliziert, um bei einer Tasse Kaffee darüber zu plaudern.«

Mags schaute auf ihren halb getrunkenen Cappuccino hinunter. »Ich muss zurück zu Tam.«

Patrice zog einen Zeitungsausschnitt aus seiner Jackentasche und legte ihn vor Mags auf den Tisch. Er war vergilbt, die Ränder braun.

»Neunzehnhundertdreiundachtzig.« Patrice tippte auf den Artikel. »EdgeGen hatte noch nie viel für Publicity übrig, aber sie konnten sie nicht vermeiden, als sie ihr neues Labor in Boston bauten. Ein Teil des Geldes stammte von Lokalpolitikern. Sie posierten für diesen ganzen Quatsch, von wegen Band durchschneiden und so. Das war das einzige Foto des Forschungsteams, das ich auftreiben konnte.«

Mags sah es sich an. Der Bürgermeister von Boston schüttelte die Hand eines viel jüngeren Todd Barkworth, der Bradley so sehr ähnelte, dass sie zweimal hinsehen musste.

Patrice deutete auf eine Person. »Hinten, die Zweite von links.«

Hinter Todd und dem Bürgermeister standen sechs Personen in einer Reihe, laut Bildunterschrift allesamt Forscher. Sie trugen weiße Laborkittel mit einem aufgestickten EdgeGen-Logo über der Brusttasche, Todd einen Anzug. Die zweite Person von links war eine kleine Frau: Sie lächelte nicht und schaute auch nicht in die Kamera. Die Wissenschaftler wurden in der Bildunterschrift nicht namentlich genannt.

»Ava Marston. Sie arbeitete seit drei Monaten dort, als das Foto aufgenommen wurde.« Er steckte das Blatt wieder in seine Tasche.

»Und?« Mags trank noch einen Schluck Cappuccino. Sie wollte zu Tam und vergessen, dass das hier passiert war. Sie wollte nicht mehr mit Patrice sprechen. Im Gegensatz zu ihm.

»Ich möchte nur, dass Sie ihr Gesicht sehen und wissen, wer sie ist. Sie war Wissenschaftlerin in der Firma Ihres Mannes.«

»Warum sollte mich das interessieren?«

»Weil ich möchte, dass Sie sie kennenlernen, Mags. Morgen früh.«

Mags trank den letzten Schluck Cappuccino. »Ich denke, ich habe deutlich gemacht, dass ich kein Interesse daran habe. Sie mögen mich für naiv halten, wenn ich die Augen davor verschließe, dass die Firma meines Schwiegervaters vor Jahrzehnten in einige fragwürdige Geschäfte verwickelt war. Vielleicht bin ich das auch. Aber wenn mich dieses Jahr etwas gelehrt hat, dann, dass Familie alles ist. Ich werde nichts tun, um das zu gefährden.«

Sie stand auf. Patrice Martino schloss die Augen. Sein Kopf fiel ein paar Zentimeter nach vorne. Als er sie wieder ansah, entdeckte sie dort so viel Mitleid, dass sie am liebsten ihre Tasche gepackt hätte und weggelaufen wäre, bevor er noch ein Wort sagte. Stattdessen wartete sie.

Patrice legte eine Visitenkarte auf den Tisch. »Ich vermute, Sie haben meine Nummer blockiert. Das verstehe ich. Aber wenn Sie beschließen, sich morgen früh mit Ava zu treffen, rufen Sie mich bitte heute Abend an und lassen Sie es mich wissen.«

»Ich habe Ihnen bereits erklärt, dass ich nicht interessiert bin. Wenn Sie mich jetzt entschuldigen würden …«

»Ich habe eine Frage an Sie, Mags, die Sie vielleicht beunruhigt. Und ich erwarte auch nicht, dass Sie mir sofort antworten. Sollte ich mich irren, ist sie bedeutungslos, und Sie können dieses Gespräch vergessen. Aber wenn nicht, müssen Sie mich anrufen, und Sie müssen Ava treffen. Denn ich bin mir überhaupt nicht sicher, ob Ihre Familie wirklich in Sicherheit ist.« Er hielt inne. Als er wieder sprach, klang seine Stimme flach und farblos. Die Worte erreichten Mags wie das schwere Läuten einer fernen Glocke. Ein merkwürdiges Gefühl überkam sie, als sei sie lebendig und im gegenwärtigen Moment verstrickt, während sie gleichzeitig ihren Körper abstreifte und weit weg war, losgelöst und taub.

»Ist Tam ein Einzelkind?«

Mags wollte die Beine bewegen, konnte aber den Blick nicht von Patrices Gesicht lösen.

»Hatte Ihre Tochter einen Zwilling?«

Mags erinnerte sich nicht daran, das Café verlassen zu haben, aber plötzlich war sie draußen und lief an dem Schuhgeschäft vorbei in die Richtung, die Irene und Tam genommen hatten. Sie erinnerte sich auch nicht daran, nach Patrices Karte gegriffen zu haben, aber sie hielt sie in der Hand, eingeklemmt zwischen Daumen und Zeigefinger wie ein Kruzifix, um Vampire abzuwehren.

Im ersten Modegeschäft, an dem sie vorbeikam, griff sie nach einer Jacke, die drei Größen zu groß war, ging zur Umkleide und zog den Vorhang hinter sich zu.

Sie setzte sich in dem grellen Licht auf die harte Bank und weinte.

Patrice war ein guter Journalist. Als ihrer beider Leben für kurze Zeit in Atlanta ineinandergegriffen hatten, hatte sie ihm den roten Faden einer Geschichte in die Hand gegeben. Seitdem hatte er an diesem Faden gezogen und begonnen, ihr Leben zu entwirren.

»O mein Gott. Was soll ich jetzt tun?«

Das war eine rein rhetorische Frage. Mags wusste genau, was sie tun würde.

Sie würde sich mit Ava Marston treffen.

Kapitel 33

Mags wusste nicht, wie sie den Rest des Tages überstehen sollte, aber irgendwie gelang es ihr. Sie unterhielt sich, lachte über Tams Witze, fragte Irene nach ihrer Wohltätigkeitsarbeit. Beim Abendessen hörte sie Bradley und seinem Vater zu, wobei sie feststellte, dass sie ihre Arbeit mit keinem Wort erwähnten. Sie grübelte darüber, was Martino bei EdgeGen Technology aufgedeckt hatte. Während des Essens musste sie mehrmals an Patrices Worte denken und verstummte für einen Moment, nur um sich gleich darauf wieder mit Mühe an dem Gespräch zu beteiligen.

Kurz nachdem Tam sich verabschiedet hatte, schob sie anhaltende Kopfschmerzen vor, um ebenfalls früh zu Bett gehen zu können. Als Bradley später nachkam, tat sie, als würde sie schlafen.

Nach einer unruhigen Nacht wachte sie lange vor der Morgendämmerung auf. Im Lichtschein ihres Handys suchte sie ein paar Kleider zusammen, ohne Bradley aufzuwecken, und schlich nach unten.

Um fünf Uhr fünfundvierzig rief sie Patrice an.

»Einverstanden. Ich werde mich mit ihr treffen.«

Patrice schickte ihr die Adresse und Postleitzahl einer Kleinstadt einige Meilen nördlich von Boston. Mags nahm die

Schlüssel für Irenes SUV. Ihre Schwiegermutter hatte gemeint, sie könne ihn sich ausleihen, natürlich ohne davon auszugehen, dass Mags das Angebot tatsächlich annehmen würde.

Sie schrieb eine kurze Nachricht und hinterließ sie auf dem Küchentisch.

> Ich muss ein paar Besorgungen machen und konnte nicht schlafen. Habe mir das Auto geliehen. Bin zum Mittagessen zurück.
>
> Bis später, Mags

***

Das Navi im SUV war auf die Skihütte der Barkworths am Mount Sunapee programmiert. Mags tippte die neue Adresse ein und fuhr los.

Das Display zeigte eine Außentemperatur von minus zwölf Grad an, und sie war dankbar für die beheizten Sitze und die Winterreifen. Der Himmel war ein unheilvolles Dunkelgrau. Die blaue Linie auf dem Navi führte sie in Richtung Nordwesten, und die Zeit bis zum Ziel wurde immer kürzer.

Ava Marston wohnte in einem frei stehenden Backsteingebäude in Burlington. Auf ihr Klingeln hin öffnete Patrice die Tür. Mags folgte ihm durch einen Flur in eine größere Wohnküche. Der Tisch war übersät mit Pillendosen und Apothekentüten.

Mags hatte eine jüngere Frau erwartet. Ava Marston war auf dem Foto Mitte zwanzig gewesen, aber die Frau, die nun vor ihr saß, war bestimmt über achtzig. Ihre Haut war fahl und faltig, ihr Haar kaum mehr als ein Flaum. Als sie zu Mags aufsah, registrierte sie den Gelbstich in ihren Augen. Als ob sie ihre Gedanken lesen könnte, trank Ava Marston einen Schluck Wasser und räusperte sich.

»Es ist nicht nur meine Leber.« Ihre Stimme war so trocken und rissig wie ihre Haut. »Lunge, Lymphdrüsen. Magen. Und in den nächsten Monaten auch noch das Gehirn. Es gibt keine elegante Krebsbehandlung. In den sehr frühen Stadien beschießen wir ihn mit Strahlen oder vergiften ihn mit Chemotherapie. Sofern das nicht funktioniert, nehmen wir ein Messer und schneiden ihn heraus. Aber wenn wir nicht schnell genug sind, verpassen wir unsere Chance, und wir würden den Patienten töten, sobald wir die kranken Zellen herausschneiden. Viele Ärzte würden dieses Ergebnis als Fehlschlag betrachten.«

Sie nickte in Richtung der Medikamentenauslage auf dem Tisch. »Wir können das Leben verlängern und Schmerzen lindern, aber damit pinkeln wir gegen den Sturm.«

Patrice zog einen Stuhl für Mags heran, bevor er selbst Platz nahm.

Nach kurzem Zögern tat Mags es ihm gleich. Sie wusste nicht, wie sie reagieren sollte. Sie hätte sagen können, dass es ihr leidtat, aber Ava Marstons humorloses Lächeln deutete an, dass sie kein Mitleid wollte.

»Ich werde müde und kann nicht mehr lange sprechen. Mr Martino rief mich zu einer Zeit an, in der ich noch aufs Klo gehen konnte, ohne dass mir jemand den Hintern abwischt. Wir zeichneten das Interview auf, und ich ließ ihn alles, was ich erzählte, abschreiben, solange er es genau hier tat, an meinem Computer und mit abgeschaltetem WLAN.«

Ava nahm eine Pille aus einer Blisterpackung und spülte sie hinunter. »Ich habe Mr Martino eine Wahnsinnsgeschichte geliefert. Er kann sie veröffentlichen, wenn ich tot bin. Nachdem EdgeGen gezahlt hat. Ich selbst hatte nie Kinder, Mrs Barkworth, meine Schwester schon. Gute Kinder. Ich kann ihre verdammt gute Fee sein. Das gefällt mir. Sobald sie das Geld haben, kann Mr Martino die Story veröffentlichen und mich als seine Quelle nennen. Sie werden es abstreiten. Aber diesmal wird irgendetwas hängen bleiben. Nach den Interviews hat Mr Martino mir von Ihnen erzählt.«

Es war viel zu heiß in dem Haus. Schweiß rann Mags' Rücken hinunter. Ihr Mund war trocken. »Von mir?«

»Von Ihnen. Mr Martino meint, dass seine Geschichte die Menschen schützen wird. Sobald sie wissen, was los ist. Aber er sagte auch, dass einige Leute schon jetzt beschützt werden müssen. Insbesondere Sie und Ihre Tochter.«

Mags öffnete den Mund.

Ava Marston schüttelte den Kopf und wedelte mit einem knochigen Finger. »Bitte, Mrs Barkworth, sagen Sie nichts. Lesen Sie die Aufzeichnungen. Sie dürfen das Haus nicht verlassen.« Sie wies auf eine offene Tür, die aus der Küche führte. »Sie liegen im Arbeitszimmer. Wir warten hier, bis Sie fertig sind.«

Mags stand auf und sah Patrice an. Er wich ihrem Blick aus. Sie ging zur Tür.

Die alte Frau hustete und rief sie noch einmal zurück. Mags vermutete, dass Ava Ende fünfzig oder Anfang sechzig war. Der Krebs hatte sie schnell altern lassen.

»Mrs Barkworth?« War da ein Zittern in dieser rauen Stimme? »Glauben Sie an Gott?«

»Nein.«

»Ich auch nicht, aber in letzter Zeit überkommt mich der Drang zu beten. Immer das gleiche Gebet. Ich bete, dass es keinen Gott gibt, kein Jüngstes Gericht. Sie werden über mich urteilen, Mrs Barkworth.«

Mags ließ sie reden.

»Und Sie werden jedes Recht dazu haben.«

Sie stand auf, zog einen Stock aus dem Stuhl und wankte in Richtung Hintertür. Als sie stolperte, sprang Patrice auf, aber sie fauchte wie eine Wildkatze.

»Mr Martino wird Sie hinausbegleiten. Ich bin zu feige, Ihnen gegenüberzutreten, nachdem Sie mein Geständnis gelesen haben. Wollen Sie die größte Lüge wissen, die ich je gehört habe? Der Zweck heiligt die Mittel. *Das* reden sich alle Monster ein. Auf Wiedersehen, Mrs Barkworth.«

Sie schlurfte hinaus und schloss die Tür hinter sich.

Im Arbeitszimmer lag ein einziger Ordner auf dem Schreibtisch.

Mags setzte sich, öffnete ihn und begann zu lesen.

KAPITEL 34

Diese Mitschrift ist eine gekürzte Zusammenfassung der Gespräche zwischen Patrice Martino und Ava Marston im September 20**. Die Originalaufnahmen und Transkriptionen sind auf Anfrage erhältlich.

***

PATRICE MARTINO

Mrs Marston, wann sind Sie zu EdgeGen Technology in Boston gekommen und wann haben Sie das Unternehmen wieder verlassen?

AVA MARSTON

Ich fing bei ihnen an, als 1983 das neue Labor eröffnet wurde. Ich habe dort bis 2007 gearbeitet. Ich kam als junge Forschungsassistentin frisch vom College ins Team. Als ich es verließ, war ich leitende Wissenschaftlerin. Man bot mir verschiedene Posten im Management an, aber ich war nur im Labor glücklich. Wobei »glücklich« das falsche Wort ist.

Ava, als wir uns das erste Mal trafen, erwähnten Sie EdgeGens Militäraufträge. Sie haben an diesen Projekten gearbeitet, richtig?

Ja. Ja, das habe ich. Heutzutage ist es kein Geheimnis mehr, dass CIA und US-Militär in den Sechziger- und Siebzigerjahren an paranormalen Phänomenen interessiert waren. Inzwischen lachen die Leute darüber. Andere Zeiten. Ich erinnere mich an einen texanischen Millionär, der diesen israelischen Metallverbieger einfliegen ließ und ihm ein Vermögen dafür zahlte, dass er nach Öl suchte. Sollte es Telepathie, Hellsehen oder Telekinese wirklich geben, wollte die Regierung das als Erste herausfinden. Vergessen Sie nicht, dass damals der Kalte Krieg herrschte. Wir wussten nicht, was Russland tat, und niemand wollte in irgendeinem Forschungsbereich in Rückstand geraten. Todd Barkworth sah eine Gelegenheit und ergriff sie. Die Genforschung war ein aufregendes Gebiet, und sein hochmodernes Wissen beeindruckte die Politiker. Sollte an paranormalen Phänomenen etwas Wahres dran sein, dann wäre das eine Sache der Genetik, so Barkworth. Wenn wir Menschen mit überprüfbaren Fähigkeiten finden könnten, könnten wir das Gen isolieren, das sie zu etwas Besonderem macht. Und dann wären wir nicht mehr weit davon entfernt, dass wir – mit genügend Zeit und Geld – ähnliche Fähigkeiten bei Menschen ohne diesen genetischen Vorteil stimulieren könnten.

Ja, ich erinnere mich an Dokumentarfilme über die CIA und ihre Erforschung der Fernwahrnehmung. Also jemanden zu bitten, Bilder zu zeichnen, die von den Gedanken eines Probanden übertragen wurden, der Hunderte von Meilen entfernt war, richtig?

Ja. Anfangs verwarf unsere Forschung die meisten paranormalen Phänomene. Wir konnten keine Beweise für Telekinese finden, also für die Fähigkeit, Materie mit dem Geist zu beeinflussen. Dasselbe galt für Hellsehen. Und so sehr es sich die Astrologieanhänger auch wünschen, niemand kann die Zukunft voraussagen. Das ist Schwachsinn. Lukrativer Schwachsinn. Bei all den Fortschritten, die die Wissenschaft zu meinen Lebzeiten gemacht hat, rufen die Leute immer noch kostenpflichtige Hotlines an, damit ein Betrüger ihnen den Mist erzählen kann, den sie hören wollen. Das macht fünfzig Mäuse, bitte. Mein Gott!

Sie haben also viele dieser Phänomene als unmöglich ausgeschlossen. Welche blieben übrig?

Nun, jetzt kommen wir zu dem interessanten Teil. Obwohl viele Hinweise auf Hörensagen basierten, es sich also um anekdotische Beweise handelte, sprach einiges für Telepathie. Die überzeugendsten Berichte ließen solche Verbindungen zwischen Geschwistern vermuten – sogar über große Entfernungen. Es gab Tausende von Fällen. Und noch überzeugender waren sie, wenn es sich um Zwillinge handelte. Darauf konzentrierte Barkworth die Forschung von EdgeGen.

Auf Zwillinge?

Ja. Und unsere frühen Studien brachten uns einen lukrativen Militärauftrag ein. Barkworth schickte Forscher durch das ganze Land, die Tests an Zwillingen durchführten. Es war ein langfristiges Programm. Interessant für die Forschung waren Zwillinge, Drillinge, Vierlinge und Fünflinge, aber die Daten waren verfälscht. Die Zwillinge wuchsen zusammen auf, gingen in dieselben Schulen. Sie hielten sich an die gleichen Wertesysteme. Ihr genetisches Erbe und ihre Umgebung hatten bei den Geschwistern möglicherweise einen so ähnlichen Entscheidungsprozess hervorgebracht, dass es wie Telepathie aussah. Wie ich schon sagte, bei einem Großteil handelte es sich um anekdotische Beweise, die kaum argumentative Aussagekraft besitzen. Es gab lediglich einen Forschungsbereich, in dem die Ergebnisse unter Laborbedingungen über dem Durchschnitt lagen.

Und welcher war das?

Die Fernwahrnehmung. Das eine Geschwisterteil wurde unter Beobachtung gehalten und das andere mit einem EdgeGen-Beobachter in den praktischen Einsatz geschickt. Die Testperson im Labor konnte einen bestimmten Baum oder ein markantes Gebäude in einer Stadt zeichnen, die sie noch nie besucht hatte. Die Trefferquote lag weit über dem Durchschnitt. Und wir hatten unsere Stardarsteller: Waldorf und Statler.

(*Gelächter und Husten*)

Das waren natürlich nicht ihre richtigen Namen. Aber sogar Barkworth nannte sie Waldorf und Statler. Sie waren Ende achtzig. Zwei Brüder aus Cincinnati. Farmer. Mit Mitte vierzig rollte ein Traktor über Statler und begrub ihn unter sich. Es war Markttag und Waldorf auf dem Weg in die Stadt. Er war schon auf halbem Weg dorthin, als Waldorf plötzlich wie ein Verrückter zum Krankenhaus raste und darauf bestand, dass sie einen Krankenwagen losschickten. Er fuhr selbst darin mit und führte sie zu dem Feld, auf dem sein verletzter Bruder lag. Rettete sein Leben. Ihr Leben war voll von ähnlichen Geschichten.

Und Sie konnten das unter Laborbedingungen wiederholen?

In dem Maße, dass wir keine andere Erklärung für ihre Fähigkeiten finden konnten. Sie wirkten nicht wie Betrüger, waren gottesfürchtige, höfliche, alte Männer. Aber wir gingen davon aus, dass sie irgendwie unter einer Decke steckten. Unsere Tests wurden immer schwieriger. Einmal schickten wir Statler mit einem Leichtflugzeug in die Luft, sagten Waldorf aber nichts davon. Als wir mit dem Test begannen, starrte Waldorf lange Zeit auf die Wand. Ich dachte schon, er wäre eingeschlafen. Schließlich war er Ende achtzig. Aber dann begann er zu zeichnen. Waldorf malte eine Wolkendecke, auf die man durch ein kleines quadratisches Fenster sah.

An diesem Abend brachte Todd Barkworth uns eine Flasche Champagner. Der Militärauftrag wurde verlängert und wir bekamen ein paar Besuche von Männern in Anzügen, die sich nicht vorstellten. Und eine Gehaltserhöhung. Barkworth zog nach Beacon Hill. Die Atmosphäre war fiebrig. Wir waren Pioniere. Die eine Hälfte des Teams schlief mit der anderen Hälfte. Es ist schwer zu erklären, wie aufregend es war. Gott, ich hätte damals verschwinden sollen. Aber ich ging völlig darin auf.

Was lief schief?

Statler starb. Wir wussten, dass es früher oder später passieren würde. Ich schätze, wir hatten auf später gehofft. Keiner von beiden erfreute sich bester Gesundheit. Das war einer der Gründe, warum sie uns geholfen hatten. Wir gaben ihnen die beste medizinische Versorgung. Aber wenn deine Zeit gekommen ist, dann ist es so. Statler erlitt im Schlaf einen schweren Schlaganfall. Waldorf wusste es natürlich. Er wachte in den frühen Morgenstunden auf, genau in dem Moment, als sein Bruder starb. Sie lebten in einer Wohnung von EdgeGen, einen Block vom Labor entfernt. Sie wussten nicht, dass wir in jedem Raum Kameras und Mikrofone aufgestellt hatten. Wir sahen auf dem Band, wie Waldorf sich aufsetzte und nach dem Telefon griff. Er erholte sich nicht von dem Verlust und starb einen Monat nach Statler.

Sie waren unsere Stars gewesen, unsere dressierten Affen. Ohne sie hatten wir den Zahlmeistern von EdgeGen wenig zu bieten. Dann startete Barkworth die zweite Stufe des Forschungsprojekts.

Heißt was?

Stufe zwei begann, als wir eine Grenze überschritten. Und wir wussten es. Barkworth rief uns in sein Büro und wir bekamen eine dicke Gehaltserhöhung. Mehr brauchte es nicht. Erstaunlich, wie flexibel plötzlich mein persönlicher Moralkodex wurde. Ich hatte ein gutes Einkommen, eine bessere Gesundheitsvorsorge gab es nicht, und die Pensionspläne waren sehr großzügig. Wir unterzeichneten die Verschwiegenheitserklärungen und den militärischen Maulkorberlass. Die Regierung war beteiligt. Ein furchteinflößender Anwalt aus Washington flog für einen Tag ein, um uns die neuen Verträge zu erklären: Wir arbeiteten nun für unser Land, und wenn wir unser Land liebten, hielten wir den Mund. Niemand drohte uns, aber wir wussten, dass es Konsequenzen haben würde, sobald auch nur ein einziges Detail unserer Arbeit nach außen dränge. Ich schlief danach wochenlang schlecht.

Was beinhaltete die zweite Stufe?

Die zweite Stufe war eine Langzeitstudie. Sie umfasste die künstliche Befruchtung von Freiwilligen, um Mehrlingsgeburten zu erzeugen. Innerhalb von zwei Jahren nach Beginn des Projekts hatten wir vier Zwillingspaare und zwei Drillingspaare zu untersuchen. Wir trennten sie nach der Geburt und brachten sie in Pflegefamilien in den ganzen Vereinigten Staaten unter. Niemandem wurde gesagt, dass sie Geschwister sind.

Sie haben ihre Geschwister nie getroffen?

Das hätte die Integrität der Studie beeinträchtigt. Durch die Trennung von Zwillingen und Drillingen konnten wir sicherstellen, dass sie in unterschiedlichen Umgebungen aufwuchsen. Einige Pflegefamilien waren religiös, andere waren Atheisten. Dank der Zahlungen von EdgeGen war zwar keine von ihnen wirklich arm, aber es gab trotzdem große Unterschiede im Einkommen der Familien. Einer unserer Jungen hatte eine Senatorin als Pflegemutter. Ein anderer hatte einen alkoholkranken Ex-Knacki zum Pflegevater, der nie einen Job gehabt hatte.

Und wie oft haben Sie die Kinder untersucht? Wenn sie über das ganze Land verteilt waren, muss es ein riesiges Projekt gewesen sein.

Das war es. Wir haben lokale Forscher eingesetzt. Wir erklärten ihnen, es handele sich um eine landesweite psychologische Studie über Kinder in Pflegefamilien, die von der Regierung bezahlt wurde. Sie filmten die Probanden, zeichneten Interviews auf und stellten Fragen, die wir ihnen vorgaben. Als die Kinder alt genug waren, um zu zeichnen, begannen wir mit den eigentlichen Tests. Wir stellten sicher, dass die Zwillinge oder Drillinge am selben Tag befragt wurden, auch wenn sie Tausende von Meilen voneinander entfernt waren. Zu einem festgelegten Zeitpunkt wurde einem Zwilling ein Foto gezeigt, das der Forscher aus einer bestimmten Auswahl auswählte. Der andere Zwilling erhielt Papier und Buntstifte und sollte zeichnen, was immer er wollte.

Die ersten Jahre waren nicht wirklich ermutigend, aber die Gehirne der Kinder steckten ja noch in der Entwicklung. Die Forscher testeten sie einmal im Monat. Über ein Jahrzehnt lang waren die Ergebnisse uneindeutig. Es gab Zufälle, Verhaltensähnlichkeiten zwischen getrennten Geschwistern. Mehr nicht.

In der Pubertät wurde es dann interessant, allerdings nicht bei allen Kindern. Die hormonellen Veränderungen verbesserten die Ergebnisse lediglich bei einigen von ihnen. Und nur bei einem Zwillingspaar wurden signifikante Fortschritte erzielt. Molly und Jason. Als sie im Teenageralter waren, gingen ihre Resultate in der Fernwahrnehmung durch die Decke. Sie bestanden mehr als achtzig Prozent der Tests.

Ich kann Ihnen gar nicht beschreiben, wie aufregend das war. Seit den Erfolgen von Waldorf und Statler waren zwölf Jahre vergangen. Unsere Geldgeber bei Militär und Regierung hatten zwar gewusst, dass es sich um ein langfristiges Projekt handelte, aber das bedeutete nicht, dass es keinen Druck gab. Sie wollten eine Gegenleistung für ihre Investition. Jahrelang hatte Barkworth ihnen nichts zu bieten. Also haben wir uns an die Zwillinge als unsere Eintrittskarte für zukünftige Finanzierungen geklammert. Das Problem war, dass keine unserer anderen Probanden solche Fähigkeiten zeigten wie Molly und Jason. Wenn unsere Star-Zwillinge nicht gewesen wären, hätten wir nichts gehabt.

Haben Sie herausgefunden, was bei Molly und Jason anders war? Warum sie paranormale Fähigkeiten zeigten und die anderen nicht?

Ja, das haben wir. Das war eine unserer Prioritäten. Wir haben diese armen Kinder hergebracht und jeden Test, den wir kannten, an ihnen durchgeführt. Barkworth erzählte den Pflegeeltern, dass bei ihren leiblichen Eltern eine seltene genetische Krankheit gefunden worden wäre und die Kinder sterben könnten, wenn sie nicht behandelt würden. Molly kam in eine Privatklinik in New York, Jason war in Los Angeles. Ich war in dem Team, das Molly zugeteilt war. Haar-, Speichel- und Blutproben. Lumbalpunktionen. Angiografien, Hirnscans, Biopsien, EEG, ENG. Wir führten jeden erdenklichen Test durch. Wenn wir irgendetwas aus ihrem Körper entnehmen konnten, um ihn zu untersuchen, haben wir das gemacht. Aber wir fanden nichts Ungewöhnliches. Drei Wochen später schickten wir die Kinder wieder nach Hause und führten bei jeder Stichprobe weitere Tests durch. Immer noch nichts. Barkworth war der Verzweiflung nahe. So hatte ich ihn noch nie gesehen. Er wusste, dass wir auf der richtigen Spur waren. Wir alle wussten es. Aber ein positives Ergebnis aus mehreren Fallstudien reichte nicht aus. Wenn wir nicht den Grund für ihre Besonderheit herausfinden konnten, wären wir erledigt.

Da entdeckten wir den Zusammenhang. Er veränderte alles. Eine Nachwuchsforscherin hatte die Familiengeschichte untersucht und die leibliche Mutter und den Samenspender des Zwillings mit denen aller anderen Probanden verglichen. Es war eine lange, mühsame Arbeit. Als sie mir ihre Ergebnisse brachte, überprüfte und kontrollierte ich sie noch einmal, bevor ich zu Barkworth ging. Es war die Leihmutter. Wir hatten die Mütter aufgrund ihrer körperlichen und geistigen Gesundheit ausgewählt. Wir überprüften ihre Familiengeschichte, um

236

häufige genetische Anomalien zu vermeiden. Aber die Nachwuchsforscherin entdeckte, dass Jasons und Mollys Mutter die einzige Leihmutter war, in deren Familie es natürliche Mehrlingsgeburten gegeben hatte. Sie war ein Zwilling. Ihre Mutter war ein Zwilling, ebenso ihre Großmutter.

***

Mags stand auf und presste die Hände auf den Schreibtisch. Als ihre Finger zu schmerzen begannen, merkte sie, dass sie ihre Fäuste geballt hatte. Sie ging zum Fenster.

Das Letzte, was sie tun wollte, war weiterzulesen. Nicht nur sie war ein Zwilling, sondern auch ihre Mutter, ihre Großmutter und ihre Urgroßmutter.

Mags starrte hinaus. Die Wintersonne spiegelte sich auf der schneebedeckten Straße, sodass man kaum hinausschauen konnte. Drei schwarze Autos wurden langsamer, als sie sich dem Haus näherten. Mags trat einen Schritt zurück, damit die Nachbarn sie nicht bemerkten.

Sie kehrte zum Schreibtisch zurück und stellte ihr Handy so auf, dass sie es sehen konnte, und schlug die nächste Seite auf.

Wie viel schlimmer konnte es noch werden?

KAPITEL 35

In meinem Zimmer steht eine Kamera, die auf das Bett gerichtet ist. Der Besucherstuhl in der hinteren Ecke liegt nicht in ihrem Sichtfeld. Dort trainiere ich. Ich habe im Laufe der Wochen mein eigenes Zirkeltraining entwickelt. Ich stehe aus dem Bett auf und achte darauf, dass ich schwach und unsicher wirke, wenn ich durch den Raum in Richtung Stuhl stolpere. Sobald ich außer Sichtweite bin, beginne ich mit der ersten Runde Dips, wobei ich mich auf dem Stuhl abstütze. Dann knie ich mich auf den Boden für Bizepscurls und hebe dabei den Stuhl an. Als Nächstes folgen Liegestütze. Am Anfang brauchte ich all meine Willenskraft, um eine Runde durchzuhalten. Inzwischen schaffe ich selbst mit den Zehen auf der Kopfstütze drei Runden von jeweils dreißig Wiederholungen.

Sie vertrauen mir, dass ich ihre Pillen nehme. Ich sehe dieser Tage selten eine Nadel. Am Anfang habe ich die Tabletten geschluckt, aber später versteckte ich sie unter der Zunge und spülte sie in unbeobachteten Momenten weg. Was auch immer sie enthalten, durch sie werde ich langsam und verwirrt. Ich spiele das Theater weiter. Und sie nehmen meinen benommenen Zustand als selbstverständlich hin und werden nachlässig.

Gut so.

Heute wurde meine Routine durch etwas Unerwartetes durcheinandergebracht. Etwas Glorreiches. Etwas so Wunderbares, dass ich mich für meine Zweifel schämen muss. Nach dem heutigen Tag weiß ich, dass ich nicht allein bin; das Universum hat mich nicht im Stich gelassen. Ich bin Teil eines größeren Plans.

Die Pillen, die sie mir heute Morgen geben, sind die stärksten. Sie sind gelb, länglich und größer als die anderen. Als ich sie das letzte Mal nahm, war ich über eine Stunde lang bewusstlos. Ich weiß also, was ich tun muss. Fünf Minuten nachdem ich so getan habe, als hätte ich sie heruntergeschluckt, lasse ich den Kopf ins Kissen sinken und schließe die Augen.

Ratched kommt rein. Simon ist bei ihr. Sie wirkt nervös. Irgendwie klingt ihre Stimme angespannt, und sie überprüft alles zweimal. Ihr Verhalten und das stärkere Beruhigungsmittel versetzen mich in Alarmbereitschaft.

»Überprüf ihn«, sagt sie.

Ich spüre Simon neben mir. Ich bleibe schlaff und entspannt liegen. Er kontrolliert meinen Puls, hebt ein Augenlid an. Ich rolle die Augen nach hinten. Ich bin mir nicht sicher, ob ich ihn täuschen kann.

Ratched rettet mich. »Beeil dich!«, fährt sie ihn an.

Als Simon spricht, muss ich meine ganze Willenskraft aufwenden, um nicht hochzufahren und die Augen aufzureißen.

»Ich glaube nicht, dass er in nächster Zeit Breakdance tanzen wird. Bei den Medikamenten, die er schluckt, kann er mir nicht einmal sagen, welcher Wochentag heute ist. Der arme Trottel merkt nicht einmal, dass er in Boston ist.«

Boston. Dort, wo alles begann. Jetzt ergibt es Sinn. Hierher kam ich für die Medikamentenstudie und die Behandlung meiner Schlafstörung. Der Amerikaner war also nicht zu mir gereist, sondern ich zu ihm. Und zu seinem Vater. Ich bin wahrscheinlich in demselben Gebäude, in dem sie mich operiert haben.

Und sie wissen, wer ich bin. Da sind diese Bilder, die sie gezeichnet hat … Sie wissen, dass ich der Schlafzimmermörder bin. So nennen mich die Typen im Fernsehen. Sie verstehen einfach nicht, dass das, was ich tue, kein Töten ist. Niemand versteht es. Ich muss hier raus.

Ratched und Simon lassen mich allein. Ich hatte die ganze Zeit die Luft angehalten, also atme ich jetzt so langsam wie möglich wieder aus. Wie soll ich zu ihr kommen, wenn ich in Amerika bin? Wie komme ich zurück nach England, nach London?

Ich weiß es nicht. Ich fühle mich so niedergeschlagen wie nie zuvor, seitdem die Verbindung abgebrochen ist. Ich verliere meine letzte Hoffnung.

Da passiert es. In meinem schlimmsten Moment. Als ich kurz davor bin aufzugeben.

Die Tür öffnet sich. Ich wage es nicht, die Augen auch nur einen winzigen Spalt zu öffnen. Sie dürfen nicht bemerken, dass ich ihre Medikamente nicht nehme.

Es ist der Amerikaner, und er ist nicht allein. Seine Stimme klingt anders. Er spricht leise, als ob er mich nicht stören wollte. Dieses rücksichtsvolle Verhalten ist neu. Es ist zum Wohle seiner Begleitung. Es ist nicht sein Vater. Wer dann? Ich war davon ausgegangen, dass der Vater des Amerikaners das Sagen hat. Hatte ich mich geirrt? Ist er der wahre Chef hier?

»Manchmal kümmern wir uns hier um die Leute. Dieser Mann hat eine Hirnverletzung erlitten. Da wir das menschliche Gehirn schon sehr lange erforschen, haben wir unsere Hilfe zugesagt. Wir hoffen, dass er sich vollständig erholen wird.«

Eine zweite Stimme. Eine Kinderstimme. Was macht ein Kind hier?

»Schläft er?«

»Wir geben ihm eine spezielle Medizin, die ihm beim Einschlafen hilft, Honey. Er wird nicht aufwachen. Sei nicht schüchtern und sieh ihn dir genauer an.«

Honey? Ist das seine Tochter? Aber ihr Akzent stimmt nicht. Der ist britisch.

Schritte, dann wieder ihre Stimme, diesmal näher.

»Dad, ich kenne ihn. Das ist der Mann von dem Unfall vor unserem Haus. Ich habe eine Decke für ihn geholt. Ein Lieferwagen hatte ihn angefahren und Mum hat einen Krankenwagen gerufen. Das ist der Mann.«

»Er sieht ihm ziemlich ähnlich, ja. Anfangs dachte ich auch, er wäre es. Aber er ist es nicht. Der arme Kerl ist in London. Ich habe ein paar Mal nach ihm gesehen. Zuletzt hörte ich, dass er aus dem Krankenhaus entlassen wurde und wohl wieder ganz gesund wird.«

»Die Ähnlichkeit ist wirklich verblüffend, oder?«

»Ja, Tam. Verblüffend.«

Ich höre kaum, was das Kind sagt. Mein Leben steht gerade kopf. Sie – das Kind – ist bei dem Unfall dabei gewesen. Sie kam aus dem Haus. Sie ist es! Der Amerikaner ist ihr Vater. Deshalb hatte er die Zeichnungen. Sie ist diejenige, die mich ruft.

Sie ist hier.

Ich muss nicht fliehen, wenn ich mich jetzt rühre. Kann ich es riskieren, obwohl ihr Vater hier ist? Ich zögere und beschließe schließlich, es zu versuchen. Vielleicht bekomme ich niemals eine bessere Chance.

Ich spanne die Muskeln an, öffne ein wenig die Augen, um eine Vorstellung davon zu erhalten, wo sie ist. Sie hat sich halb weggedreht. Sie hat kurzes dunkles Haar, ihr Nacken ist blass. Ich kann ihr Gesicht nicht sehen. Ihr Vater will gerade ihre Hand nehmen und sie hinausführen. Ich mache mich bereit.

Die Tür öffnet sich. »Entschuldigung, Mr Barkworth. Da ist ein Anruf für Sie.« Es ist Simon. »Sie sagten, es sei dringend. Es geht um Ihre Frau.«

Zu spät, ich bin zu spät. Drei Sekunden später bin ich allein.

Ich lege mich zurück und versuche zu begreifen, was das bedeutet. Während ich darüber nachdenke, entfaltet sich in meinem Kopf ein zartes Pflänzchen der Erkenntnis. Ich weiß, was los ist, und weine vor Dankbarkeit. Dann denke ich an die Gefahr. Wenn ich sie spüre, tut sie es vielleicht auch. Möglicherweise sagt sie etwas zu ihrem Vater.

Ich wende meine Aufmerksamkeit von ihr ab, tue alles, um sie zu ignorieren. Ich kann nicht zulassen, dass es sich entfaltet. Noch nicht. Ich muss den richtigen Moment abpassen, meinen Zug machen, wenn es ruhiger ist.

Aber es muss heute sein. Ich kann das, was in mir geschieht, nicht lange verbergen, und sie ist ganz in der Nähe.

Ich werde sie nicht noch einmal verlieren.

Heute.

KAPITEL 36

Fortsetzung der Mitschrift, Ava Marston, September 20**.

***

AVA MARSTON

Als wir die Verbindung zu Familien entdeckten, die auf natürliche Weise Zwillinge bekamen, stürzte sich Barkworth darauf. Er wollte die Finanzierung einer neuen Studie. Wir würden uns auf Frauen konzentrieren, die aus Zwillingsfamilien stammten. Aber die Antwort war Nein. Regierungen waren gekommen und gegangen, Gönner hatten sich zur Ruhe gesetzt oder waren gestorben. Für ein Projekt, das in Washington zum Witz geworden war, stand kein Geld mehr zur Verfügung. Wir befürchteten, dass es eingestellt werden würde.

Weshalb änderten sie ihre Meinung?

Pures Glück. Ein einziger Glücksgriff änderte alles. Mein Gott, ich halte das, was passiert ist, immer noch für ein Glück. Ich habe nie darüber nachgedacht, was es für Jason bedeutet hat.

Der arme Junge. Für uns war er kein Mensch, nur ein Name in einem Bericht.

Er hatte ein Skateboard – eins von diesen langen. Ich weiß nicht, wie die Kinder sie nennen. Er fuhr damit ständig die Hügel in Los Angeles hinunter. Eines Tages kam er nicht mehr zurück. Sie fanden ihn am Straßenrand. Im Krankenhaus haben sie Flüssigkeit aus seinem Hirn abgelassen. Das Kleinhirn war geschwollen, eine solche Verletzung macht jede Genesung unberechenbar.

Er erlangte das Bewusstsein wieder und wurde entlassen. Während der Monate, in denen er sich zu Hause erholte, kamen unsere Teams vor Ort wie gewohnt vorbei und stellten ihre Fragen. Die Eltern beschwerten sich nicht. Sie glaubten nach wie vor, wir hätten ihn vor einer genetisch bedingten Erkrankung gerettet.

Im Fernwahrnehmungsteil der Interviews scheiterte Jason jedes Mal. Egal, ob er der Sender oder der Empfänger war, die Fähigkeit war verschwunden. Vor dem Unfall hatten wir Scans von seinem Gehirn gemacht, die wir nun mit den Scans danach verglichen. Zu diesem Zeitpunkt arbeitete einer der besten Neurologen des Landes für Barkworth bei EdgeGen. Sie werteten die Daten gemeinsam aus und stellten die Schädigung eines bestimmten Teils des Hirns in der rechten Gehirnhälfte fest. Barkworth war davon überzeugt, dass er den Bereich des Gehirns identifiziert hatte, der die telepathische Verbindung zu Molly herstellte. Das war der Zeitpunkt, an dem wir zur dritten Stufe übergingen.

(*weinende Laute*)

Mrs Marston? Ava? Brauchen Sie eine Pause? Warten Sie einen Moment. Hier, nehmen Sie die Taschentücher. Möchten Sie etwas trinken?

Ein Glas Wasser, bitte. Es tut mir leid. Es ist nur … Ich meine … Ich habe mir eingeredet, dass es gerechtfertigt wäre. Ich bin da irgendwie reingerutscht. Wir behaupteten, die dritte Stufe wäre im Interesse der Wissenschaft und des Fortschritts. Des übergeordneten Wohls. Was für ein schlechter Witz.

Ist es okay für Sie weiterzumachen?

Ja, sicher kann ich weitermachen. Zwar zwanzig Jahre zu spät, aber ich kann weitermachen.

In der dritten Stufe gingen wir von der Theorie zur Praxis über. Von der Beobachtung zur Beeinflussung. Vom Interpretieren der Daten zum Gottspielen. Barkworth erinnerte uns an die Verträge, die wir unterschrieben hatten. Dann wollte er uns inspirieren und sprach über die nächste Generation der wissenschaftlichen Forschung, über die neuen Grenzen, die wir erforschen könnten. Wir seien die Baumeister der nächsten Stufe der Evolution, meinte er. Die dritte Stufe unserer Forschung würde den Weg ebnen. Er hat es nicht beschönigt. Das wäre auch sinnlos gewesen. Wir waren Wissenschaftler, wir sprachen die gleiche Sprache. Experimentelle Chirurgie, das käme als Nächstes. Nicht um jemanden zu heilen, sondern um die Verbindung von Molly und Jason zu reproduzieren.

In den folgenden Wochen verarbeiteten wir, was von uns erwartet wurde, und das Forschungsteam hörte auf, so zu tun, als wären wir Freunde. Die Begeisterung der Achtzigerjahre war schon lange vorbei, aber jetzt wollten wir auch keine Kontakte mehr außerhalb des Labors. Keine Partys am Freitagabend mehr. Von diesem Jahr an fanden keine Weihnachtsessen der Firma mehr statt. Niemand im Team schlief mehr miteinander.

Niemand kündigte. Zumindest dachte ich das. Jetzt bin ich mir nicht mehr so sicher. Tony, der sein Kind durch Leukämie verloren hatte, gefiel Stufe drei nicht. Sie gefiel ihm ganz und gar nicht. Er bemühte sich, seine Abscheu zu verbergen, aber wir haben es alle gemerkt. Ich fragte mich, ob er Barkworth zur Rede stellen oder weggehen würde. Einen Monat nach Beginn der dritten Stufe starb er bei einem Autounfall. Einem Unfall. Ja, richtig. Das Schlimmste ist, dass ich es glaubte. Armer Tony. Er war der Beste von uns.

Zur dritten Stufe gehörte die invasive Chirurgie am Menschen. Niemand auf Regierungsebene würde dem zustimmen. Aber Barkworth hatte eine neue Geldquelle gefunden. Er hatte vielleicht den Glauben an eine neue Generation von Politikern verloren, aber einige wenige Gläubige aus der Anfangszeit leiteten nun Abteilungen beim Militär, der CIA oder anderen Behörden. Das Geld floss wieder, das war alles, was wir wussten.

Wir suchten nach Probanden, nach Menschen mit bekannten neurologischen Erkrankungen. Leichte Formen der Epilepsie, Narkolepsie, Aphasie, Parkinson, Schlafstörungen, Alzheimer.

Mrs Marston? Sie erwähnten die experimentelle Chirurgie? Was genau heißt das?

Hirnchirurgie. Wir haben an ihren Hirnen herumoperiert.

Wir gingen sehr gründlich vor, um ideale Kandidaten aufzutun. Es war wichtig, dass sie nur wenige lebende Verwandte hatten. Am besten waren sie Einzelgänger. Wir wussten, dass der Eingriff bei ihnen bleibende Schäden hinterlassen könnte. Einige würden das nicht überleben. Diese Möglichkeit spielte Barkworth zwar herunter, aber es war besser, wenn es Menschen waren, die niemand vermissen würde. Für alle Familienmitglieder, die Fragen stellten, gab es einen großzügigen Entschädigungsfonds.

Es ging also um experimentelle Hirnchirurgie? Was hat das mit Zwillingen zu tun?

Okay, um diese Frage zu beantworten, muss ich etwas weiter ausholen. Können wir eine Pause machen? Ich brauche eine Pause. Schalten Sie das aus, ja?

***

Test, Test. 18 Uhr 40. Möchten Sie fortfahren, Mrs Marston?

Ja. Lassen Sie mich reden. Keine Fragen. Sollte ich etwas vergessen, können Sie mich später danach fragen, okay?

Ja. Legen Sie los.

Barkworth und sein Team von Neurologen entwickelten ein experimentelles Hirntransplantationsverfahren. Es handelte sich dabei um eine sehr geringe Menge Material, einen Zellsplitter. Ein winziges Stück des Kleinhirns wurde dem Probanden aus dem Teil des Gehirns entnommen, der bei Molly und Jason aktiv war, und an seine Stelle neue Zellen implantiert.

Gott steh uns bei.

Inzwischen hatten wir es mit zwei Barkworths zu tun. Bradley war mit Mitte zwanzig zu EdgeGen gestoßen. Er war intelligent, kompetent und charmant. Wäre er in die Politik gegangen, wäre er inzwischen wahrscheinlich schon Präsident. Aber er stand im Schatten seines Vaters. Bradley hatte nie ganz den gleichen Antrieb oder die gleiche Vision. Er hatte nur den brennenden Wunsch, Daddy zu gefallen. Das Übliche halt. Ich glaube, ich suche nach einer Ausrede für das, was er getan hat. Was er meiner Meinung nach getan hat. Was niemand verzeihen konnte.

Heutzutage sind Organtransplantationen an der Tagesordnung. Wir vergessen die ersten Versuche, die Misserfolge, die Todesfälle. Der menschliche Körper ist darauf ausgelegt, sich selbst zu schützen. Wird ein Fremdkörper eingeführt, bekämpft er den Eindringling. Die Transplantationschirurgie muss deshalb den Körper überreden, den Eindringling zu akzeptieren, ihn anzunehmen. Barkworth hat dieses Problem erwartet. Die besten Erfolgschancen – vielleicht die einzige Chance auf Erfolg – bestanden bei der Verwendung von genetischem Material, das das menschliche Gehirn am wenigsten abstoßen würde. Stammzellen.

Es kamen potenzielle Probanden nach Boston, wo wir sie einer Reihe von Tests unterzogen. Wir haben neun Kandidaten in die engere Wahl genommen.

Sobald unsere Auswahlliste feststand, warteten wir. Barkworth verriet uns nie, woher er die Stammzellen hatte, die wir brauchten. Es konnten nicht einfach irgendwelche Stammzellen sein. Sie mussten die eines Zwillings aus einer Familie sein, in deren Vergangenheit es bereits Mehrlingsgeburten gegeben hatte. Wir kannten seine Quellen nicht. Wir wollten es auch nicht wissen. Ich hörte auf, darüber nachzudenken. Das ist die Wahrheit. Ich hörte auf, darüber nachzudenken.

An den meisten Arbeitsplätzen bringen die Eltern ihre Babys mit, um sie vorzustellen. Sie reichen sie herum und jeder darf einmal ein Neugeborenes halten. Manchmal träumte ich davon, ein Baby bei EdgeGen zu halten. Aber es waren keine angenehmen Träume, sondern Albträume, aus denen ich zitternd, schwitzend und weinend aufwachte.

Etwa zu dieser Zeit hörte ich bei der Arbeit den Schrei eines Neugeborenen. Bradley war gerade zu Besuch. Die Hälfte seiner Zeit verbrachte er im Ausland. Barkworth erzählte uns, dass er an einem anderen Projekt arbeitete. Niemand hatte etwas dagegen. So charmant und gut aussehend er auch war, er hatte etwas an sich, das mir nicht gefiel. Eine Leere. Vielleicht projiziere ich auch. Vielleicht wird meine Mitschuld ein wenig kleiner, wenn ich ihn im Nachhinein noch böser machen kann? Nein, ich glaube nicht. Das wäre zu einfach.

Der Schrei war sehr kurz. Schwach. Durchdringend. Unverkennbar. Ich befand mich gerade auf einem Flur in der Nähe des Operationssaals. Ich stand ganz still und hoffte, ihn noch einmal zu hören. Ich fürchtete, ihn wieder zu hören. Ich redete mir ein, dass ich ihn mir nur eingebildet hatte. Ich zählte bis zehn, doch es folgte kein zweiter Schrei. Also ging ich weg. Ich ging weg. Aber ich weiß, was ich hörte. An diesem Tag war ein Kind im OP.

Die ersten Eingriffe fanden eine Woche später statt. Insgesamt drei, im Laufe einer Woche. Alle schlugen fehl. Das Gehirn lehnte das Transplantat ab oder nahm es ohne erkennbares Ergebnis an. Niemand konnte vorhersagen, wie das Gehirn reagieren würde. Es war ein Rückschlag, aber Barkworth plante die verbliebenen sechs Kandidaten trotzdem ein. Ihre Eingriffe fanden in den nächsten zwei Jahren statt. Wir haben aus jedem einzelnen etwas mehr gelernt.

Stufe drei wurde auf Eis gelegt, während wir untersuchten, was wir von den Probanden gelernt hatten. Das Team von Neurologen verbesserte das Verfahren und machte Vorschläge für die Auswahl der zukünftigen Kandidaten.

Nach den anfänglichen Misserfolgen war Barkworth inzwischen vorsichtiger. Nur zwei oder drei Eingriffe pro Jahr, und wir hielten die Probanden unter genauer Beobachtung.

Barkworth war überzeugt, dass das Verfahren mit dem richtigen Kandidaten funktionieren würde.

Er hatte recht.

Proband zweiundzwanzig – P22 – war Ende zwanzig. Er war körperlich fit, litt aber an einer seltenen Störung, weshalb er in seinem Leben nie mehr als ein paar Minuten Schlaf bekam. Gleichzeitig verfolgten ihn Wahnvorstellungen, wahrscheinlich wegen der Schlafstörung. Viele seiner Halluzinationen waren harmlos, aber er war vom Tod fasziniert. Er beneidete diejenigen, die schlafen konnten, und hielt den Tod für den tiefsten und friedlichsten Schlaf von allen. Seine Kindheit war nicht unproblematisch gewesen. Ha. Das ist eine Untertreibung. Seinen Vater hatte er nie kennengelernt, seine Mutter war Alkoholikerin und beging Selbstmord, als er dreizehn war. Sie erhängte sich mit einer Angelschnur. Er hat sie gefunden. Er sprach über sie, als wäre sie noch am Leben. Ich erinnere mich, dass darüber diskutiert wurde, ob er als Kandidat akzeptiert werden sollte oder nicht. Aber Barkworth bestand darauf.

Der Eingriff verlief gut. Wir brachten P22 nach seiner ersten Erholungsphase in die Wohnung von EdgeGen und beobachteten ihn im Laufe der Wochen durch versteckte Kameras. Seine körperliche Genesung verlief schneller als bei den anderen und wir wurden zunehmend optimistischer. Niemand sah kommen, was dann geschah. Wir zahlten gut, und er war kein wohlhabender Mann. Aber eines Tages verschwand er. Er verließ die Wohnung und kehrte nie wieder zurück. Wir hatten ihm erklärt, dass er wegen der für seine Genesung notwendigen Medikamente zu uns kommen müsste, allerdings ignorierte er das. Wir suchten monatelang nach ihm, aber er war ein Streuner und wusste, wie man unter dem Radar blieb. Wir sahen ihn nie wieder.

Danach änderte sich die Atmosphäre im Team. Oder vielleicht war nur ich es, die sich veränderte. Barkworth trieb die

Suche nach neuen Kandidaten voran; er war wütend. Seiner Meinung nach war P22 seine goldene Eintrittskarte. Wir waren uns da nicht so sicher. Gut möglich, dass das Transplantat hielt, aber was dann? Wenn er versuchte, die Verbindung zwischen Molly und Jason zu kopieren, brauchte er zwei Probanden mit funktionierenden Hirntransplantaten. Wer war der andere Kandidat?

Falls jemand im Team die Antwort gefunden hat, habe ich es nie erfahren. Ein Jahr nach dem Verschwinden von P22 wurden bei meinem jährlichen Gesundheitscheck Anomalien entdeckt. Zwei Biopsien später bekam ich die Prognose. Witzig. Sie war eine Erleichterung. Karma. Bestrafung.

Ich bin müde. Ich brauche eine Pause. Sie können mir später Fragen stellen. Habe ich Ihnen genug Informationen geliefert, um Barkworth zu Fall zu bringen? Das hoffe ich. Es ist die einzige Möglichkeit, EdgeGen aufzuhalten. Machen Sie es publik. Wenn Sie die Polizei informieren, wird man meine Aussage vernichten. Und Sie gleich mit.

Ich wünsche Ihnen viel Glück, Mr Martino. Ich habe Ihnen gesagt, dass ich nicht an Gott glaube, aber manchmal, mitten in der Nacht, macht mich der Schmerz verrückt und ich frage mich, ob es nicht doch eine höhere Macht gibt. Aber wenn es einen Gott gibt, einen Himmel und eine Hölle, dann weiß ich, wohin ich gehe. Und die Hölle wird mir vertraut sein. Sie wird der Schrei eines Babys sein. Nur dieses Mal wird es nicht aufhören, es wird ewig weitergehen, und ich werde im Flur von EdgeGen stehen und nichts tun, um zu helfen.

Ich gehe jetzt schlafen.

Ende der Mitschrift

***

Es war seltsam, aber als sie entdeckte, dass ihre schlimmsten Befürchtungen wahr geworden waren, konnte Mags damit umgehen. Vielleicht ging es nicht jedem so, sie jedoch überraschte sich selbst mit ihrer Reaktion. Eine Zeit lang konnte sie sich kaum dazu durchringen, das zu lesen, was vor ihr lag. Die furchtbare Angst, die beim Lesen stetig zunahm, war körperlich, eine Last, die sich auf ihre Schultern legte. Sie war allerdings nicht leblos, sondern schlimmer noch, sie war lebendig, klamm, kalt und feucht. Ihre schweren Glieder glitten über sie, dunkle Fangarme schwangen sich um ihre Schultern, ihre Brust und ihren Bauch. Sie drangen wie schwarzer Rauch in ihren Körper ein, wanderten durch ihren Blutkreislauf und flüsterten eine tödliche Nachricht. Doch irgendwann weigerte sie sich mit kalter, klarer Entschlossenheit nachzugeben. Das Gewicht verschwand. Das Monster löste sich auf.

Mags konnte es sich nicht leisten, durchzudrehen und sich dem Schrecken zu ergeben. Sie war eine Mutter. Und ihre Tochter brauchte sie.

Die Zukunft wurde immer kleiner, bis sie nur noch eine Kette von Ereignissen sehen konnte, eine Abfolge, die es einzuhalten galt. Tam finden, sie zum Flughafen bringen und wegfliegen. Für den Moment konnte Mags nicht darüber hinaus planen. Aber das reichte. Tam holen. Von den Barkworths fortgehen. Nach Hause fliegen.

Sie schloss den Ordner und stand auf. Das kleine Arbeitszimmer sah genauso aus, wie sie es vorgefunden hatte, abgesehen von dem Winkel des Sonnenlichts, das durch das kleine Fenster eindrang.

Ohne zu wissen, was sie zu Patrice Martino sagen würde, öffnete sie die Tür und ging in die Küche.

Der Mann, der am Tisch saß, schaute auf. Es war nicht Patrice Martino.

Es war Bradley.

Kapitel 37

»Wo ist Patrice?«, entfuhr es Mags.

»Das geht dich nichts mehr an, Mags. Vergiss ihn.« Bradley stand auf. Wie immer war sein Gesichtsausdruck schwer zu lesen. »Komm, ich fahre dich nach Hause.«

Mags sah ihren Mann an und sah einen Fremden.

»Erst wenn du mir sagst, wo er ist.«

Bradley stand auf. »Gib mir die Schlüssel.«

Sie schüttelte den Kopf und griff nach ihrer Tasche.

»Niemand wird ihm wehtun, Mags. Aber er kann seine Geschichte nicht veröffentlichen. Früher oder später wird er einsehen, dass es das Beste ist, sie fallen zu lassen. Früher wäre allerdings besser – für ihn.«

Ein Mann und eine Frau – beide trugen Anzüge – kamen durch die Tür herein, durch die Ava zuvor hinausgegangen war. Sie stellten sich in die Mitte des Raumes, und ihre Haltung erinnerte Mags an einen Dokumentarfilm über Raubtiere. Sie wirkten entspannt, fast gelangweilt. Ihre Arme hingen locker an den Seiten, die Beine waren weit ausgestreckt und ihre Augen beobachteten pausenlos das Zimmer.

Sie schluckte.

»Die Schlüssel«, wiederholte Bradley.

Die Frau trat einen Schritt auf Mags zu und streckte die Hand aus. Mags reichte ihr die Schlüssel, und die Frau warf sie Bradley zu.

»Komm«, sagte er. Sie sah den Fremden nach, die nun das Arbeitszimmer betraten. Der Mann blieb auf der Schwelle stehen und musterte sie. Er rührte sich nicht, bis Mags gegangen war.

Draußen wartete Bradley. Sie blieb vor der Tür stehen.

»Wo ist Tam?«

»Bei Mom. Sie backen Kekse.«

Sie kramte in ihrer Tasche nach dem Handy und rief Irene Barkworth an. »Irene, ich bin's, Mags. Ist Tam da?«

»Ja, Honey, sie ist hier. Warte kurz. Tam, wasch dir das Mehl von den Händen. Deine Mom möchte mit dir sprechen.« Irene senkte die Stimme. »Bist du okay, Mags? Wir haben uns Sorgen gemacht.«

Mags fragte sich, wie viel Mrs Barkworth über das Unternehmen ihres Mannes und die Rolle ihres Sohnes darin wusste. Irene Barkworths Verhalten entsprach ganz und gar dem einer Frau, die schon lange aufgehört hatte, Fragen zu stellen. Falls sie das überhaupt jemals getan hatte. Sie genoss einen Lebensstil, um den viele sie beneiden würden. Und den zu viele Fragen gefährden könnten.

Tam kam ans Telefon. Mags presste ihr Handy ans Ohr. Die Stimme ihrer Tochter erinnerte sie daran, dass die Welt nicht nur aus Dunkelheit und Verzweiflung bestand.

»Hi, Mum. Wir backen Erdnussbutterkekse. Sie riechen göttlich. Wo bist du? Ich habe dich vermisst.«

»Ich dich auch. Ich komme bald nach Hause. Heb mir ein paar Plätzchen auf.«

»Das werde ich. Ist Dad bei dir? Er hat gesagt, er würde dich holen. Hat er dir erzählt, wo wir heute Morgen waren?«

Mags schaute zu Bradley und dann wieder weg. Sie konzentrierte sich auf ihre Tochter. »Nein, hat er nicht. Wo seid ihr gewesen?«

Tam klang aufgeregt und mehr als nur ein wenig stolz. »Er hat mich mit zur Arbeit genommen und mir das ganze Labor gezeigt. Da gibt es Kühlschränke mit Reagenzgläsern, Mikroskope und Unmengen von Computern. Und einen Operationssaal wie in einem richtigen Krankenhaus. Es ist toll, Mum.«

Mags drehte sich der Magen um. Tam war bei EdgeGen Technology gewesen. Während sie Ava Marstons Geständnis gelesen hatte, war ihre Tochter durch dieselben Flure gelaufen.

Die Welt um sie herum schien sich zu drehen. Sie geriet ins Wanken. Als ihre Knie versagten, stand Bradley neben ihr. Er fing sie auf, half ihr, sich auf die Treppe zu setzen, und nahm ihr das Handy aus der Hand.

»Hey, Honey, wir sind auf dem Weg. Bis gleich.«

Tams blecherne Stimme antwortete: »Klasse!«, bevor Bradley das Gespräch beendete.

»Lass uns fahren.«

Die ersten Minuten sprachen sie kein Wort. Mags beobachtete die Autos, und sie beobachtete ihre Gedanken. Wer war der Mann, den sie geheiratet hatte? Was hatte Bradley getan?

Ihr Körper reagierte, als handele es sich um ein Kampf- oder Fluchtszenario, und pumpte Adrenalin durch ihre Adern. Ihr wurde abwechselnd heiß und kalt, ihre Haut erst überempfindlich und letztlich taub. Sie versuchte, tiefer zu atmen, was ihr aber nicht gelang. Also konzentrierte sie sich stattdessen darauf, dass aus ihrem Keuchen keine Panikattacke wurde, und dachte an Tam.

Als sie nach fünf Minuten von der I-95 auf die I-93 zurück nach Boston wechseln wollten, zeigte sie auf einen halb leeren Gewerbehof.

»Fahr rechts ran.«

Er machte keine Anstalten, auf sie zu hören, also griff sie ihm ins Lenkrad. Das Auto kam von der Straße ab und rutschte über den staubigen Standstreifen.

»Mein Gott! Ist ja schon gut.«

Bradley fuhr auf den Parkplatz und stellte den Motor ab. Er drehte sich auf seinem Sitz um und starrte sie an. Mags zwang sich, seinen Blick zu erwidern. Sie versuchte, hinter den blauen Augen des Filmstars das Monster zu erkennen, und scheiterte, obwohl sie wusste, dass es dort war. Ihr Magen rebellierte und sie schaute weg, bevor sie sich übergeben musste.

»Jetzt ist weder die Zeit noch der Ort«, meinte er. »Wir müssen zwar reden, aber nicht jetzt. Aber ich gebe dir fünf Minuten.«

Sie schnappte nach Luft. »Du hast mein Leben zerstört. Du hast nichts als gelogen. Du, du …« Ihr fehlten die Worte. »Fünf Minuten?«

»Jetzt noch viereinhalb. Du hast heute schon genug Schaden angerichtet.«

»Ich? *Ich* habe Schaden angerichtet?«

»Ja, du. Unsere Forschung steckt gerade in einer kritischen Phase. Wir stehen kurz vor der größten wissenschaftlichen Errungenschaft des Jahrhunderts. Niemand kann das gefährden. Niemand.«

»Was hast du mit Tam gemacht?«

»Nichts. Du würdest es nicht verstehen. Mein Gott. Solange du deine Therapiesitzungen und jede zweite Nacht eine Flasche Weißwein hast, bist du glücklich. Du hast nicht die geringste Ahnung, was Dad und ich erreicht haben. Du bist so ein Kleingeist. Alles dreht sich nur um dich und deine kleine Familie. Dabei warst du nur aus einem Grund nützlich. Jetzt bist du es nicht mehr. Solange du mir nicht im Weg gestanden hast, warst du völlig unwichtig. Aber jetzt mischst du dich in meine Arbeit ein. Verdammt!«

Er schlug auf das Lenkrad. Dann seufzte er laut. »Okay«, sagte er. »Ich habe das nicht so gemeint. Es ist nur, na ja, der Zeitpunkt hätte nicht schlechter sein können. Du verstehst nicht die Bedeutung …« Er runzelte die Stirn. »Du verstehst es einfach nicht, okay?«

Mags schaute auf den Parkplatz, den vereisten Schnee, in dem sich die tief stehende Sonne spiegelte. Ein Spielplatzlied kam ihr in den Sinn.

Stöcke und Steine mögen mir die Knochen brechen, aber Worte werden mir nie wehtun.

Wenn sie ihn fragte, ob er ihr die Wahrheit gesagt hatte, würde es sie vielleicht umbringen. Es gibt Worte, die niemand jemals hören sollte.

Ich bin stärker, als ich denke. Stöcke und Steine.

»Hast du Clara getötet?«

Er antwortete. Wenigstens würde er sie nicht quälen.

»Nein, nein, Mags. Natürlich nicht. Honey …«

Ohne zu wissen, was sie tat, hob Mags die Hände, als ob sie auf ihn losgehen wollte. »Nenn mich nicht Honey, du kranker Mistkerl. Nenn mich nie wieder so.«

»Wenn es das ist, was du willst, Mags. Clara …«

Sie unterbrach ihn erneut. Sie konnte es nicht ertragen, dass er ihren Namen aussprach. »Keine Lügen mehr. Keine Lügen mehr.«

»Okay, Mags, keine Lügen mehr. Ich habe einige von Martinos Notizen gelesen. Was würde das bringen?«

Er lächelte. Er *lächelte* tatsächlich.

Mags biss sich in die Innenseite der Wange, damit sie ihm nicht mit den Fingernägeln die Haut vom Schädel riss.

»Mags, ich konnte dir nicht von Clara erzählen. Es tut mir leid. Aber jetzt … Also ich schätze, das haben wir längst hinter uns. Hon…« Dieses Mal unterbrach er sich selbst. »Mags. Clara ist nicht tot.«

Kapitel 38

Mags grub die Nägel in die Oberschenkel. Als sie sprach, fühlte sich ihr Mund so seltsam und taub an wie nach einem Zahnarztbesuch. Wie konnte Clara noch am Leben sein?

»Was meinst du damit?«

Bradley wandte sich ab und starrte auf den halb leeren Parkplatz. Sein Blick wanderte ziellos umher.

»Gut …«, begann er, ohne sich zu ihr umzudrehen. »Ich weiß nicht alles, was Ava Marston Martino erzählt hat, aber ich vermute, dass wir nicht gut dabei weggekommen sind. Aber es wäre keine gute Geschichte, wenn sie keine zwei Seiten hätte, oder?«

Das war eine rhetorische Frage. Mags war sich nicht sicher, ob sie etwas hätte sagen können, selbst wenn sie es gewollt hätte. Sie wartete darauf, dass er weitersprach, was er nach einiger Zeit auch tat.

»Eines musst du verstehen. Du musst jetzt noch keine Entscheidung treffen, auch wenn du vielleicht glaubst, es zu müssen. Vermutlich planst du bereits deine Flucht, denkst über eine Scheidung nach, vielleicht sogar über ein Strafverfahren. Das wird nicht passieren, Mags. Es wäre einfacher, wenn du das akzeptierst. Denk daran, was mit dem Schlafzimmermörder geschehen ist. Er ist spurlos verschwunden, nachdem wir ein paar Fäden gezogen haben. Martino wird die Story niemals veröffentlichen. Und du wirst nie darüber reden. Nicht, wenn dir Tam etwas bedeutet.«

Das war zu viel. Mags hörte ihre eigene Stimme, die von einer Welle des Hasses durch die Zähne gepresst wurde. »Wage es nicht, meine Tochter zu bedrohen.«

»Oh, versteh mich nicht falsch, Mags. Ich würde Tam nie etwas antun. Sie ist auch meine Tochter. Was immer du von mir denkst, ich liebe Tam. Das ist ein unerwarteter Nebeneffekt der Elternschaft.«

Ein Nebeneffekt. Klar.

»Es ist sinnlos, irgendwelchen Ärger zu machen. Tam bleibt hier in Amerika. Ich habe ihren Reisepass. Deinen übrigens auch. Wenn du willst, kannst du gehen, ich halte dich nicht auf. Aber Tam bleibt hier. Falls du die Scheidung einreichst und um das Sorgerecht kämpfst, wirst du sie verlieren. Du hast keine Chance. Denk darüber nach. Ich kann ihr alles bieten. Ein tolles Zuhause mit einer Familie. Ich war stets ein vorbildlicher Vater, habe gut für euch gesorgt. Du dagegen hast eine lange Vorgeschichte mit psychischen Erkrankungen. Du bist labil. Du hast keine Chance, Mags. Tam bleibt in Boston. Und wenn du weiterhin eine Rolle in ihrem Leben spielen willst, bleibst du auch.«

Mags wusste, dass er nicht bluffte. Alles ging in die Brüche, und sie konnte nichts dagegen tun. Er brachte sie in die Hölle und nahm Tam gleich mit. Sie hatte sich so oft eingeredet, sie wäre paranoid, weil sie ihm nicht vertraute. Sie hätte auf ihren Instinkt hören sollen. Tränen traten ihr in die Augen.

»Vor fünfzehn Jahren haben wir nach einer Leihmutter gesucht«, fuhr er fort. »EdgeGens Geldgeber wurden nervös. Es hatte eine gewisse Hysterie gegeben, eine undichte Stelle unter unseren Nachwuchsforschern, die Informationen an die Presse weitergeleitet hatte. Sie haben zwar verhindert, dass die

Geschichte publik wurde, wollten das Projekt aber nur weiterhin unterstützen, wenn es sicher war. Da habe ich mich freiwillig gemeldet.«

»Freiwillig gemeldet wofür?« Mags' Stimme war nur noch ein raues Flüstern.

»Für Stufe drei. Wir suchten nach Frauen mit Zwillingen und Drillingen in ihrer Familie, aber nicht in Amerika. Wir konzentrierten unsere Suche auf Großbritannien und Australien. Englischsprachige Länder. Ich gebe zu, dass ich mich sehr für Großbritannien eingesetzt habe, als die ersten Ergebnisse eintrafen. London hatte mir schon immer gefallen. Schließlich hatten wir zwölf Kandidaten ermittelt. Fünf von ihnen schlossen wir aufgrund ihres Alters aus. Zwei waren lesbisch. Von den verbliebenen fünf waren allein drei akzeptabel.«

»Akzeptabel?«

Bradley grinste. »Zwei von ihnen habe ich abgelehnt, weil sie für ein Date nicht gut genug aussahen. Ich sehe gut aus, Mags. Die Leute hätten Fragen gestellt. Selbst du warst grenzwertig. Tut mir leid, aber das ist die Wahrheit.«

Ein weiteres Stück ihrer Paranoia, das sich als Tatsache entpuppte. Er hatte die ganze Zeit nicht in ihrer Liga gespielt. Kit hatte recht gehabt.

»Ich habe mich mit dreien von euch getroffen. Mit einer hat es nicht geklappt. Wir passten nicht zusammen. Ich kann auch nur ein gewisses Maß an Dingen vortäuschen. Die Beziehung hätte nie funktioniert. Ich habe trotzdem versucht, sie zu schwängern, aber sie war wohl nicht sehr fruchtbar. Also blieben nur noch Joanna und du übrig.«

Er sah zu ihr hinüber, als wartete er auf eine Reaktion. Mags sagte nichts. Er spielte mit ihr. Sie wollte mehr über Clara erfahren. Wenn er es ihr nicht bald erzählte, würde sie diesem hinterhältigen Bastard an den Hals gehen.

»Joanna wurde schwanger, als du bereits im zweiten Trimester warst. Ich wollte sie nach der Geburt nach Boston holen. Zwei Möglichkeiten waren besser als eine. Aber das war schließlich nicht mehr nötig, als beim ersten Ultraschall klar wurde, dass es nur einen Fötus gab. Sie lebt heute in Italien. Wir sorgten für ein lukratives Jobangebot, als das Kind zwei Jahre alt war. Obwohl es sehr unwahrscheinlich war, dass wir beide ihr in London begegnen würden, wollten wir lieber kein Risiko eingehen. Am Tag deines Kaiserschnitts stand ein Team bereit. Wir hatten alles monatelang geplant. Ich habe dich betäubt, um unvorhergesehene Probleme zu vermeiden. Ein Baby wurde zum Flughafen gebracht und nach Boston zurückgeflogen. Das andere blieb in London bei uns.«

»Tam«, stieß Mags hervor. Sie konnte die Tränen nicht mehr zurückhalten. Aber ihr Gesicht war starr, als sie ihr über die Wangen rannen und vom Kinn auf den Schoß tropften.

»Wir entnahmen Stammzellen aus der Nabelschnur und brachten den anderen Probanden bei einer Pflegefamilie unter.«

»Clara. Sie heißt Clara.«

»Clara, ja. So heißt sie natürlich nicht mehr. Ich glaube, ihr Name ist jetzt Ellen. Oder Helen.«

Er zog sein Handy aus der Tasche, tippte mehrmals auf den Bildschirm und legte es auf das Armaturenbrett. Mags lehnte sich vor. Sie sah ein Video von Tam. Ihr Haar war länger. Mags erinnerte sich nicht, dass es jemals so lang gewesen war.

Als das Mädchen zu sprechen begann, wusste Mags, dass es Clara war. Aber sie hätte sie auch ohne Ton erkannt. Clara bewegte den Mund anders als Tam. Körperbau, Gesten, sogar das Lächeln waren gleich, bei Clara war jedoch alles langsamer. Sie bewegte sich wie Tam, wenn sie übermüdet und kurz vor dem Einschlafen war. Alles war schwerfälliger. Ihr fehlten Tams Feuer und schnelle Reaktionen.

Bradley sprach während des dreißig Sekunden langen Videos weiter. Jede Liebe, die sie jemals für den Mann neben ihr empfunden hatte, verwandelte sich in unerbittlichen Hass. Aber ihr Herz schwoll vor Liebe zu einer Tochter an, die sie nie kennengelernt hatte.

»Wir erklärten der Pflegefamilie, dass sie an einer seltenen genetischen Krankheit leide und wir ihre Pflege bezahlen würden, damit wir aus ihrem Zustand lernen könnten. Die Pflegeeltern brauchten Geld. Er hatte Firmengelder veruntreut und sie war seine Komplizin gewesen. Wir bewahrten sie vor dem Gefängnis, sie stellten keine Fragen. Das Arrangement funktionierte gut. Und das tut es nach wie vor. Nachdem wir die Probanden auf die dritte Stufe vorbereitet hatten, brachten wir Clara hierher und entnahmen Zellen aus ihrem Kleinhirn, die wir neben den Stammzellen, die wir ihr als Baby entnommen hatten, verwenden konnten. Dieses Verfahren haben wir inzwischen dreimal durchgeführt. Natürlich blieben dabei Schädigungen des Gehirns nicht aus. Sie wird gut versorgt und hat ein gutes Leben, Mags, aber sie hat einige Lernschwierigkeiten. Wenn es möglich wäre, würde ich wollen, dass ihr Name schon jetzt allen bekannt ist als der einer Wegbereiterin. Aber eines Tages wird es so weit sein. Sie wird der Neil Armstrong der menschlichen Evolution sein, der …«

»Du hast ihr das angetan? Sie war gesund, und du hast ihr das angetan? Deiner eigenen Tochter?«

Mags hätte das, was als Nächstes geschah, ebenso wenig aufhalten können wie einen Hurrikan. Sie schlug Bradley mit den Fäusten ins Gesicht, schrie, prügelte auf ihn ein, ging ihm an die Kehle. Sie wollte ihn vernichten. In ihrem Kopf war kein Platz für einen einzigen rationalen Gedanken. In diesem Moment war sie mehr Tier als Mensch.

Da traf sie etwas seitlich im Gesicht, und sie sackte in ihrem Sitz zusammen. Für einen langen Moment stand die

Wirklichkeit still. Sie hörte ein schrilles Wimmern. Dann verstummte es und sie schaute zum Autodach, bemerkte einen Fleck und fragte sich, wie er dorthin gekommen war. Einige Sekunden lang wusste sie nicht, wo sie war. Als wachte sie von einem Nachmittagsschlaf im Urlaub auf, verwirrt durch eine ungewohnte Umgebung.

Für eine glückselige Sekunde sah sie Bradley an und wusste nur, dass er ihr Mann war, mehr nicht. Im nächsten Moment pochte ihre Wange, und sie erinnerte sich wieder. Sie griff nach ihren Lippen und zuckte zusammen. Sie taten bereits weh, und die Haut schwoll an. Ihre Zähne fühlten sich locker an, sie schmeckte Blut.

»Das nächste Mal breche ich dir den Kiefer, versprochen.«

Bradley startete den Wagen und fuhr los. Den Rest der Fahrt schwieg er.

Mags versuchte, sich auf Tam zu konzentrieren. Wenn sie über die Ungeheuerlichkeit der Lüge nachdachte, die sie mit Bradley gelebt hatte, wie sie benutzt worden war, überlegte sie, was sie davon abhalten würde, ihm in das Lenkrad zu greifen und sie beide gegen einen entgegenkommenden Lastwagen zu steuern.

Was sollte sie Tam sagen? Wie konnte sie mit dem Monster leben, das seine eigenen Kinder als Versuchskaninchen benutzt hatte?

Aber wenn ihn zu verlassen gleichzeitig bedeutete, Tam zu verlassen, welche Wahl blieb ihr?

Kapitel 39

Ich mache meinen Zug am Ende von Simons Schicht. Es tut mir leid, dass es ihn erwischt. Auf seine Weise war er immer gut zu mir, aber ich werde tun, was immer ich tun muss. Wenn es einen anderen Weg gäbe, wenn ich fliehen könnte, ohne ihn zu töten ... Aber es ist sinnlos, so zu denken.

Meine beste Chance bietet sich nach der Physiotherapie. Die Krankenschwestern führen diese Sitzungen jedes Mal im Zimmer nebenan durch. Es gibt nur eine weitere Tür auf diesem Flur, und ich hoffe, dass es das Schwesternzimmer ist. Ich werde es bald herausfinden.

Heute habe ich Probleme mit dem Bein vorgetäuscht und die Physiotherapie abgebrochen. Ich tat so, als hätte ich mich zu sehr angestrengt und nun eine Bänderdehnung. Ich habe meine körperliche Genesung wochenlang untertrieben, sodass Simon in meiner Nähe nicht mehr sehr wachsam ist und glaubt, ich wäre schwach.

Er hilft mir zurück in mein Zimmer und auf das Bett. Das Adrenalin bringt mich ins Schwitzen, was er aber auf Schmerzen in meinem Bein zurückführt.

»Brauchen Sie ein Schmerzmittel?«

Ich nicke.

Sobald er aus dem Zimmer geht, springe ich aus dem Bett und eile zum Infusionsständer in der Ecke. Ich greife nach der herabbaumelnden Plastiktüte und reiße den Schlauch heraus. Ich bewege mich, so schnell ich kann, wickle ihn um meine Hände und ziehe ihn probeweise auseinander. Er hält.

Die Tür öffnet sich. Simon ist schon zwei Schritte im Zimmer, bevor er merkt, dass etwas nicht stimmt. Er bleibt stehen, das leere Bett verwirrt ihn. Bevor er sich umdreht, stürze ich mich auf ihn. Ich schlinge den Schlauch um seine Kehle, ziehe ihn zu und wickle meine Beine um seine Brust.

Er ist groß, was aber nicht wirklich von Vorteil ist, wenn sich der Gegner am Rücken festklammert. Angesichts seiner Situation – sein Hirn wird nicht mehr mit Blut versorgt und er verliert das Bewusstsein – denkt er schnell nach und lässt sich rückwärts fallen. Er hofft, mich unter seinem Gewicht zu zerdrücken. Als Reaktion lasse ich die Beine locker. Während er auf dem Boden aufschlägt, springe ich auf seine Brust und ziehe den Schlauch weiter zu. Blutgefäße in seinen Augen platzen, er macht ruckartige Bewegungen mit dem Kopf. Dann ist er plötzlich still.

Die Türen lassen sich mithilfe eines elektronischen Schlüsselanhängers öffnen. Ich löse ihn von Simons Gürtel, öffne die Tür und spähe hinaus. Alles ist ruhig.

Ich husche zurück ins Zimmer. Simon trägt einen dicken Baumwollgürtel. Viel besser als der Schlauch. Ich öffne den Gürtel, ziehe ihn durch die Schlaufen heraus und spanne ihn zwischen den Händen. Später werde ich ein neues Instrument herstellen. Aber für den Moment reicht er.

Im Flur eile ich zu der Tür, die ich vorher gesehen hatte. Der Schlüsselanhänger piepst und sie öffnet sich. Drinnen flackert ein automatisches Licht auf. Ich hatte richtig vermutet. Es ist das Schwesternzimmer. Es gibt einen Tisch mit Stühlen, drei Spinde, eine Kaffeemaschine, einen Wasserspender und einen

Bildschirm, der mein Zimmer zeigt. Simons Körper ist deutlich zu erkennen. Ich könnte zurückgehen und ihn verstecken.

Für einen Moment bleibe ich unentschlossen stehen. Dann keuche ich, während sich die Blüte der Verbindung in meinem Gehirn entfaltet. Sie ist nicht weit weg. Ich weiß, dass ich sie finden kann. Ich muss schnell sein. Das ist wichtiger, als die Leiche zu verstecken.

Hinter der Tür hängt eine weiße Jacke. Ich nehme sie, öffne den nächstgelegenen Spind und lande gleich einen Treffer. Ich streife eine Jogginghose, ein T-Shirt und einen Kapuzenpullover über. Die Schuhe sind zu groß, weswegen ich bei den Krankenhauspantoffeln bleibe.

Ich ziehe den weißen Kittel über den Kapuzenpullover. An der Wand finde ich das, was ich mir erhofft habe: eine Karte mit den Notausgängen. Das Gebäude hat zwei Etagen. Ich bin im obersten Stockwerk, das untere Stockwerk hat mehr Räume. Vielleicht Büros.

In meiner Tasche sind Autoschlüssel. Ich schaue noch einmal auf den Plan. Der Parkplatz ist auf der unteren Ebene. Wenigstens liegt er an diesem Ende des Gebäudes. Ich merke mir den Weg, binde den Kittel fester, senke den Kopf und verlasse den Raum.

Ich gehe, als hätte ich es eilig, laufe aber nicht. Wenn mich jemand sieht, soll er mich für einen diensthabenden Pfleger halten.

Der Flur biegt nach links ab und endet vor einer großen Tür. Ich halte den Schlüsselanhänger an das Bedienfeld, und sie springt mit einem Piepton auf. Ich gehe weiter und laufe nach rechts ins Treppenhaus. Niemand hat mich gesehen. Ich renne nach unten ins untere Stockwerk.

Es ist ein langer Korridor mit Türen, die auf beiden Seiten abgehen. Das Parkhaus befindet sich am anderen Ende.

Ich schätze die Entfernung ab und zähle die Schritte in meinem Kopf herunter, während ich weiterlaufe. Zwanzig Schritte. Dreizehn. Zehn.

Hinter mir öffnet sich eine Tür. Ich halte mein Tempo und schaue nicht zurück.

»Hey, Sie da! Bleiben Sie stehen!«

Ich erkenne die Stimme. Meine Gedanken rasen. Wenn ich losrenne und nach draußen komme, muss ich ein unbekanntes Auto finden, zur Ausfahrt fahren und verschwinden, bis er den Alarm ausgelöst hat. Sobald die Behörden erfahren, welches Auto ich fahre, könnten sie mich aufhalten.

Ich drehe mich um. Der Mann, der mir gegenübersteht, ist der Vater des Amerikaners.

Kapitel 40

Als sie im Haus der Barkworths eintrafen, wirkte Mags ruhiger. Sie war sich nicht sicher, wie lange sie die Show durchhalten konnte, aber Tam zuliebe hoffte sie, dass sie es bis zur Schlafenszeit schaffen würde. Sie brauchte Zeit zum Nachdenken. Es musste einen Ausweg aus diesem Albtraum geben. Sicherlich war sie nicht dazu verurteilt, bei einem Mann zu bleiben, der seine eigene Tochter von ihrer Mutter getrennt und sie geopfert hatte, um seine wissenschaftliche Karriere voranzutreiben.

Mithilfe des Autospiegels trug sie etwas Make-up auf, um die Prellungen im Gesicht zu verdecken. Es war nicht perfekt, aber Mags hoffte, es würde reichen, um unangenehme Fragen zu vermeiden. Sie wusste nicht, ob sie den Horror, den sie heute erlebt hatte, vor Tam verbergen konnte. Aber sie musste es versuchen. Später. Später. Sie würde später darüber nachdenken. Sie wiederholte es wortlos wie ein Mantra.

Bradleys Handy hatte während der letzten fünf Minuten der Fahrt unentwegt gebrummt, das Display zeigte sechs unbeantwortete Anrufe seiner Mutter an.

»Wahrscheinlich hat sie die Kekse anbrennen lassen«, murmelte er.

Mags antwortete nicht.

Als ihre Scheinwerfer auf die Vorderseite des Hauses fielen, öffnete sich die Haustür und Irene Barkworth stürzte heraus. Ihr makelloses Haar war in Unordnung, und sie schrie.

Bradley und Mags öffneten gleichzeitig ihre Türen. Mags war näher am Haus, also war es ihr Arm, nach dem Irene griff. Sie zog sie aus dem Wagen.

»Es geht um Tam«, rief sie.

»Ist sie verletzt?« Mags spürte, wie sie ein neuer Schmerz durchfuhr.

»Nein, nein, nichts dergleichen. Es ist … es ist … nun ja, ich dringe nicht zu ihr durch. Sie kann mich nicht hören. Und sie ist … komm einfach mit. Du musst mir helfen, bitte.«

Irene zerrte Mags ins Haus in Richtung Esszimmer, aus dem ein seltsames Geräusch drang, ein Quietschen und Kratzen. Mags hörte, wie Bradley hinter ihnen her eilte.

Sie hastete in das Esszimmer und blieb wie angewurzelt stehen. Tam stand mit dem Gesicht zur Wand. In beiden Händen hielt sie dicke, wasserfeste Stifte, und die cremefarbene Wand diente als Leinwand für Tams Zeichnungen.

Mags legte die Hand auf den Nacken ihrer Tochter. »Tam? Kannst du mich hören, Schatz?«

Wie sie befürchtet hatte, bekam sie keine Antwort. Tam hörte sie nicht, sie war jemand anderes und starrte geradeaus, ohne die Wand vor sich zu sehen.

Mags schaute ungläubig auf Tams Hände. Sie bewegten sich völlig autonom und fügten den Bildern weitere Details hinzu. Sie zeichnete gerade ein drittes Bild, das von ihrem Körper verdeckt wurde. Mags trat einen Schritt zurück und besah sich den Rest der Wand.

Die erste Zeichnung am äußersten Rand zeigte ein Krankenhauszimmer. Es gab nur ein einziges Bett und einen Monitor. In einer Ecke stand ein Stuhl, in der anderen Ecke ein Infusionsständer, an dem ein Beutel baumelte.

Die zweite Zeichnung offenbarte einen anderen Raum mit einem Tisch, Spinden und einem Wasserspender. Der detaillierteste Teil war eine Abbildung an der Wand, wie man sie in Hotels findet und auf der die Notausgänge eingetragen sind.

Inzwischen stand Bradley hinter Mags.

»Scheiße, nein.«

Irene Barkworth wartete in der Tür. »Das ist kein Grund für eine solche Ausdrucksweise, Bradley.«

Bradley deutete mit dem Finger auf sie, ohne den Blick von der Wand zu nehmen. »Halt die Klappe, Mutter.«

Und Irene Barkworth hielt die Klappe.

Bradley schaute Tam über die Schulter zu, wie sie die dritte Zeichnung anfertigte. Er schnappte nach Luft, legte die Hände auf ihre Schultern und zog sie weg. Tam protestierte nicht. Bradleys Atem ging immer schneller, während er die Details des Bildes erfasste.

Es war ein Büro. Ein luxuriöses Büro mit einer Einrichtung, die einen gewissen Status demonstrierte. An der Wand hingen Urkunden. Prunkstück des Raums war ein riesiger Schreibtisch mit einem großen Ledersessel. Außerdem gab es lange Regale voller Akten und Bücher und drei große Computerbildschirme.

Mags hatte es noch nie gesehen. Bradley dagegen schon.

»Dad.« Seine Stimme war kaum mehr als ein Flüstern. Hektisch stürmte er aus dem Zimmer. Sekunden später kehrte er zurück. Er warf Mags die Schlüssel des SUV zu. Sie fing sie und starrte ihn überrascht an.

Tam war wieder an die Wand getreten und malte mit beiden Händen gleichzeitig weiter.

»Er ist geflohen«, schrie Bradley. Sein Gesicht war von Angst gezeichnet. »Ich nehme mein Auto. Bring Tam zur Hütte. Die Adresse ist im Navi hinterlegt.«

Mags lief Bradley hinterher, als er aus dem Haus in Richtung seines BMW rannte. Die kalte Luft traf sie wie ein

Schlag ins Gesicht. Die Temperatur musste seit ihrer Ankunft um fünf Grad gefallen sein. Schnee rieselte aus einem stillen gelben Himmel.

»Warte!« Doch Bradley ignorierte sie, stieg ins Auto ein und startete den Motor. Sie hastete zu ihm und riss die Tür auf.

»Wer ist geflohen?«

Sie kannte die Antwort schon, bevor Bradley etwas erwiderte. Ihre Knie versagten, und sie stützte sich gegen das Autodach.

»Der Schlafzimmermörder.« Bradley knallte die Tür zu.

Mags stolperte nach hinten, als er losfuhr. Das Heck des Wagens kam auf der vereisten Straße ins Rutschen, bevor sich die Reifen in die Straße bohrten.

KAPITEL 41

Er mag alt sein, aber er reagiert schnell und entschlossen. Er sieht es in meinen Augen, als ich in diesem Moment auf dem Korridor beschließe, ihn zu töten, und rennt zurück in sein Büro.

Ich sprinte los und habe ihn so gut wie erreicht, bevor er die Tür schließen kann. Doch er schlägt sie mir mit voller Wucht ins Gesicht, was fast gereicht hätte, um mich aufzuhalten.

Ich werde langsamer, und als ich endlich im Zimmer bin, wirft er sich über den größten Schreibtisch, den ich je gesehen habe. Papiere fliegen durch die Luft. Das Telefon ebenfalls. Aber er streckt seine Hände nicht nach ihm aus.

Er schlägt unsanft auf der anderen Seite des Schreibtisches auf und schreit auf. Er greift nach einer Schublade und zieht kräftig am Griff. Die ganze Lade fällt heraus, und ihr Inhalt landet auf ihm.

Inzwischen habe ich mich über den Schreibtisch geschwungen. Er liegt auf der Seite. Auf dem Boden neben seiner Schulter entdecke ich eine Waffe. Er folgt meinem Blick, reißt sie herum und richtet den Lauf auf mich.

Mir wird klar, warum er geschrien hat. Er kann die Waffe vor Schmerzen nicht halten, während er die gebrochenen Finger auf den Abzug zwingt. Ich trete ihm die Waffe aus der Hand. Er brüllt vor Qual und Enttäuschung.

Meine Hände liegen auf dem Schreibtisch hinter mir. Ich habe etwas wahrgenommen, als ich hereingekommen bin, und entdecke nun, was es ist. Eine Statue, wie ein Oscar, allerdings dunkler. Ich ziehe sie ihm über den Schädel.

Als ich das dritte Mal zuschlage, bewegt er sich nicht mehr. Um sicherzugehen, hole ich noch zweimal aus. Anschließend werfe ich einen Blick auf die Statue.

Für die Beiträge zum Streben nach Wissen. 2002.

Ich stelle die Statue zurück auf den Tisch. Sie ist ein schönes Kunstwerk. Ich verlasse das Zimmer auf dem Weg, auf dem ich gekommen bin.

Diesmal hält mich niemand auf und ich erreiche das Parkhaus. Dort stehen nur vier Autos, und als ich auf den Schlüssel drücke, blinken die Lichter eines kleinen Hondas.

Ich steige ein. Im Getränkehalter steckt eine Fernbedienung für das Garagentor.

Ich starte gerade den Motor, als das Tor hochfährt. Ich ducke mich, während die Scheinwerfer über die Windschutzscheibe des Hondas gleiten, und richte mich dann wieder auf.

Ein BMW schießt durch die Garage und kommt neben dem Eingang zum Gebäude mit quietschenden Reifen zum Stehen. Der Amerikaner steigt aus und rennt hinein.

Ich sitze für ein paar Sekunden im Auto. Er wird vermutlich nach seinem Vater sehen. Wenn er die Leiche findet, wird er den Notruf wählen. Wenn er es nicht vom Büro aus tut, wird er vom Auto aus anrufen, während er zurückfährt, um seine Familie zu schützen. Seine Familie. Seine Tochter.

Ich gebe mich in Gottes Hand, laufe durch das Parkhaus und rutsche auf den Rücksitz des BMW.

Dann warte ich.

***

»Mum? Mir ist nicht gut.«

Tam ließ die Stifte wenige Minuten nach Bradleys Abfahrt fallen.

Irene Barkworth öffnete eine Flasche teuren Scotch, setzte sich mit dem Rücken zur Wand an den Esstisch und trank ein Glas.

Mags legte den Handrücken auf die Stirn ihrer Tochter. »Bist du krank, Schatz?« Tam, die immer sehr blass war, war so weiß wie der beiseitegeschobene Schnee am Straßenrand.

»Nein, das ist es nicht. Es fühlt sich wie Kopfschmerzen an. Aber es sind keine Kopfschmerzen. Eher wie etwas, das in meinem Kopf herumwühlt.« Sie rieb sich die Schläfen. Mags schob Tams dunkles Haar zurück und fuhr ihr über die Wangen. Sie schickte ein stilles Gebet an wen auch immer sich Atheisten wenden sollten. *Was Bradley meiner Tochter – meinen Töchtern*, rief sie sich in Erinnerung – *angetan hat, bitte, lass es keinen dauerhaften Schaden hinterlassen.* Bei dem Gedanken an Clara drohte eine Woge der Liebe und Wut über sie hereinzubrechen, die sie mit aller Kraft verdrängte. Dafür war jetzt keine Zeit.

Sie schob Tam in die Küche, nahm ihren Mantel von der Stange und zog ihn ihr an, als wäre sie ein Kleinkind. Tam protestierte nicht und hielt Mags' Hand, als sie zum SUV liefen.

Sie kamen gut aus Boston heraus und fuhren in Richtung Norden, als der Schneefall erneut einsetzte.

Im Auto rasten Mags' Gedanken. Sie fühlte sich verwirrt, verraten und verängstigt. Sie und Tam waren allein im Auto und nicht weit von der kanadischen Grenze entfernt. Bradley war sicherlich in der Lage, seine Drohungen in die Tat umzusetzen, womöglich stand seine Welt kurz vor dem Zusammenbruch. Das war ihre Chance zur Flucht. Selbst wenn Bradley und sein Vater ihre Verwicklung in die Schlafzimmermorde vertuschten – und sie wusste nicht, wie tief sie darin verstrickt waren –, musste sie das Beste aus dieser Gelegenheit machen. Was war die

Alternative? Unter normalen Wetterbedingungen lag Kanada viereinhalb Autostunden entfernt. Bei einem Schneesturm konnte es doppelt so lange dauern. Ihre Hände umklammerten das Lenkrad.

Tam stöhnte und sackte in ihrem Sitz zusammen.

»Tam. Tam, was ist los?« Keine Antwort. »Tam, sag doch was.«

Mags suchte nach einer Stelle, an der sie anhalten konnte, als Tam sich aufrichtete und nach vorne starrte. Mags erkannte den Ausdruck in ihren Augen wieder. Sie sah etwas anderes. Deshalb hatte die Diagnose Absence-Epilepsie so überzeugend geklungen. Es war, als wäre Tam verschwunden. Doch diesmal gab es einen Unterschied – sie zeichnete nicht.

Tams Augen weiteten sich, und sie fiel erneut in sich zusammen.

Mags setzte den Blinker und bog auf einen Parkplatz ab.

Tam war wach. Und es war Tam. »Mum? Wo war ich? Wo bin ich hingegangen?«

»Was meinst du? Du warst hier, Honey.«

Tam schüttelte den Kopf. »Nein, ich war in einem anderen Wagen. Ich habe auf etwas gewartet. Es war dunkel. Was passiert mit mir?«

Wenn die Zeichnungen bedeuteten, dass Tam durch die Augen des Schlafzimmermörders sehen konnte, was in aller Welt hatte sie dann gerade beobachtet?

Mags war schon jetzt erschöpft. Sie rief das Navi auf und änderte ihr Ziel auf Montreal. Die Live-Karte war mit roten Dreiecken und Warnungen in Richtung Norden übersät.

Es schien, als hätte sich das Wetter gegen sie verschworen. Die Schneeflocken, die in Boston noch langsam vor ihr heruntergeschwebt waren, wurden stetig dicker und fielen immer schneller. Die Sicht wurde von Minute zu Minute schlechter.

»Wir fahren nicht zur Hütte, Tam. Wir fahren so weit weg, wie wir nur können.« Sie schaute in den Himmel. Es schien, als würde die Nacht früh hereinbrechen und dicke neue Schneewolken mit sich bringen.

»Verdammt!« Mags beschleunigte und der SUV rutschte zur Seite, bevor die Reifen wieder Halt fanden und auf die Interstate zurückschlitterten.

Tam stellte keine Fragen. Das war ungewöhnlich. Sie hatte nicht einmal nach ihrem Vater gefragt. Mags sah sie an. Sie war eingeschlafen.

Mags drehte die Scheibenwischer auf die schnellste Einstellung und fuhr weiter.

***

Ich muss nicht lange warten. Ich stelle mir vor, wie der Amerikaner den Flur zum Büro seines Vaters entlangläuft, wie er die Tür aufreißt und die Leiche entdeckt. Ich lasse ihm genügend Zeit, um den Puls zu prüfen und festzustellen, dass er zu spät kommt. Vielleicht ein paar Momente der Verwirrung. Aber der Amerikaner ist ein entschlossener Mann. Wenn er nicht in den nächsten zehn Sekunden durch die Tür des Parkhauses zurückkommt, habe ich die falsche Wahl getroffen. Vielleicht ruft er gerade jetzt die Polizei an. Meine Hände halten den Gürtel fester. Ich knirsche mit den Zähnen. Das habe ich seit meiner Kindheit nicht mehr gemacht.

Obwohl ich es erwarte, springe ich auf, als die Tür zur Garage auffliegt. Schnell ducke ich mich hinter den Fahrersitz und warte. Das Auto bewegt sich, als er sich auf den Vordersitz fallen lässt. Er startet den Motor, und wir fahren los. Vor dem Tor bremst er scharf. Ich presse die Fersen auf den Boden, damit ich nicht gegen die Rückenlehne stoße und ihm meine Anwesenheit verrate.

Er wartet, bis das Tor halb hochgefahren ist, dann schlittert er auf die Straße. Ich sehe Boston zum ersten Mal. Es schneit.

Als er an einem Stoppschild anhält, mache ich meinen Zug. Ich richte mich auf und schlinge den Gurt um seinen Hals und die Kopfstütze und ziehe zu. Er greift sich an den Hals. Ich lehne mich nach vorne, bis mein Mund einen Zentimeter von seinem Ohr entfernt ist.

»Legen Sie die Hände auf das Lenkrad.« Ich lockere den Druck. Er kann wieder atmen und saugt verzweifelt die Luft ein. Er hört mir zu.

»Bringen Sie mich zu ihr.«

»Ich weiß nicht, was Sie meinen.«

Ich sorge dafür, dass er nicht lügt, indem ich ihn daran erinnere, dass er einen dicken Gurt um seinen Hals hat. Ich habe es in der Hand, ob er lebt oder stirbt.

»Das Mädchen. Ihre Tochter. Bringen Sie mich zu ihr.«

Er antwortet nicht. Er denkt nach. Ich versuche, mir vorzustellen, welche Faktoren er in Betracht zieht, aber ich kann es nicht. Darin war ich noch nie gut. Für mich hat der Ausdruck »Versetzen Sie sich in meine Lage« nie einen Sinn ergeben. Wie könnte ich das? Wie kann ich wissen, wie es ist, jemand anderes zu sein? Wie kann das überhaupt jemand?

»Gut«, sagt er. »Aber tun Sie mir nichts. Lassen Sie mich Luft holen.«

Er versucht natürlich, mich auszutricksen. Er weiß, wer ich bin. Und er weiß, was ich getan habe. Er denkt, ich werde ihn töten, egal, was er tut. Also plant er etwas.

»Fahren Sie los«, weise ich ihn an. In zehn Minuten sind wir auf der Interstate und fahren in Richtung Norden.

»Wohin fahren wir?«, frage ich ihn.

»Nach Sunapee. Wir haben da oben eine Hütte. Dort werden sie sein.«

»Wer?«

»Meine Frau. Und meine Tochter.«

»Bringen Sie mich dorthin. Und machen Sie keine Dummheiten.«

Ich ziehe den Gurt für einen Moment straff, um ihn daran zu erinnern, wer hier das Sagen hat. Wir fahren weiter.

***

Die Wetterbedingungen wurden von Sekunde zu Sekunde schlechter. Mags war noch nie eine selbstbewusste Fahrerin gewesen. Sie hasste es, wie das Auto rutschte und sich auf dem glatten Untergrund kaum lenken ließ. Sie drosselte die Geschwindigkeit auf vierzig Meilen pro Stunde, kurze Zeit später auf dreißig.

Um sie herum waren kaum noch Autos unterwegs. An jeder Kreuzung verließen immer mehr Menschen die Interstate, um Schutz zu suchen. Der Schnee fiel dichter und wirbelte hypnotisch in den Scheinwerfern.

Tam stöhnte auf und warf sich auf ihrem Sitz hin und her. Sie war in einen unruhigen Schlaf gefallen. Mags fühlte ihr noch einmal die Stirn, aber es gab keine Anzeichen von Fieber. Tam murmelte etwas vor sich hin, als befände sie sich in einem Albtraum.

Zwanzig Minuten lang starrte Mags wütend vor sich hin und suchte nach Straßenschildern, die im Schneesturm auftauchten, hielt ihr Fahrzeug in der Fahrspur und konzentrierte sich auf den schmalen Lichtkegel.

Tam setzte sich auf, öffnete die Augen, drehte sich zu Mags und sagte: »Er kommt.«

Sie achtete nur für zwei oder drei Sekunden nicht auf die Straße, aber das reichte.

»Was hast du gesagt?«

Tam wiederholte ihre Worte.

»Mum, er kommt.« Dann sah Tam auf die Straße und schrie: »Mum!«

Mags' Blick schoss rechtzeitig auf die Straße zurück, um einen riesigen Lastwagen zu sehen, der ihnen den Weg versperrte. Er lag auf der Seite. Er musste sich quergestellt und der Anhänger das Fahrerhaus hinter sich hergezogen haben, bevor er schließlich umgekippt war. Als Erstes registrierte Mags nur die Räder – zwölf Räder, die in die weiß-schwarze Nacht ragten. Sie drehten sich immer noch. Der Unfall musste gerade erst passiert sein.

Mags handelte genau so, wie Fahrer bei eisigen Bedingungen es nicht tun sollten. Sie trat mit beiden Füßen auf die Bremse und riss das Lenkrad nach links. Ein solches Manöver in einem Auto, das zum Zeitpunkt ihrer Führerscheinprüfung hergestellt worden war, hätte ihr Todesurteil bedeutet. Aber der moderne SUV verfügte über ausgeklügelte computergestützte Sicherheitsfunktionen. Das Antiblockiersystem begann mit einer schnellen Abfolge von Aktionen und Reaktionen. Sobald die Reifen auf dem Eis ins Rutschen kamen, lösten sich die Bremsen für den Bruchteil einer Sekunde, bevor sie wieder aktiviert wurden – dieses Mal jedoch sanfter. Der schnelle Wechsel von Lösen und Bremsen äußerte sich für die Fahrzeuginsassen als heftiges Rütteln. In diesen wenigen Sekunden wurde wertvolle Geschwindigkeit zurückgenommen, aber nichts konnte das Rutschen verhindern, das durch Mags' Herumreißen des Lenkrads ausgelöst worden war. Der SUV drehte sich einmal um seine eigene Achse.

Als das Heck gegen einen der riesigen Reifen des Lkw schleuderte, gab es einen lauten Knall. Die Luft im Reifen absorbierte einen Teil ihrer Geschwindigkeit, der SUV prallte ab und kam parallel zur Unterseite des Lastwagens zum Stehen.

»Tam, geht es dir gut? Bist du verletzt?«

Der Blick ihrer Tochter war eine Mischung aus Schock und Angst, rührte aber nicht vom Unfall her. Sie griff nach der Hand ihrer Mutter.

»Er kommt, Mum.«

Ein Mann in neonfarbener Kleidung ging um die Vorderseite des Lastwagens herum und erschien im Licht ihrer Scheinwerfer wie ein Geist. Als er ihr Auto entdeckte, rannte er los.

Tams Fingernägel gruben sich tief in Mags' Handfläche. »Wir können nicht hierbleiben. Wir müssen weg von hier, Mum, wir müssen weg.«

Der Motor lief noch. Mags trat auf das Gaspedal und der Wagen sprang nach vorn. Die Räder suchten nach Halt, als er an Geschwindigkeit gewann.

Der Fahrer des Lastwagens schwenkte die Arme über den Kopf. Er schrie etwas. Mags konnte seine Worte wegen des Motorgeräuschs kaum verstehen.

»Halt! Das ist zu gefährlich! Ihr werdet euch noch umbringen.«

Er sprang vom Lastwagen weg und stellte sich ihnen in den Weg.

Mags trat fester auf das Gaspedal, hupte und schaltete die Scheinwerfer auf Fernlicht um. Das Gesicht des Mannes fiel vor Schreck in sich zusammen. Er sprang aus dem Weg, als sie an ihm vorbeijagten.

Der Lastwagen blockierte beide Fahrspuren, aber ein einzelnes Fahrzeug passte gerade noch an ihm vorbei. Mags hielt die Luft an, als sie mit der Seite des Geländewagens an der Vorderseite des Fahrerhauses vorbeischrammte, aus dessen durchlöchertem Kühler eine Dampfwolke aufstieg. Sie zitterte.

Nachdem sie in ihre Spur zurückgekehrt war, klapperte das Auto beunruhigend. Innerhalb der nächsten dreißig Sekunden verlor Mags zweimal fast die Kontrolle, obwohl sie weniger als zwanzig Meilen pro Stunde fuhr.

Als das Schild für die nächste Ausfahrt auftauchte, hätte sie es fast übersehen. Sie fuhr noch langsamer, als ein weiteres Schild erschien.

Ein Motel. Anderthalb Meilen entfernt lag ein Motel.

Tam wimmerte. Mags hielt ihre Hand.

»Wir müssen anhalten, Tam. Ich kann bei diesem Wetter nicht weiterfahren. Es tut mir leid. Genauso geht es … geht es jedem, der versucht, uns zu folgen. Niemand weiß, wo wir sind. Wir müssen uns nur so lange verstecken, bis der Schneefall nachlässt. Okay?«

»Okay.«

Mags riskierte einen flüchtigen Blick in Richtung ihrer Tochter. Ihre Stimme klang flach.

»Was ist los?«

Tams Stimme hörte sich so emotionslos wie zuvor an. »Es ist egal, was wir tun. Er wird kommen. Nichts kann ihn aufhalten.«

KAPITEL 42

Während der Fahrt versucht der Amerikaner zunächst, mich in ein Gespräch zu verwickeln. Ich vermute, dass er das irgendwo gehört hat. Dass es eine gute Idee ist, mit jemandem zu sprechen, der einen bedroht, und ihn dazu zu bringen, einen als Mensch zu sehen, eine Beziehung zu ihm aufzubauen. Ich mache ihm deutlich, dass das bei mir nicht funktionieren wird. Jedes Mal, wenn er etwas sagt, ziehe ich den Gürtel enger. Er versteht die Botschaft. Er ist ein kluger Kerl.

Nachdem wir etwas mehr als zwei Stunden gefahren sind, hält er die Hand hoch, um die Erlaubnis zum Reden zu erhalten.

»Vergessen Sie es!«, zische ich. »Pinkeln Sie in die Hose, wenn es sein muss. Wir halten nicht an.«

Er schüttelt den Kopf.

»Okay, was wollen Sie?« Ich ziehe kurz an dem Gürtel, um ihn zu warnen.

»Wir kommen gleich zur Abfahrt nach Sunapee«, sagt er. »Unsere Hütte liegt auf dem Berg. Also müssen wir in Richtung Westen am See vorbeifahren. Aber die Straßen, unter diesen Bedingungen … Hören Sie, ich bin mir nicht sicher, ob wir das schaffen. Ich habe jetzt schon große Probleme, den Wagen auf der Straße zu halten.«

Er lügt nicht. Wir sind schon mehrmals ins Rutschen gekommen. Aber ich kann jetzt nicht stehen bleiben. Nicht, wo ich so nah dran bin. Ich kann sie nicht noch einmal entkommen lassen. Ich habe eine zweite Chance, und ich werde sie nicht vermasseln.

»Lassen Sie das meine Sorge sein«, entscheide ich.

Er nickt, und ein paar Minuten später fahren wir von der Interstate ab.

Da spüre ich die Veränderung. Seit wir das Parkhaus verlassen haben, seitdem wir unterwegs sind, fühle ich mich wie ein Fisch am Haken, der eingeholt wird. Keine Anstrengung meinerseits. Ich entspanne mich einfach und lasse mich zu ihr bringen.

Aber jetzt nicht mehr. Irgendetwas stimmt nicht. Der Schmerz blüht in dem Teil meines Gehirns auf, in dem sich die neue Blüte entfaltet hat.

Hier stimmt überhaupt nichts.

»Halten Sie den Wagen an.«

Er tut, was ich ihm sage. Er verkrampft sich, als wir stehen bleiben. Ich weiß, dass er darüber nachdenkt, seinen Zug zu machen.

Ich sage »Na, na« und ziehe diesmal kräftig genug zu, um seine Luftröhre abzudrücken. Er ringt nach Luft, als ich ihn loslasse.

»Seien Sie leise. Ich muss nachdenken.« Er keucht leiser. Ohne meinen Griff zu lockern, konzentriere ich mich wieder auf dieses Entfalten, dieses neue Bewusstsein, das sie ist. Das hier ist die falsche Richtung. Der Schmerz begann, als wir von der Interstate abgefahren sind, und wird stärker, seitdem wir hier stehen. Ich verliere sie.

»Drehen Sie um. Zurück auf die Interstate! In Richtung Norden. Und fahren Sie schneller.«

Er hebt die Hand, weil er etwas sagen will. Ich ziehe seinen Kopf wieder zur Kopfstütze.

»Ja, da ist ein Schneesturm. Ich habe es verstanden. Wenn Sie zu schnell fahren, bauen Sie vielleicht einen Unfall und Sie könnten getötet werden. Die Sache ist nur die: Wenn Sie nicht schneller fahren, verliere ich die Kontrolle und Sie *werden* getötet. Also tun Sie, was ich sage.«

Und er gehorcht.

In dem Moment, in dem wir auf die Interstate auffahren, hänge ich wieder am Haken, alles ist in Ordnung. Ich werde eingeholt.

Ich sehe das Problem vor ihm. Rot und blau blinkend. Der Amerikaner nimmt den Fuß vom Gaspedal, und wir rollen auf das Polizeiauto zu.

Die Straße wird durch einen auf der Seite liegenden Lastwagen blockiert. Daneben hat ein Polizeiwagen gehalten. Der Polizist steigt aus, gibt den heranfahrenden Fahrern ein Zeichen zu wenden und schickt sie wieder dorthin zurück, wo sie hergekommen sind. Vor uns wendet ein Pick-up. Der Polizist hält die Hand hoch, die Handfläche in unsere Richtung.

Der Amerikaner verkrampft sich wieder.

»Drehen Sie um«, befehle ich ihm. »Wir nehmen die Nebenstraßen. Sofort.«

Der Polizist beobachtet uns, während wir uns nähern. Er verhält sich, als wüsste er, dass etwas nicht stimmt. Eine Hand wandert in Richtung seiner Waffe und bleibt dort.

Der Amerikaner bewegt seine Hände am Steuer. Ich denke, er will gehorchen, und entspanne mich. Nur ein wenig, aber genug, um den Moment zu nutzen.

Er gibt Gas und tritt plötzlich auf die Bremse. Ich werde nach vorne geworfen und löse den Druck von seinem Hals. Er reagiert sofort, taucht nach rechts ab und fummelt am

Handschuhfach herum. Es springt auf. Eine Waffe kommt zum Vorschein.

In diesem Moment prallt das Auto, das zur Seite gerutscht war, als der Amerikaner auf die Bremse getreten hatte, gegen den Lastwagen. Wir werden über zwei Fahrspuren geschleudert. Der Kofferraum unseres Wagens prallt gegen das Fahrerhaus des Lastwagens. Wir drehen uns um unsere eigene Achse. Ich ziehe kräftig am Gürtel. Der Amerikaner schlägt um sich.

Ich weiß nicht, was wir als Nächstes treffen, aber es gibt einen Knall, alles dreht sich, und das Autodach befindet sich direkt unter meinen Knien. Der Amerikaner ist angeschnallt. Der Airbag ist explodiert und presst ihn in den Sitz. Mein ganzes Gewicht drückt auf den Gurt, während ich dort hänge. Es dauert nicht lange, bis er stirbt.

Ich lasse mich auf das Dach fallen und versuche immer noch, mich zu orientieren. Überall liegen Glassplitter. Als ich mir mit der Hand an die Schläfe fasse, wird sie nass. Meine Sicht verschwimmt.

»Sind Sie okay? Rufen Sie, wenn Sie mich hören können.«

Der Polizist. Er steuert auf mich zu.

Ich blinzle, reiße die Augen auf, schüttle den Kopf und suche nach der Waffe. Ich sehe sie nirgendwo. Glasscherben graben sich in meine Handflächen, während ich mich panisch in der Dunkelheit nach vorn recke.

Der Polizist ist ganz nah. Ich erkenne Stiefel, schwarze Hosen, das Halfter an seiner Hüfte.

»Sind Sie verletzt?«

Etwas drückt mir gegen das Schienbein, und ich greife unter das Bein. Die Waffe liegt unter mir. Ich hebe sie auf, wische mir das Blut vom Auge und stütze die Waffe mit der anderen Hand ab.

»Es kommt gleich Hilfe.«

Er ist so nah, dass ich einen Streifen Schlamm auf einem Stiefel sehen kann. Glas knirscht unter seinen Füßen.

Die Sicherung. Ich löse sie. Ich weiß nicht einmal, ob die Waffe geladen ist.

Der Polizist beugt sich nach unten. Er hat grüne Augen und einen braunen Schnurrbart.

Ich schieße ihm ins Gesicht.

KAPITEL 43

Dass zwei neue Gäste mitten im schlimmsten Sturm der Saison auftauchten, überraschte die Motelbesitzerin. Sie schaute von ihrem Sudoku auf und wischte sich Kekskrümel von der Brust.

»Sie haben sich ja einen tollen Abend ausgesucht.«

Tam klammerte sich an die Hand ihrer Mutter, wie sie es seit Jahren nicht mehr getan hatte. Mags drückte ihre Hand in stummer Beruhigung. Ihr Blick huschte durch die Hotellobby, als hätte sich der Schlafzimmermörder vielleicht im Schatten versteckt.

Unter anderen Umständen hätte Mags die Rezeption womöglich amüsant gefunden. Tam hätte irgendetwas Zwangloses gesagt. »Fröhlich-festlich, was?« Oder Ähnliches. Auf jeden Fall etwas Unbekümmertes. Etwas, das eine unbesorgte Elfjährige sagen würde.

Wände und Decke waren aus dunklem Holz, der Boden war heller und mit dicken Teppichen bedeckt. Es gab zwei Weihnachtsbäume, einen auf jeder Seite des Schreibtischs, hinter dem eine mollige Frau mit einer Weihnachtsmütze saß. Jemand hatte sämtliche Flächen mit Lametta, Kugeln oder anderer Festtagsdekoration bedeckt. Mags hatte ganz vergessen, dass bald Weihnachten war.

»Kommen Sie rein. Sie haben vermutlich nicht vorab gebucht. In der Not frisst der Teufel Fliegen, was?«

Dem Akzent nach stammte die Frau aus Kanada. Als Mags an den Schreibtisch herantrat, sah sie die Zimmerschlüssel auf einem Regal hinter der Frau, die sie freundlich anlächelte. Es fehlten lediglich zwei Schlüssel. Das Geschäft lief nicht gut.

Mags zwang sich zu einem Lächeln und wedelte mit ihrem Handy. »Ich habe keinen Empfang. Könnte ich Ihr Telefon benutzen?«

»Natürlich.« Die Frau schob das Telefon über den Schreibtisch. Auf ihrem Namensschild stand »Theresa«. Sie lächelte Tam an. »Hey, Süße, ist dir kalt? Wie wäre es mit einer heißen Schokolade?«

Tam trat einen Schritt zurück, die Augen weit aufgerissen. Sie nickte, wobei sich ihr Kopf kaum bewegte.

»Fein. Ich bin gleich zurück.« Als Theresa durch eine Tür hinter der Rezeption verschwunden war, zögerte Mags, den Hörer ans Ohr gedrückt. Wen sollte sie anrufen? Die Polizei? Und was sollte sie sagen? Dass ein Serienmörder, der vor Monaten verschwunden war, zurückgekommen war und sie dank einer telepathischen Verbindung mit ihrer Tochter verfolgte? Sie wählte die Privatnummer der Barkworths. Niemand antwortete. Sie wählte Bradleys Handynummer. Nach sechs Klingelzeichen sprang die Mailbox an.

Die Frau kehrte zurück. »Die Schokolade ist gleich fertig. Ein Doppelzimmer?«

»Ja. Nur für heute Nacht.«

»Nun, Sie haben eine große Auswahl an Hütten. Wir haben das Motel erst diesen Sommer übernommen und alles renovieren lassen. Bis Neujahr haben wir nichts zu tun. Jede Hütte verfügt über ein Schlafzimmer, ein Bad und eine Kochnische. Die luxuriösen Hütten gehen über zwei Etagen und haben einen offenen Kamin mit …«

»Haben Sie auch Zimmer hier im Haus?« Mags hatte die Hütten gesehen, als sie hergekommen waren. Sie hätte lieber andere Menschen in der Nähe.

Die Frau schüttelte den Kopf. »Tut mir leid. Hier wohnen nur Bill und ich. Die Gäste werden ausschließlich in den Hütten untergebracht. Soll ich Ihnen sagen …«

Mags fiel ihr erneut ins Wort. Wenn sie schon nicht im Hauptgebäude wohnen konnten, dann sollten sie vermutlich am besten möglichst weit entfernt von der Straße absteigen. Irgendwo, wo sie jeden sehen könnten, der zu ihnen kam. »Die Hütte am Hang«, sagte sie und zeigte aus dem Fenster. »Ist sie noch frei?«

»Natürlich.« Die Frau drehte sich um und nahm einen Schlüssel vom Haken. Sie lächelte noch immer, doch das Lächeln wirkte inzwischen angespannt.

Mags wusste, dass sie schroff war, aber es war ihr egal. Sie musste Tam an einen sicheren Ort bringen. Vielleicht konnte sie sogar etwas schlafen.

Sie gab der Frau ihre Kreditkarte.

»Kann ich das Auto irgendwo hinter dem Haus parken?«

»Der Parkplatz dort ist ziemlich überfüllt. Aber Sie können es vor der Tür abstellen, das ist kein Problem.«

»Ich würde lieber hinter dem Haus parken.«

»Also gut. Von mir aus.« Das Lächeln wurde definitiv schwächer.

Mags ging zum Ausgang, Tam hielt immer noch ihre Hand. Die Frau rief ihnen nach.

»Vergessen Sie Ihre heiße Schokolade nicht.« Sie reichte Tam den dampfenden Becher. Angesichts dieser schlichten menschlichen Güte brach Mags in Tränen aus.

Theresas Gesichtsausdruck wurde weicher. »Probleme mit dem Mann?«, fragte sie im konspirativen Flüsterton und legte die Hand auf Mags' Arm.

»So was in der Art.«

Sie stellten den Geländewagen hinter dem Hauptgebäude ab, wo man ihn von der Straße aus nicht sehen konnte, und gingen den Hang hinauf, wobei sie sich hinter der Hütte hielten. Vorne würden sie keine Fußabdrücke im Schnee verraten. Mags glaubte nicht, dass dieser Mörder sie finden konnte, aber irgendein instinktiver Teil ihres Gehirns befahl ihr, Vorsichtsmaßnahmen zu treffen. Welchen Schaden könnte es anrichten, auf ihn zu hören? Und Tam hatte schreckliche Angst.

An der Rückseite der Hütte stapelte sich in einem seitlich offenen Schuppen Holz. Eine Axt hing an einem Haken. Mags packte sie an ihrem Gummigriff und spürte das Gewicht in ihrer Hand. In dem Augenblick stellte sie sich vor, wie der Mörder sie dort fand, und schob sie zwischen die Holzstapel, bis sie nicht mehr sichtbar war. Die Hütte war die letzte am oberen Hang. Die Vordertür wies in Richtung Interstate. Auf der Rückseite, hinter dem Holzstapel, führte ein befestigter Weg durch den Wald. Einem Wegweiser zufolge lag die Stadt Havers zwei Meilen zu Fuß entfernt. Der Schneefall wurde stärker und der Wind wehte ihnen kleine Flocken ins Gesicht.

»Komm.«

Mags schaltete die Lichter an, als sie die Hütte betraten. Zwei Einzelbetten, darüber ein altes Paar Skier an der Wand. Eine Tür führte zum Badezimmer, die versprochene Küchenzeile – ein winziger Raum – lag hinter einem Türbogen. Dort gab es eine Mikrowelle und einen Kühlschrank. Das größte Fenster befand sich auf der anderen Seite der Betten und ging zur Straße hinaus, gewährte den Blick jedoch lediglich auf das Schneetreiben und die Lichter der Motelrezeption. Draußen am Weg standen in regelmäßigen Abständen Laternen, zwischen denen sich die Dunkelheit sammelte.

Tam griff hinter Mags und schaltete die Lichter aus.

»So können wir jeden sehen, der kommt, aber niemand uns.«

Kluges Kind. Mags küsste sie auf den Scheitel. Sie wollte ihr sagen, dass niemand auftauchen würde, aber sie war sich nicht sicher, wen sie damit überzeugen wollte.

Mit geöffneten Vorhängen drang genug Licht von außen herein, um den Raum zu erhellen. Tam ging ins Badezimmer. Mags öffnete die Besteckschublade in der Küche. Keine scharfen Messer.

Sie saßen auf dem Bett und teilten sich die heiße Schokolade. Sie hatten schon lange nichts mehr gegessen. Mags hörte ihren Magen knurren, aber sie hatte keinen Hunger. Das Essen konnte warten. Alles konnte warten. Ihr Leben schrumpfte auf ein kleines Zimmer irgendwo zwischen Boston und Montreal zusammen. Zeit bedeutete nichts. Es gab nur den heutigen Abend. Mags beobachtete, wie der Wind große Schwaden Pulverschnee von der Straße über die Felder fegte und sie über den Horizont jagte.

Tam war eine Weile still gewesen, ihr Körper drückte sich gegen den ihrer Mutter.

»Ich kann ihn fühlen. In meinem Kopf.« Tränen liefen über ihre Wangen.

Mags griff nach einem verrückten Gedanken. »Kannst du ihn blockieren? An etwas anderes denken? Ihn ausschließen?«

Tam schüttelte voller Angst den Kopf. »Ich habe es versucht. Im Auto. Ich habe alles probiert. Ich kann es nicht. Er sucht immer noch nach mir. Das ist alles, was er will, Mum. Er wird kommen.«

Tam fröstelte. Mags zog eine Wollmütze aus ihrer Jackentasche und setzte sie ihrer Tochter auf den Kopf. Sie konnte keine beruhigenden Worte finden.

Sie saßen eng beieinander, die Arme umeinandergeschlungen, starrten in die Nacht hinaus und warteten.

KAPITEL 44

Der Polizist trägt eine schwere Jacke. Ich nehme sie und seine Handschuhe.

Ich schnappe mir seine Autoschlüssel und laufe zurück zu seinem Streifenwagen. Ich schaue auf den Schlüsselring. Er dient gleichzeitig als Flaschenöffner. Er hat die Form eines Fisches, auf den »Bin zum Fischen« aufgedruckt ist.

Ich wundere mich.

Ich lasse die Waffe in meine Manteltasche fallen, gehe zum Kofferraum und schließe ihn auf. Der Deckel springt auf, und mein Blick fällt auf drei Angelruten und ein paar Plastikdosen. Ich öffne die größere Schachtel, und da ist sie. Vier Rollen Angelschnur des stärksten Typs. Es ist sogar dieselbe Marke, die ich für mein erstes Instrument verwendet habe. Ich finde die Drahtzange, schneide sie ab und wickle sie mehrmals um meine Handschuhe, bevor ich sie stramm ziehe. Die Handschuhe sind dick. Die Angelschnur glitzert und reflektiert die Lichter auf dem Autodach. Sie ist perfekt.

Die Leiche des Polizisten liegt einige Meter vor dem umgestürzten Fahrzeug. Das Auto des Amerikaners blockiert den einzigen Weg am Lastwagen vorbei. Hier kommt niemand mehr durch.

Wie soll ich ohne Auto zu ihr gelangen?

Mein Gesicht ist eiskalt. Dort, wo Schneeflocken auf sie treffen, stechen meine Wangen. Ich war im Stehen eingeschlafen. Ich weiß nicht, für wie lange. Sekunden? Minuten?

Ich blinzle. Lichter gleiten seitlich von links nach rechts und schließlich in die andere Richtung zurück. Ich schüttle verwirrt den Kopf, bevor ich erkenne, was ich da sehe. Zwei Fahrzeuge halten auf mich zu.

Ich muss weg von hier. Ich hätte dem Polizisten nicht ins Gesicht schießen sollen. Er hatte einen Hut getragen. Hätte ich ihm in die Brust geschossen, hätte ich ihn nehmen können. In dieser Kälte kann ich nicht klar denken.

Die Lichter kommen näher. Der Schnee vor mir leuchtet blau, dann rot, dann wieder blau auf. Die Autos halten auf die blinkenden Lichter des Polizeiautos zu. Ich stehe wie ein Idiot daneben, mit Blut an der Schläfe, wo ich mit dem Kopf gegen die Autotür gestoßen bin. Ich halte die Waffe in der Hand, und der tote Polizist liegt ein paar Meter entfernt.

Dann – wie ein erhörtes Gebet – schmecke ich Schokolade. Ich bin mir zunächst nicht sicher, was das ist. Wärme, Süße, ein puderiger Nachgeschmack. Ich habe sie. Sie ist da, sie entfaltet sich in der Blüte, in dem versteckten Raum in meinem Kopf. Ich bin noch nicht am Ende.

Diese Richtung.

Ich gehe von dem Polizisten weg, bevor die Autos ihn erreichen. Am Rande der Interstate trete ich, ohne zu zögern, von der Straße auf das verschneite Feld. Ich laufe an dem Lastwagen vorbei, bleibe auf dem Feld und folge der Straße in Richtung Norden. Selbst in dem dicken Mantel ist mir kalt.

Nachdem ich ein paar Minuten durch den Schnee gestapft bin, spüre ich eine seltsame Wärme in den Füßen. Ich schaue nach unten. Die dünnen Krankenhauspantoffeln sind verschwunden. Vielleicht habe ich sie bei dem Unfall verloren. Ich laufe barfuß. Aber da ist eine taube Wärme. Erfrierungen.

Wenn mir nicht bald warm wird, werde ich einige Zehen verlieren, vielleicht sogar die Füße.

Das ist mir egal. Sie ist da draußen und zieht mich wie einen Fisch an der Angel heran.

Heute Nacht geht es zu Ende.

***

Wenn man nur ein Ziel hat, wird das Leben sehr einfach. Ich laufe weiter.

Ich glaube, ich bin wieder in Florida oder im Krankenhaus in Boston. Als mir endlich einfällt, wo ich bin, üben meine Füße eine große Faszination aus. Sie sehen nicht mehr wie meine Füße aus. Sie sind geschwollen, manche Stellen haben sich dunkel verfärbt. Die Taubheit hat sich in die Waden ausgebreitet. Die Knie knacken, irgendwo in den Beinen spüre ich einen Schmerz, von dem ich weiß, dass er gefährlich ist. Mein Körper versagt. Die vielen Wochen in einem Krankenhausbett. Trotz der Trainingseinheiten, die ich absolviert habe, bin ich noch lange nicht fit.

Seit heute Mittag habe ich vier Männer getötet. Den Pfleger, den Chef, den Amerikaner und den Polizisten. So viel Tod. Ich habe ihnen keinen Frieden gebracht, ich habe ihnen nicht geholfen, sich auszuruhen. Sie haben mir im Weg gestanden.

Ich bin müde.

Ich schätze, ich bin vielleicht eine Meile gelaufen, als ich zum ersten Mal stehen bleibe. Ständig schlafe ich zwischen den Schritten ein und wache auf, wenn der Schnee unter meinen seltsamen Füßen knirscht. Diesmal dauert es länger, und als ich aufwache, habe ich aufgehört zu laufen.

Es macht mir Angst, still zu stehen. Ich greife in meinem Kopf nach ihr. Sie ist da. Ich gehe weiter.

Der Pfleger, der Chef, der Amerikaner, der Polizist. Der Pfleger, der Chef, der Amerikaner, der Polizist. Ich laufe im Takt meines Mantras. Der Pfleger, der Chef, der Amerikaner, der Polizist.

Als ich das zweite Mal stehen bleibe, schlafe ich, glaube ich, für ein paar Minuten. Es ist schwer, wieder loszulaufen. Sehr schwer. Mein Körper protestiert. Die Beine sind taub, aber Hüften, Arme, Brust und Gesicht schmerzen weiter.

Der Pfleger, der Chef, der Amerikaner, der Polizist. Der Pfleger, der Chef …

Ich erinnere mich an einen Schriftsteller aus Hollywood, den ich im Fernsehen gesehen habe. Er schrieb Dramen, Thriller, vielleicht auch Horrorgeschichten. Das habe ich vergessen. Aber woran ich denke: Er sagte, große Dramen bräuchten zwei Zutaten. Nur zwei. Einen Plan und ein Hindernis.

Diese Theorie greife ich auf. Sie ergibt Sinn. Mein Plan ist es, zu ihr zu gelangen. Hindernisse gibt es viele. Der Sturm ist ein Hindernis. Die erfrorenen Füße, die schmerzen, als trüge ich viel zu kleine Rollschuhe, sind ein Hindernis. Die Entfernung zwischen dem Ort, an dem ich gerade stehe, und dem, den ich erreichen muss, ist ein Hindernis. Mein Körper, die Art und Weise, wie er aufgeben will, ist ein Hindernis. Die Wunde am Kopf ist ein Hindernis. Ich ziehe die Handschuhe aus und berühre mein Gesicht. Das gefrorene Blut erinnert an Plastik. Dort fühle ich keinen Schmerz. Die Finger spüren noch etwas, die Haut in meinem Gesicht nicht mehr. Das ist nicht gut.

Ein Plan und ein Hindernis. Der Pfleger, der Chef, der Amerikaner, der Polizist.

Ich erreiche die Spitze eines kleinen Hügels. Die Interstate verläuft nach links. Nach rechts biegt eine schmale Straße ab. Ich folge ihr mit dem Blick und bemerke nicht weit entfernt Lichter.

Da.

Der Schnee lässt nach, die Wolken verschwinden und der Mond taucht auf. In Gedanken ziehe ich eine Linie von meinem Standort zu dem Gebäudekomplex, der weniger als eine Meile entfernt liegt.

Ich folge dieser Linie.

Der Pfleger, der Chef, der Amerikaner, der Polizist. Der Pfleger, der Chef, der Amerikaner, der Polizist.

***

Der Weg fällt zur Straße hin ab, bevor er wieder ansteigt. Als ich die Straße erreiche, sehe ich die Lichtquelle. Es ist ein Motel. Ein großes Gebäude, umgeben von vielen kleineren Gebäuden, Bungalows oder Hütten. Vier von ihnen gehen über zwei Etagen. Von dem großen Gebäude verlaufen Wege zu den kleineren. Laternen säumen diese, aber ihr Licht ist schwach. Vermutlich sind sie solarbetrieben. Ein Pfad schlängelt sich rechts den Hügel hinauf. Die letzte Hütte steht etwas abseits und mit der Rückseite zu einem kleinen Wald. Drinnen brennt kein Licht. Es führen keine Fußabdrücke zu ihr hinauf.

Es ist so still. So still. Die gelegentlichen Windböen wehen den frischen Schnee vom Boden und von den Ästen der Bäume und nehmen mir für einen Moment die Sicht.

Obwohl ich weiß, dass sie da ist, bestätigen meine normalen Sinne meine Schlussfolgerung. Eine Bewegung im Inneren, hellere Schatten inmitten der Dunkelheit. Dann öffnet sich eine Tür. Stimmengeflüster.

Ich habe ihren Vater getötet. Sie muss bei ihrer Mutter sein. Ich überprüfe die Manteltasche, die Schlaufe der Angelschnur, die aufgewickelt darin liegt. Das beruhigt mich.

Ein Versprechen brachte mich hierher. Das Versprechen auf Frieden. Ich habe keine Zweifel mehr.

Die Stufen knarren, als ich zur Veranda der Hütte hinaufsteige.

Ich drehe den Türgriff. Die Tür ist verschlossen. Ich rüttele daran, lege die Schulter gegen sie und drücke. Sie bewegt sich nicht.

Ich versuche, das Fenster aufzuschieben. Es ist fest verschlossen. Auf der Veranda steht ein kleiner Tisch. Zwei Stühle. Für schönes Wetter gemacht. Und aus Eisen.

Ich greife nach dem nächsten Stuhl. Er ist schwerer, als ich dachte, oder ich bin schwächer, und ich lasse ihn fallen. Ich atme tief durch, hebe den Stuhl bis zur Schulter hoch und schleudere ihn in Richtung Fenster.

Das Glas zerbricht; ich lange hinein, um das Fenster zu entriegeln.

Als ich drinnen bin, habe ich zwei neue Verletzungen: eine Wunde an der linken Hand und einen langen Schnitt am rechten Schienbein. Ich fühle nichts.

Der Raum ist leer. Ich ziehe meine Handschuhe aus und werfe sie auf das Bett. Ihre Gegenwart macht mich fast schwindelig. Sie ist so nah.

Durch das Fenster auf der Rückseite sehe ich jemanden fortlaufen. Ich öffne die Hintertür. Hinter einem Holzstapel richtet sich eine Person auf. Ihre Mutter.

Ich rufe: »Du solltest jetzt gehen. Ich bin ihretwegen hier, nicht deinetwegen.«

Sie hält etwas in der Hand. Eine Axt. Sie brüllt mich an.

»Komm doch her, du Arschloch. Komm her!«

Sie ist mutig. Sie zögert nicht, als sie mich sieht. Sie schwingt die Axt über den Kopf und kommt auf mich zu. Ich erkenne die Absicht in ihren Augen. Sie wird mich töten, wenn ich sie lasse.

Ich fasse in die Manteltasche, ziehe die Waffe heraus und schieße.

Wie eine Tänzerin dreht sie Pirouetten. Blut, das im Mondlicht schwarz erscheint, spritzt auf den Schnee. Die Axt fällt auf den Boden, und eine halbe Sekunde später sinkt sie mit dem Gesicht nach unten neben ihr in den Schnee.

Ein quälender Stich durchbohrt mein Gehirn. Die Waffe rutscht mir aus der Hand. Ich presse beide Hände gegen den Kopf und taumle zurück in die Hütte.

Der Schmerz verschwindet, als ich auf das Bett falle. Und da ist sie. Die Blume entfaltet sich endgültig in meinem Kopf.

Ich ziehe die Angelschnur heraus, drapiere sie neben meinen Handschuhen und warte.

KAPITEL 45

Sie verlor zwar nicht das Bewusstsein, war aber kurz davor.

Wie viele andere hatte sich Mags oft gefragt, wie es sich anfühlen würde, wenn man erschossen wird. Wie die meisten Menschen hatte sie bisher geglaubt, sie würde es niemals herausfinden. Im Gegensatz zu den meisten Menschen hatte sie sich geirrt.

Angeschossen zu werden fühlte sich so ähnlich an, wie mit einem nassen Handtuch geschlagen zu werden. Das hatte Mags im Schwimmunterricht in der Schule erlebt. Eine ältere Frau – Fiona O'Toole, erinnerte sie sich, obwohl sie jahrelang nicht an sie gedacht hatte – war eine Expertin darin gewesen und hatte Spuren auf der Haut anderer Mädchen hinterlassen, die tagelang anhielten. Fiona hatte Mags einmal mit einem fachmännisch platzierten Schlag erwischt, bei dem sie vor Schreck aufgeschrien hatte. Angeschossen zu werden war nicht schlimmer. Am Anfang zumindest nicht. Auf den ersten Schock folgte eine zweite Welle des Schmerzes, ein ständiges, unangenehmes Pochen, das bei jeder Bewegung schmerzhafter wurde.

Das Problem war, dass sie sich bewegen musste. Mags lebte, der Mörder war ganz in der Nähe und Tam nicht weit genug weg. Noch nicht.

Es gelang ihr, nicht zu schreien, als sie sich auf die linke Seite rollte. Die Kugel hatte sie unterhalb der rechten Rippen getroffen. Sie vermutete, dass es ein Durchschuss war, da Blut an ihrem Rücken hinunterlief. Sie hatte Angst, sich wieder zu bewegen, weil sie wusste, wie sehr es schmerzen würde. Wenn sie dort liegen blieb, würde sie vermutlich verbluten. Das könnte Stunden dauern, es sei denn, die Unterkühlung würde die Arbeit zuerst erledigen.

Mags hatte nicht vor zu warten.

Sie schaute sich nach dem Mann um, der sie angeschossen hatte. Sie hatte ihn nur wenige Sekunden lang gesehen und bezweifelte, dass sie ihn für ein Phantombild gut genug beschreiben konnte. Er war absoluter Durchschnitt. Durchschnittliche Größe, durchschnittliche Statur. Braune Haare, kurz geschnitten. Ein nichtssagendes Gesicht.

Wo war er? Tams Fußspuren führten von der Hütte zum Waldweg. Ihnen folgten keine anderen Abdrücke. Mags sah zurück zur Hütte und stützte sich auf einen Ellbogen. Aus diesem Winkel konnte sie den oberen Teil des Kopfes des Mörders sehen. Er saß am Bettende und starrte zur Tür.

Was zum Teufel tat er da?

Mags beschloss, dass ihr das egal war. Er rannte Tam nicht hinterher. Das war das Einzige, was zählte. Sie erinnerte sich, dass er verletzt war. Er hatte Blut auf der linken Gesichtshälfte. Vielleicht war die Verletzung so schwer, dass er nicht mehr konnte. Die Idee war verlockend. Wenn das wahr wäre, könnte sie sich in den Schnee zurücklegen und in dem Wissen, dass ihre Tochter in Sicherheit war, mit allem abschließen. Aber vielleicht sammelte er bloß seine Kräfte für eine letzte Anstrengung. Sie konnte nicht aufgeben. Noch nicht.

Sie biss die Zähne zusammen, drückte die linke Hand in den Schnee und brachte ihren Körper in eine sitzende Position. Sie schrie nicht. Gut. Sie atmete ein paar Mal schnell ein und aus und presste die Handfläche flach auf die Wunde an der Seite. Der Schmerz ließ sie nach Luft ringen. Sie erstarrte für einen Moment. Als sie wieder einen Blick durch das Fenster in das Innere der Hütte warf, stellte sie fest, dass er sich nicht bewegt hatte.

Die Axt. Sie musste irgendwo in der Nähe sein. Mags suchte den Schnee ab und entdeckte sie einen Meter entfernt, doch da hatte sie schon etwas anderes wahrgenommen. Etwas Besseres.

Im Schnee nahe der Hintertür lag die Waffe an der Stelle, wo er sie fallen gelassen hatte.

Warum hatte er sie zurückgelassen? Mags beantwortete ihre eigene unausgesprochene Frage: *Wen interessiert das schon?*

Mags hatte noch nie geschossen, aber sie wusste, dass es ihre einzige Chance war. Eine Waffe verschaffte ihr einen großen Vorteil.

Was, wenn keine Kugeln mehr im Magazin waren? Hatte er sie deshalb fallen lassen?

Mags hatte keine Ahnung, wie man das überprüfte. Sie musste das Risiko eingehen.

Sie hatte nie aufgehört, sich zu fragen, ob sie einen anderen Menschen töten könnte. Sie wusste, dass sie diesen Mann erschießen konnte. Wenn sie die Waffe ruhig halten und den Abzug drücken konnte, würde sie so lange abdrücken, bis keine Kugeln mehr übrig waren. Sie würde Tam retten, auch wenn sie dabei sterben würde.

Mags versuchte aufzustehen, die verschwommene Sicht und ein stechender Schmerz in ihrem Schädel ließen sie jedoch wieder in den Schnee fallen. Sie atmete schwer, schrie aber nicht auf und presste weiter die Hand auf die Wunde.

Die Waffe lag drei Meter entfernt, aber der Weg dorthin war der schwerste, den sie je gegangen war. Mags bewegte das linke Knie in Richtung Hand. Danach zog sie das rechte Knie nach vorn, wobei ihr Körper verzweifelte Signale aussandte, damit aufzuhören. Mags ignorierte sie, hob die linke Hand aus dem Schnee und brachte sie ein paar Zentimeter vor ihren Kopf.

Sie kam unendlich langsam voran, aber sie bewegte sich.

Als Mags die Waffe erreichte, konnte sie sie nicht aufheben. Die rechte Hand lag weiterhin auf der Schusswunde, und ihre linke Hand war alles, was sie daran hinderte, mit dem Gesicht nach vorne in den Schnee zu fallen. Wenn sie das tat, konnte sie vielleicht nicht mehr aufstehen. Sie überlegte, ob sie mit der Waffe in der linken Hand weiterkriechen sollte, fürchtete aber, sie könnte aus Versehen einen Schuss abfeuern. Wie schwer der Mörder auch verletzt sein mochte, sie bezweifelte, dass er das ignorieren würde.

Mags starrte die Waffe mit einer Art dumpfer Faszination an. Als ihr die Lösung einfiel, wurde ihr klar, wie sehr ihr Körper daran arbeitete, sie am Leben zu halten, und ihr nur wenige Ressourcen für rationales Denken ließ. Sie trug eine Jacke. Eine Jacke mit Taschen. Sie zwang sich auf die Knie, hob die Waffe auf und ließ sie in eine Tasche fallen.

Die Tür stand halb offen. Mags war nun einen Meter entfernt. In Gedanken ging sie den nächsten Schritt durch. *Bis zur Tür kriechen. Lautlos hinknien. Die Waffe aus der Tasche nehmen und schussbereit in den Raum dahinter zielen. Die rechte Hand von dem blutenden Bauch nehmen, die Tür aufstoßen, die Waffe mit beiden Händen festhalten. Schießen und so viele Kugeln wie möglich in den Serienmörder jagen, der auf dem Bett sitzt.*

Der Plan war alles andere als kompliziert, hatte aber einen schwerwiegenden Fehler. Mags war inzwischen viel schwächer als zu dem Zeitpunkt, als sie in Richtung Waffe gekrochen war. Wenn sie die Tür erreicht hatte, würde sie noch schwächer sein. Hätte sie die Kraft, die Tür aufzustoßen und abzudrücken? Ihr Körper wollte, dass sie sich nicht rührte. Je mehr sie sich bewegte, desto mehr blutete sie.

Der Sturm zog davon. Es war eine wunderschöne Nacht. Kaum zu glauben, dass vor einer Stunde ein Schneesturm gewütet hatte. So friedlich. Kein einziger Laut. Die Wolkenfelder hatten sich aufgelöst. Tausende Sterne glitzerten.

Der Schnee war weich und rein, abgesehen von der dunklen Blutspur hinter Mags.

Ich werde hier nicht sterben. Ich werde nicht sterben.

Mags wusste, je länger sie wartete, desto schwieriger würde es werden.

Sie zählte von drei bis eins herunter. Das hatte sie damals mit Tam gemacht, als sie das erste Mal in den Pool gesprungen war, oder an dem Tag, an dem sie den Mut hatte, sich die steilste Rutsche des Parks hinunterzustürzen. Sie blies sogar die Kerzen auf einer Geburtstagstorte aus.

Drei.

Ein Geräusch in der Stille. Unerwartet, irgendwo hinter ihr.

Zwei.

Das Geräusch kam näher. Schritte.

Irgendjemand hatte den Schuss gehört. Da kam Hilfe.

Eins.

Mags drehte den Kopf und sah den Weg hinunter.

»Nein.« Ihr Mund formte das Wort, aber sie gab keinen Laut von sich. »Nein.«

Es war Tam. Sie lief in Richtung Hütte. Sie musste den Schuss gehört haben und war zurückgekehrt, um ihre Mutter zu retten. Mags richtete sich auf, um ihre Tochter aufzuhalten. So durfte es nicht enden. Nicht so.

Als Tam näher kam, bemerkte Mags, dass etwas nicht stimmte. Ihre Tochter hatte es nicht eilig. Ihre Schritte waren weder langsam noch schnell. Sie hielt ein gleichmäßiges Tempo, den Kopf hoch erhoben, die Arme an den Seiten schwingend.

Als sie noch dichter bei ihr war, konnte Mags Tams Gesicht im Mondlicht erkennen. Ihre Augen starrten geradeaus, aber sie sah nichts von dem, was um sie herum war. Sie schaute auf etwas anderes. Sie starrte irgendwo anders hin.

Mags konnte das frustrierte und panische Stöhnen nicht unterdrücken. Es war ein kehliger, animalischer Laut. Es war ihr egal, ob der Mörder ihn hörte.

»Tam. Tam. Nein. Er ist in der Hütte, Tam. Ruf die Polizei. Tam! Bitte!« Tam blieb nicht stehen, als sie an ihrer Mutter vorbeieilte. Sie beachtete sie nicht einmal. Mags streckte die Hand aus, um ihr den Weg zu versperren, aber Tam trat zur Seite und lief weiter. Mags rutschte aus und fiel zu Boden.

Mags hatte nicht einmal mehr die Kraft zu kriechen. Stattdessen zog sie sich mit der linken Hand nach vorn und schob sich gleichzeitig mit den Zehen weiter.

Aus dem Zimmer hinter ihr drangen Geräusche zu ihr herüber, aber das Sofa versperrte ihr die Sicht auf das, was geschah. Es war schlimmer als jeder Albtraum. Sie wimmerte, versuchte, sich schneller zu bewegen, ging aber wieder zu Boden und schlug mit einer Seite des Gesichts auf.

Nach einigen Sekunden der Stille setzten die Geräusche erneut ein. Zuerst ergaben sie keinen Sinn. Erst ein Geräusch, als ziehe sich jemand einen Pullover über. Dann ein Knarren des Betts, als der Mörder sein Gewicht verlagerte. Ein zweites Knarren, dann längere Zeit Stille.

Als Nächstes folgten winselnde Atemzüge, keuchend, verzweifelt. Ein Stakkato gedämpfter Schreie.

Eine Erinnerung daran, als Kit und sie Kinder gewesen waren, und an die BMX-Räder und die Geräusche, die sie gemacht hatten, wenn sie sich drehten. Die Panik. Das war noch schlimmer. Dem erstickten Keuchen folgte keine Rückkehr zur normalen Atmung. Stattdessen wurden die Versuche, Luft zu holen, weniger. Zuerst lag eine halbe Sekunde zwischen den einzelnen Atemzügen, danach eine Sekunde. Drei Sekunden. Fünf Sekunden. Zehn. Das Wimmern wurde leiser, bis es kaum noch hörbar war.

Die Stille, die folgte, war das schlimmste Geräusch von allen.

Mags schob sich mit den Beinen am Sofa vorbei, ihr Gesicht rutschte über den glatten Holzboden.

Als sie den Raum erkennen konnte, füllten sich ihre Augen mit Tränen. Sie versuchte zu verstehen, was sie vor sich sah. Zunächst waren die Formen nur angedeutete Umrisse.

Sie blinzelte die Tränen weg und schaute wieder.

Eine Person kniete vor dem Bett. Eine andere hockte hinter ihr. Plötzlich zuckte die erste Person, verkrampfte sich, sackte nach hinten und rührte sich nicht mehr.

Der Geruch des Todes erinnerte an eine schmutzige öffentliche Toilette. Urin, Kot und etwas Undefinierbares – eine widerliche karamellartige Süße.

Mags schob sich auf einem Ellbogen hoch und sah nun klar.

Der Schlafzimmermörder war tot, seine Augen geschlossen.

Tam kauerte hinter ihm und trug ein dickes Paar Handschuhe, die zu groß für sie waren. Um die Handschuhe war eine lange Angelschnur gewickelt. Dort, wo die Schnur um die Kehle des Mörders geschlungen war, hatte sie ins Fleisch geschnitten und eine so klare Linie hinterlassen, als wäre sie mit einem Bleistift gezeichnet worden.

Tam löste die Angelschnur vom Hals des Toten.

Sie sah Mags an, ihre Augen leuchteten.

»Jetzt kann er schlafen«, sagte sie. »Er kann schlafen.«

***

ACHTZEHN MONATE SPÄTER

Das Telefon klingelte um neunzehn Uhr Londoner Zeit. Dreißig Sekunden später läutete es wieder. Die Vibration ließ die leere

Champagnerflöte klappern. Mags griff nach ihrem Handy, schloss die Augen und zählte bis drei, bevor sie die Nachricht öffnete.

Es ist vorbei.

Darunter befand sich ein Link. Als sie ihn anklickte, öffnete sich die Homepage des Boston Globe.

EDGEGEN SCHULDIG – DIREKTOREN UND MITARBEITER DROHEN HAFTSTRAFEN. RICHTER BESCHREIBT PRAKTIKEN ALS »FOLTERÄHNLICH«.

Sie überflog den Text, bis sie fand, was sie suchte.

Seite 21: Lesen Sie exklusive Auszüge aus Patrice Martinos brisantem neuem Buch »Bündnis mit der Hölle. Die schrecklichen Geheimnisse hinter der EdgeGen-Technologie«.

Mags entfernte den Korken, goss sich ein Glas ein und prostete einem imaginären Patrice zu.

Es dauerte zehn Minuten, bis die Tränen versiegten.

Abschluss. Das war der Begriff, den Ria benutzt hatte, und sie hatte recht damit gehabt, dass Mags genau das brauchte. Patrices Nachricht war der letzte Schritt von der Dunkelheit ins Licht. Bradley und sein Vater waren tot. Nun war EdgeGen am Ende.

Zu ihrer Überraschung hatte Mags um Bradley getrauert – oder vielmehr um die Vorstellung von Bradley – und sich unzählige kurze, sorglose Momente ins Gedächtnis gerufen, die ihr einst echt erschienen waren. Sie versuchte, sich an diese Momente zu erinnern, wenn Tam über ihn sprach. Ein junges Mädchen hatte ihren Vater verloren, und es war besser, wenn ihre Mutter nicht jedes Mal wütend wurde, wenn er erwähnt wurde. Vergeben konnte sie ihm natürlich nicht. Mags wusste noch nicht, ob sie Tam eines Tages die Wahrheit sagen sollte. Einige Entscheidungen konnten warten.

Tam erinnerte sich an nichts, was geschehen war, nachdem sie die Hütte erreicht hatten. Nicht mehr daran, dass sie bei einem Schneesturm durch den Wald gerannt waren, nicht mehr daran, dass sie an einer Blutspur vorbeigelaufen war, um dem Mörder gegenüberzutreten. Und nicht mehr an den rituellen Akt, der sein Leben beendet hatte.

Ria sagte, der menschliche Geist sei in der Lage, einen Teil der Erinnerung vollständig zu eliminieren, wenn diese so traumatisch ist, dass sie schweren Schaden anrichten könnte.

Mags wachte jeden Morgen dankbar auf, dass Tam nicht wusste, was wirklich in dieser Nacht geschehen war.

Die Polizei von Massachusetts war effizient und trotzdem freundlich gewesen. Mittels DNA-Beweisen wurde die Identität der in der Hütte gefundenen Leiche festgestellt.

Mags bekam einen kurzen Vorgeschmack auf den Ruhm, als publik wurde, dass eine britische Mutter den Schlafzimmermörder gestoppt hatte.

Die ganze Weihnachtszeit und die ersten Wochen des neuen Jahres hindurch, als sie in Amerika festsaßen, hatte Mags sich auf ihre Töchter konzentriert. Es gab nicht mehr nur Tam und sie.

Sie hatte Polizei und Anwälte angefleht, ihr bei der Suche nach Clara zu helfen, da sie befürchtet hatte, sie niemals zu finden und niemals zu wissen, wie es sich anfühlte, sie im Arm zu halten.

Sie schenkte sich noch ein Glas Champagner ein und ging in die Küche. In der Tür blieb sie wie angewurzelt stehen, ihr Lächeln erstarb.

Nein. Nicht schon wieder.

Ihre Tochter stand mit dem Rücken zu ihr. Aus diesem Blickwinkel konnte Mags den oberen Teil eines Blatt Papiers erkennen. Das Kratzen und Gleiten einer Bleistiftfeder war das einzige Geräusch, aber die Künstlerin schaute nicht auf ihre Arbeit. Sie starrte geradeaus, ihre Hand bewegte sich von allein.

Mags trat näher, ihre Beine schienen ihr Gewicht kaum noch tragen zu wollen. Sie stellte die Champagnerflöte auf den Tisch und zwang sich, das Bild anzusehen.

Es war ein großer Saal voller Menschen. Mags erkannte, dass es Kinder waren, die im Kreis saßen und etwas spielten. Ein Mädchen hatte sich von dem Spiel abgewandt, als ob es die Künstlerin bemerkte, die die Szene festhielt. Mags kannte dieses Gesicht. Es war Tam.

Das Bild zeigte die Halle der Pfadfinder. Tam war gerade dort.

»Das ist sehr gut, Honey«, sagte Mags. Ihre Stimme zitterte weniger, als sie erwartet hatte. »Ist das …«

»Tam? Ja. Tam. Pfadfinder. Singen Lieder.«

Mags strich über Claras Haar. Ihre Pflegeeltern hatten versprochen, sie jedes Jahr zu besuchen, aber Mags bezweifelte es. Und Clara erwähnte sie nur selten. Sie wusste, dass sie alle drei das Gleiche empfanden – dass sie zusammengehörten, dass sie sich gegenseitig vervollständigten. Trotz des Schreckens des vergangenen Jahres hatte sich Mags' Angst wie Tau unter den wärmenden Sonnenstrahlen aufgelöst. Ihre trübe Stimmung war verflogen. Das war ihre Familie.

Sie beugte sich nach unten und gab Clara einen Kuss auf die Wange. Mit geschlossenen Augen atmete sie den Duft ihrer Tochter ein, ohne einen Unterschied zwischen den Zwillingen feststellen zu können.

»Bist du glücklich, Clara?«

Braune Augen fingen ihren Blick auf. Ein kleines Nicken, ein größeres Lächeln.

»Alles tipptopp, Mum.«

Danksagung

Dies ist mein neuntes Buch und mein erster Psychothriller. Ich hatte nicht die Absicht, einen Thriller zu schreiben – ich war in der Science-Fiction- und Fantasy-Abteilung mit Außerirdischen, Zeitreisen und dem Multiversum absolut glücklich. Aber manche Geschichten wollen geschrieben werden, und sie akzeptieren kein Nein als Antwort. »Schlafe jetzt für immer« ist eine dieser Geschichten.

Mein letztes Buch, »The Blurred Lands«, habe ich im Dezember 2018 veröffentlicht. Jetzt ist Juni 2019. Das ist die längste Lücke zwischen zweien meiner Bücher, seitdem mein erstes erschienen ist. Und Schuld ist nur diese *verdammte Kühlschrankstory*, wie ich sie genannt habe, als der Winter dem Frühling wich, ohne dass ein neuer Roman in Sicht war.

Das Problem war einfach. Ich hatte viele Ideen für neue Bücher – zu einer von ihnen bin ich jetzt zurückgekehrt und arbeite derzeit an ihr – aber keine davon wollte herauskommen. Literarische Verstopfung. Und das alles nur, weil diese *verdammte Kühlschrankstory* mich nicht in Ruhe ließ.

Ende Februar gestand ich mir schließlich meine Niederlage ein, legte alles andere beiseite und konzentrierte mich voll und ganz auf die *verdammte Kühlschrankstory*.

Das Ergebnis haben Sie gerade gelesen. Wie bei jedem Buch, das ich geschrieben habe, habe ich mir jede Szene so vorgestellt, als würde ich einen Film sehen, wobei die Kamera hauptsächlich Mags folgte. Gelegentlich schauten wir beim Schlafzimmermörder vorbei, aber ich wollte nicht zu viel Zeit in seinem Kopf verbringen. Bei ihm bekomme ich immer noch eine Gänsehaut. Der letzte Abschnitt des Buches, von dem Moment an, als Mags die Abschrift von Ava Marston zu Ende gelesen hatte, entwickelte eine solche Dynamik, dass es mir schwerfiel, schnell genug zu schreiben, um mit dem Geschehen Schritt zu halten. Das war der lustige Teil.

Etwa neunzig Prozent des Buches habe ich diktiert. Magische Software-Elfen transkribierten das Ergebnis, das dann wegen meiner nachlässigen Aussprache meine sofortige Aufmerksamkeit erforderte. Mein Favorit war die Übertragung von Camden Lock als Camelot.

(Stellen Sie sich vor, wie viel Spaß man in Camelot bei der Haussuche haben könnte: »Viel Platz im Schrank für Ihre Rüstung … wenn Sie mir einfach in den Garten folgen, sehen Sie trügerisch geräumige Ställe für die Pferde und … Verzeihung … die was? Oh, das alte Ding. Ehrlich gesagt weiß ich nicht, was das ist. Wirklich etwas peinlich. Ich nehme an, dass es eines Abends ein Zechgelage gab und einer der Ritter sein Schwert in dem großen Stein zurückgelassen hat. Jaja, ich weiß, dass es Ihnen die Aussicht auf den See verdirbt, aber wir können das verdammte Ding einfach nicht verschieben. Jeder hat es schon mal versucht. Ich fürchte, es bleibt für immer da. Betrachten Sie es vielleicht als eine Besonderheit und hängen Sie eine Blumenampel daran. Ja, natürlich könnten Sie es versuchen, Sir, aber seien Sie nicht enttäuscht. Wie ich schon sagte, jeder hat bereits versucht, es herauszuziehen, sogar dieser Sack von Lancelot, und er … verdammt noch mal! Ich kann es nicht glauben! Wie ein Messer durch Butter. Wie …? Warten Sie, bis ich es dem Rest des Büros erzählt habe. Wie hießen Sie noch mal?«)

Den ersten Entwurf habe ich in weniger als fünf Wochen fertiggestellt, wobei ich in der letzten Woche im Schnitt mehr als dreitausend Worte pro Tag verfasst habe, was für mich ein ziemlich guter Schnitt ist.

Dann lehnte ich mich entspannt zurück und … nein, warten Sie. So war das natürlich nicht. Nun begann ich mit dem Überarbeiten – was länger dauerte als das Schreiben der Rohfassung. Die Version, die es bis zur Veröffentlichung geschafft hat, ist der fünfte Entwurf, wenn ich richtig gezählt habe. Besonders danke ich Mrs S., Robyn, Nathalie und Jon für ihre Unterstützung in dieser Phase. Außerdem danke ich dem BXP-Team und meinem Lieblingspodcast für Autoren, »The Bestseller Experiment«, für die kontinuierliche Unterstützung.

Werde ich einen weiteren Thriller schreiben? Nun … ich habe eine tolle Idee in meinen Notizbüchern …

Zurzeit schreibe ich für ein Audible Exclusive im Jahr 2020 eine Serie von drei Büchern, die in naher Zukunft spielen, sowie eine Comic-Sci-Fi-Serie.

Alle anderen Romane habe ich als Ian W. Sainsbury geschrieben. Ich hatte geplant, den Anfangsbuchstaben in der Mitte wegzulassen, um deutlich zu machen, dass es sich hierbei um einen Ausflug in ein anderes Genre handelt. Aber meine Leser bestehen darauf, jedes Genre zu lesen, in dem ich schreibe, also nehme ich sie beim Wort.

Zum Schluss möchte ich mich wie immer bei Ihnen, dem Leser, bedanken. Ich bin ein unabhängiger Schriftsteller – ich veröffentliche direkt bei Amazon und hatte das Glück, damit Karriere machen zu können. Ohne Sie bin ich nichts, und ich freue mich nach wie vor, wenn jemand Spaß an meinen Büchern hat. Vielleicht hinterlassen Sie ja eine Rezension bei Amazon, wenn Ihnen die *verdammte Kühlschrankstory* gefallen hat. Mithilfe von Rezensionen können Indie-Autoren mit den großen Namen konkurrieren, und ich lese jede einzelne. Ja, sogar diese ;)

***

Ian Sainsbury, Norwich, Juni 2019

Zeitfracht Medien GmbH
Ferdinand-Jühlke-Straße 7
99095 Erfurt, Deutschland
produktsicherheit@kolibri360.de

Druck:
CPI Druckdienstleistungen GmbH
im Auftrag der
Zeitfracht Medien GmbH
Ein Unternehmen der Zeitfracht - Gruppe
Ferdinand-Jühlke-Str. 7
99095 Erfurt